·重庆文理学院学术专著出版资助·

中国土家族小说研究

ZHONG GUO TU JIA ZU XIAO SHUO YAN JIU

傅钱余◎著

中国戏剧出版社
CHINA THEATRE PRESS

图书在版编目（CIP）数据

中国土家族小说研究 / 傅钱余著. -- 北京 : 中国
戏剧出版社，2021.10
ISBN 978-7-104-05147-3

Ⅰ. ①中… Ⅱ. ①傅… Ⅲ. ①土家族－小说研究－中
国－当代 Ⅳ. ①I207.42

中国版本图书馆CIP数据核字(2021)第208290号

中国土家族小说研究

责任编辑：赵宇欣
责任印制：冯志强

出版发行：中国戏剧出版社
出 版 人：樊国宾
社　　址：北京市西城区天宁寺前街2号国家音乐产业基地L座
邮　　编：100055
网　　址：www.theatrebook.cn
电　　话：010-63385980（总编室）
传　　真：010-63383910（发行部）

读者服务：010-63381560
邮购地址：北京市西城区天宁寺前街2号国家音乐产业基地L座

印　　刷：北京九州迅驰传媒文化有限公司
开　　本：787mm×1092mm　1/16
印　　张：16.5
字　　数：220千字
版　　次：2021年10月　北京第1版第1次印刷
书　　号：ISBN 978-7-104-05147-3
定　　价：98.00元

前言

中华民族是一个命运共同体。中华民族由56个民族共同组成，每个民族既有其独具特色的文化传统，又共同汇聚在中华民族这个整体中。

据最新的全国人口普查数据，土家族已近千万人，他们主要聚居在四川、重庆、湖南、湖北等省。土家族，是古代巴人的后裔，有着悠久的历史文化传统。虎图腾、摆手舞、舍巴歌、毛古斯、吊脚楼、哭嫁、跳丧、西兰卡普，这些承载着这个民族独特的集体无意识的文化习俗，已经成为土家族的文化名片。土家族的民间文学亦相当发达，竹枝词在中国古代文学史有着重要的地位；根据土家族民歌改编的《黄杨扁担》《龙船调》《太阳出来喜洋洋》《马桑树儿搭灯台》等歌曲，更是流传广泛。2014年，经国务院批准，土家族民歌列入第四批国家级非物质文化遗产代表性项目名录。

小说这种文学体裁，虽然在土家族文学发展史上起步较晚，但在中国多民族文学作家中，依然有着不容忽视的力量。思基、孙健忠、蔡测海、李传锋、孙因、叶梅、陈川、田瑛、田耳，这些作家多次斩获国家级文学奖项，特别是在全国少数民族文学骏马奖上，屡屡捧杯。他们不但是土家族文学发展中举足轻重的作家，亦是中国少数民族文学史乃至中国当代文学史不可或缺的存在。除此之外，黄青松、黄光耀、刘绍敏、张心平、冉冉、苦金、吴加敏、雨燕、喻子涵、少一、陈克海……这些作家的影响力也在逐步扩大，显示了土家族作家们的强大力量。

虽然土家族作家们的小说创作已经具有了强大的实力和较大的影响，但时至今日，尚未有系统聚焦土家族小说的研究专著面世，亦没有一部《土家族小说史》出版，这不得不说是一种遗憾。本书的写作初衷，就是想整体把握土家族小说的发展，深入研究土家族代表性作家和代表性作品，展现土家族小说的精神风貌。从2010年开始有这个想法，至今也有逾10年时间。这期间，虽然写作和发表了一些关于叶梅、孙健忠、李传锋、田耳、田瑛、陈川、吴加敏、苦金等作家的文学评论，但作为一个土家族学人，总觉得隐隐有个声音告诉自己这还不够。于是，便不揣浅陋，勉力而为，最终呈现为此作，望能抛砖引玉，引出更多聚焦土家族小说的优秀研究著作。

目 录

绪　论

土家族文学不是一个孤立的存在，它处于中国文学的发展场域中。因此，对土家族文学的研究实际上是在中国文化和文学的整体脉络中进行考察。在正式进入对土家族作家作品的讨论之前，有必要先澄清几个问题。

一、当前中国少数民族文学的主要倾向及问题

梳理民族文学研究的历程，会发现一个突出问题：民族文学研究囿于“民族”话语习惯。研究者常常聚焦文本的“民族维度”，析读“民族风情”，挖掘背后隐藏的“民族精神”。如藏族学者严英秀所言：“但凡提到少数民族文学，许多人就必定会谈民族文化，谈民俗。当下的少数民族文学可以说严重地存在着这种典型的‘民俗村’征候。……少数民族作家在创作中往往放弃对重要的文学问题的开掘，而浮光掠影地追求所谓的民族特色，忽略作品的审美内涵而生吞活剥地展示虚假的没落的民俗。”[①] 严英秀将这一现象归因于民族作家狭隘的文化守卫立场和主流话语对民族文学背离现代性的期待视野两个方面。这一理解是深刻的，但是，从根本性上来说，形成“文化守卫立场”和“期待视野”的还在于评奖机制和文化理念两个层面。

① 严英秀：《论当下少数民族文学的民族性和现代性》，《民族文学研究》2010 年第 1 期。

（1）“全国少数民族文学骏马奖”的基本倾向

在少数民族文学界有着最大影响力和导向性的无疑是“全国少数民族文学骏马奖”（后文简称“骏马奖”），这是专门以少数民族文学为评选对象的最高奖项。该奖 1981 年开始设立并评选了首届获奖名单，当时称之为“全国少数民族文学创作奖”，其主管单位是国家民族事务委员会和中国作家协会。这两个机构的政治权威性和文学号召力合二为一，无疑使“骏马奖”成了少数民族作家们梦寐以求的文学桂冠。

作为少数民族文学的最高奖项，必然会强调民族特色。2008 年正式确立的《全国少数民族文学创作“骏马奖”评奖试行条例》（2008 年 2 月 14 日修订），其核心标准第三条为：“注重作品的民族特色和文化的多样性。”有学者对第十届、第十一届“骏马奖”的评语进行了关键词统计和分析，发现在 49 部作品的评语中出现最高的词汇是“民族 / 民俗”，占比 67%。[①]“骏马奖”强调文学作品的民族性，这毋庸置疑。但是，“民族性”“民族特色”其实都是内涵难以界定的模糊术语。“骏马奖”强调了“历史文化”和“民族生活”，很明显更倡导少数民族作家以现实主义的方式反映民族社会生活、审视民族文化传统。后来，在 2012 年、2016 年对“骏马奖”的评选标准进行了进一步的修改，一定程度上弱化了民族色彩，同时民族话语的表述也更模糊。

虽然术语是模糊的，但在“骏马奖”的强大影响力下，少数民族作家开始了对民族风情的片面强调，回到民族生活世界、回到民族文化传统成了作家们的创作原则，也成了批评家们的主要聚焦点。如土家族作家孙健忠是 1981 年首届少数民族文学“骏马奖”的获得者之一，1982 年公开发表的 3 篇相关评论文章[②]中，无一例外地强调其作品的土家“民族特色”；鄂温

① 翟洋洋：《“骏马奖”评选标准的历史演变：分析与启示》，《民族文学研究》2018 年第 1 期。

② 详参龙长顺：《孙健忠作品的乡土气息和民族特色》，《求索》1982 年第 6 期；龙长顺：《论孙健忠创作中的乡土气息和民族特色》，《吉首大学学报》（社会科学版）1982 年第 2 期；郝怀明：《土家人美好心灵的歌颂者——介绍土家族作家孙健忠》，《民族文学》1982 年第 7 期。

克族作家乌热尔图在1984年成为了第二届少数民族文学“骏马奖”的获得者之一，同年公开发表的3篇论文[①]中，依然无一例外地强调其鄂温克族“民族特色”。凡此种种，不胜枚举。已有学者指出，在获得“骏马奖”的作品中，存在着两个比较突出的问题：其一，对历史的追忆多于对现实的表达；其二，乡土题材泛滥，城市题材太少且基本脱离民族视域。[②]显然，出现这样的现象不是偶然的。作家希望得到认可，既希望得到普通读者的认可也希望得到权威机构的认可，这两者是相互关联的。因此不得不说，在文化多元的大环境中，在“骏马奖”的民族性强调以及学界、读者对民族特色的偏爱中，少数民族作家自觉或不自觉把目光聚焦到民族文化传统，去创作具有民族风情的作品。此倾向泛滥之后，使得许多作家看待自身文化传统的眼光不是一种文化持有者的目光，而是自我的他者化，即为了获得主流文坛的认可，为了满足读者的阅读口味。

正如法国文学理论家帕斯卡尔·卡萨诺瓦所言：“民间风情、地区主义及异国情调有个共同的特点，那就是要尽力去寻找新颖性，地区（民族的，大洲的）的特殊性……‘风俗画’和地方色彩是借助最一般的、最通常的美学手段，描绘一种特殊现实的一些尝试。”[③]在整个八九十年代，少数民族作家们忙于去发现、寻找、甚至“制造”自身民族文化的独特性，从而体现在文学作品中，在获得文坛认可的同时标榜自身文化。批评家们对少数民族文学的评价动辄就冠以民族特色，而对民族特色的理解也常常流于表面，导致许多批评文章将地方俚语、民俗仪式、服饰衣着等同于民族特色；作家们则以“民族味”作为创作的预设，在过度追求民族特点，缺乏更深刻的人文内涵和审美革新。

---

① 详参孟和博彦：《时代的脉息，民族的心音——评鄂温克族作家乌热尔图的小说》，《民族文学研究》1984年第4期；奎曾：《鄂温克族的文学新星——乌热尔图》，《中国民族》1984年第9期；雷达：《哦，乌热尔图，聪慧的文学猎人》，《文学评论》1984年第4期。

② 李翠芳：《全国少数民族文学创作“骏马奖”的文化现象反思》，《当代文坛》2017年第3期。

③ ［法］帕斯卡尔·卡萨诺瓦：《文学世界共和国》，罗国祥、陈新丽、赵妮译，北京：北京大学出版社，2015年，第113页。

（2）多元文化理念及其问题

在社会思潮层面，毋庸讳言，至迟从20世纪80年代末期以来，多元文化观一直是民族文学领域理论建设和批评实践的核心理念。多元文化主义作为一种政治策略和文化理念，于20世纪60年代正式出现在加拿大。该国多族群、多移民的社会现实是推动多元文化政策的动因。据学者考证，多元文化最初的意义指“社会不是由多数人群体和少数人群体组成的，而是由众多具有不同文化的文化群体组成”。① 尔后，随着该术语在不同国家的使用以及时代的发展，“多元文化”逐渐具有了庞大的意义群，“这个术语包含着许多不同形式的文化多元主义，每一种形式都提出了它自己的独特挑战。”② 这既说明了“多元文化”一词广泛的流传度，亦说明了多元文化问题本身的复杂性。英国著名政治学家戴维·米勒亦认为：“问题不是一个人是否想成为一个文化多元主义者，而是一个人想成为何种文化多元主义者。”③ 为了更清晰地讨论问题，笔者此处回到“多元文化”的核心意义——族群文化的多样性。

20世纪90年代以来，多元文化主义在理论和实践上都出现了诸多困难，因此批评的声音渐多。总体来看，批评话语中影响较大的主要有四种思路：

第一，新多元文化论。美国学者R. 曼德森较早开始质疑多元文化主义，他认为当代社会越来越缺乏生命力，其原因是人们囿于多元文化观念里，缺乏真正的对话与交流。他认为应该建立一种新的多元文化观，这是一种单一文化，是能对人们所向往的自由、合理、公正做出解释的正确框架。具体而言，这种“单一文化”又分为三种语言模式：市场语言、科技语言、群体语言。第一种语言说明与预测经济的相对优势，旨在促成世界范围内有关

① ［英］约瑟夫·拉兹：《多元文化主义》，李丽红编译：《多元文化主义》，杭州：浙江大学出版社，2011年，第8页。

② ［加］威尔·金里卡：《多元文化公民权——一种有关少数族群权利的自由主义理论》，杨立峰译，上海：上海译文出版社，2009年，第12页。

③ ［英］戴维·米勒：《论民族性》，刘曙辉译，南京：译林出版社，2010年，第131页。

竞争与消费的讨论；第二种语言裁决行为的合法性，预测行为结果，旨在促成世界范围内有关组织与效率的对话；第三种语言说明人们的责任与义务，旨在促成世界范围内、就如何偿还历史上的欠债和如何把握未来的对话。

他认为随着冷战以来，三种语言模式并没有充分展开，导致了用来促使经济增长的手段与为确保组织结构效能采取的措施及为使人们有群体感所实行的办法，彼此互相矛盾。解决之道便是走向“新多元文化主义”，强调不同语言形式的效能与重要性，理解不同生活领域之间的区别，划分其界限，然后进行充分的对话与交流。在全球性的对话中，这三种语言互补并达成某种和谐。比如，对于传统文化教育而言，不能仅仅将传统文化作为传递其文化遗产的手段以再现群体本身，而应从群体语言去考虑基础教育的设置、从市场和组织效率语言去考虑学校的建设、供给、人员配备及管理工作等。①总之，曼德森试图避开那些没有意义且往往带有情绪的争论，从生活世界的不同层次中依据不同原则来寻找多元文化真正对话的可能。他以温和的方式提出的具体策略，具有一定的价值，然而这多少有些避开多元文化核心问题——多元如何共存的嫌疑。

第二，多元文化终结论。相比曼德森的温和，美国学者拉塞尔·雅各比和劳伦斯·哈里森就要激烈许多。前者毫不客气地将多元文化主义称为“政治思想的垃圾箱”“知识分子们的鸦片”和“时代的神话”；后者则直接预言多元文化主义的终结。

雅各比的质疑始于对“文化”一词的批评，他认为该词的泛化和滥用，导致把每一种社会因素都组合成为一种文化。但是，不同的特征或许不能构成一种独特的文化。文化成了无所不能的东西，成了任何团体任何人希望它意指的无论什么东西。那些所谓独特的文化，往往并不独特，证明多元文化、独特文化的证据，往往仅仅表明了相同生活模式下的不同生活方

① [美]R.曼德森：《全球的单一文化、多元文化和新多元文化》，杨凤珍译，《国外社会科学》1994年第6期。

式，并没有本质的差异。在他看来，多元文化其实是一种并不前沿的、习以为常的观念，之所以在当代社会大行其道，实乃全世界的乌托邦精神死亡之后，知识分子用来安慰自己的方式。多元文化观念的盛行，既是经济、时代和政治的产物，同时也反过来进一步推动了社会的平庸化。多元文化主义意味着乌托邦的让渡。他不无讽刺地说：多元文化主义依靠的是理智的溃败，即拒绝或无法处理是什么构成了文化这一问题。他认为，如果不基于社会与经济现实，就无法讨论文化，而多元文化主义者恰恰对此视而不见。①

劳伦斯·哈里森则在实证的基础上认为多元文化主义已经或应该走向终结。哈里森试图回答：如果文化都是平等的，那么为什么有些文化比另一些文化更为成功？哈里森从多元文化主义的核心基石——文化相对主义开始发问：如果按照联合国《国际人权宣言》所言的民主治理、社会公正的角度来评估一种文化，还能把相对主义当作金玉良言吗？她认为：如果要评估文化在多大程度上有助于消除贫困，那么文化相对主义就变成了一个巨大的绊脚石。从一些文化比另一些文化更能促进社会发展这一先决条件出发，她以 117 个国家或地区作为对象，按照人类发展报告指数、识字率、生育率、公民自由度、民主连续性、人均 GDP、收入分配指数、信任指数、腐败感知指数等指标进行综合分析，发现在大多数成功的社会中，都有着一个共同点——趋向进步的文化和社会资本。她进一步提出了朝着普遍进步文化迈进的八种宏观策略：修正抚养孩子的实践、宗教改革、教育改革、提高媒体的责任感、修正经济政策、根据文化调整发展规划、在私营企业中提高文化因素的敏感性、致力于文化变迁的领导。②

总之，哈里森承认文化对长期的发展而言至关重要，文化既可以成为发展的催化剂，亦可以成为发展的阻碍，寻找有意义的价值观、信仰和态

---

① ［美］拉塞尔·雅各比：《乌托邦之死：冷漠时代的政治与文化》，姚建彬译，北京：新星出版社，2007 年，第 62—83 页。

② ［美］劳伦斯·哈里森：《多元文化主义的终结》，王乐洋译，北京：新华出版社，2017 年。

度并实行进步的文化方针是自我拯救的唯一出路。就此而言，哈里森有一种普遍主义的倾向，即认为有一些自由、权利和生活方式不仅仅属于西方或发达国家，而是全世界人民、所有文化都希望具备的，比如生命、自由、安全、平等、思想、良心、生活水准、受医疗权利、受教育权利等。①

第三，世界主义论。加拿大学者查尔斯·琼斯坚定地捍卫世界主义，他从三个角度对文化相对论进行反驳：不同社会道德规范的多样性并不必然表明核心伦理价值的相对性；理性的普遍主义并不要求把某种单一的道德规范强加于所有社会；伦理相对主义令人不快地将跨共同体的伦理批判完全排除在外。②新西兰哲学家吉莉安·布洛克亦是世界正义的捍卫者，他认为全球化使得全球相互依赖，经济的联合以及全球治理体系的初步形成是呼吁世界主义的基本理由，他提出了一种平等的全球正义论，并以机会均等、需求、能力、人权等为核心建构了一种全球主义的模型。③

美国著名哲学家奎迈·安东尼·阿皮亚对世界主义和多元文化之间的关系进行了清晰的阐释。他认为，当代的人们已经过着一种世界主义的生活，来自不同区域的文学、艺术、电影丰富着这种生活。他提出，世界主义并不是如许多人误解的那样信仰一种无差异的全球主义，世界主义的一个显著使命，恰恰是提倡多元主义。世界主义真正面临的挑战，不是多元主义，不是“别人都不重要”的观念，而是“别人没有如此重要”。他坦承：对于信仰，犹如对于其他任何事情一样，我们每个人都必须从自己的立场出发，来理解其中的意义。那么来自不同文化、有着不同个性的人如何共同协作？阿皮亚的回答是：进行跨文化对话的关键便是，参与对话的人必须具有某种共同的特征。在发现足够的共同特征的基础上，必然会发现不曾

① ［美］劳伦斯·E.哈里森：《自由主义的核心真理：政治如何能改变文化并使之获得拯救》，严春松译，长春：吉林出版集团有限责任公司，2010 年，第 13—14 页。

② ［加］查尔斯·琼斯：《全球正义：捍卫世界主义》，李丽丽译，重庆：重庆出版社，2014 年，第 207 页。

③ ［新］吉莉安·布洛克：《全球正义：世界主义的视角》，王珀、丁祎译，重庆：重庆出版社，2014 年，第 56—71 页。

共同具有的特征，这形成了交流的需要，促进了交流的发生，两者可以相互学习，或者可以从另类的思维、感受和行为方式中得到启发。那么这种交流会不会让交流的双方慢慢失去其差异性而成为一体呢？在阿皮亚看来，那些抱怨全球化导致同质化现象的人，往往忽视了全球化同时也对同质化现象构成了威胁。全球化的过程中，每个地方的人们都会做出自己的选择，即便文化可能会失去一些差异性，但同时也在创造新的差异性。①

世界主义者对全球化持有积极的看法，认为只有对话和协商才是各国面对新形势的唯一选择，正如著名政治学家鲍曼所言："只有参与对话，以及参与为了排除对话过程中必然出现的各种障碍而进行的对话……就能达成共识，进而实现和平共处、互惠互利、合作共存、团结共生。"② 但是，不管是政治学领域的全球正义，还是阿皮亚从哲学角度阐释的世界主义，虽然都有其理论意义，却主要作为一种理想的国际秩序，如何真正落实以面对和解决当前世界范围内的巨大不平等，这显然还需要更多的讨论。

第四，后多元文化论。"后多元文化主义"出现的现实背景是全球大移民所带来的文化认同和政治问题。德国社会学家斯蒂芬·维尔托维奇虽然并不是第一个提出"后多元文化主义"这一概念的学者，但其在 2007 年发表的文章《走向后多元文化主义？变动中的多样性共同体、社会条件及背景》具有非常广泛的影响，是著名学术刊物《国际社会科学杂志》创刊以来被引用最多的文章之一。③ 维尔托维奇认为，今天的移民形式与以往不同，规模小、持续时间短、组织性较弱、来自不同社会阶层，但是移民数量却急剧增加，这使其复杂性远远超过了东道国的以往经验。他提出了"超级多样性"的概念，指移民问题的复杂性体现为各种变量之间的动态的相互

① ［美］奎迈·安东尼·阿皮亚：《世界主义：陌生人世界里的道德规范》，苗华建译，北京：中央编译出版社，2012 年。

② ［英］齐格蒙特·鲍曼：《门口的陌生人》，姚伟等译，北京：中国人民大学出版社，2018 年，第 119 页。

③ ［英］海文·克劳利：《认识"后多元文化主义"世界的多样性——评维尔托维奇 2010 年的文章》，张大川译，《国际社会科学杂志》（中文版）2019 年第 3 期。

作用。这些变量包括：种族、语言、宗教传统、区域或本地的认同、文化价值观、移民渠道、法律地位、人力资本、就业机会、生活区域等。维尔托维奇还以英国为例证明：如果像以往传统的多元文化主义所衍生的众多模式与政策那样，仅仅从民族的角度理解英国的少数族群社区及社区事务，已经无法解决移民个人面临的问题，由此英国的各级服务机构都在积极地转变服务理念、探索新的服务策略。

在对多元文化主义的总结反思以及对英国超级多样性的个案分析的基础上，维尔托维奇认为后多元文化主义试图达到两个目的：一是形成强有力的共同认同感和价值观；二是承认文化的差异性（加上在性别、性取向、年龄与身体是否残疾等方面的差异性）。他认为，各国需要更加强烈的世界大同意识、对他者的尊重和社会公平意识，在公共领域重视多样性、制定承认和支持各种文化传统的规划、让少数民族社群享有真正的政治平等。①

总体而言，可以将后多元文化主义的观点总结为四个方面：承认族群认同，但更强调公民国家认同；承认“地方”，但更强调“全球”；承认文化差异，但更强调差异的多向性；承认“保护”，但更强调“介入”。后多元文化主义视角下个体的首要身份是公民，而非族裔成员，其主要关注的是当代更为复杂的移民问题，强调国家应该制定相应的政策、采取多种手段推动移民融合、培养社会凝聚力、塑造公民国家认同。后多元文化主义强调一种多维度立体文化观——主流文化、亚文化、反文化等不同维度、网状交织的文化整体，强调文化与权力、政治、经济、性别、时间、空间、情境等之间的复杂关联。②

---

① ［德］斯蒂芬·维尔托维奇：《走向后多元文化主义？变动中的多样性共同体、社会条件及背景》，刘晖译，《国际社会科学杂志》（中文版）2011 年第 1 期。

② 傅钱余：《后多元文化主义时代中国多民族文学批评理论刍议》，《内蒙古社会科学》2020 年第 5 期。

二、中国少数民族文学研究的视野与方法

（1）超越“民族”的宏阔视野

研究者站立的理论高度，必然决定其能见之物。事实上，早已有学者指出，少数民族文学研究中一味强调民族特色，其主要原因之一是研究者视野的偏狭。[①]超越汉族、少数民族二元对立的思维模式其实已经是老生常谈，“多民族文学史观”已达成共识。然而，正如前所言，多民族文学史观不论在理论层面还是实践层面都还存在着值得商榷的地方。笔者觉得，当前国家话语中的两个“共同体”的表述对思考多民族文学问题具有宏观指导意义。所谓两个共同体，指的是“人类命运共同体”和“中华民族共同体”。2013年3月23日，习近平在俄罗斯莫斯科国际关系学院作了题为《顺应时代前进潮流，促进世界和平发展》的演讲，其中强调：“这个世界，各国相互联系、相互依存的程度空前加深，人类生活在同一个地球村里，生活在历史和现实交汇的同一个时空里，越来越成为你中有我、我中有你的命运共同体。”[②]这是国家话语中较早的有意识的人类“命运共同体”的表述，可以发现，费孝通先生用来强调中华民族的“你中有我、我中有你”已经上升为对世界各国、各民族、各种文化形式之间的关系的界定。2014年9月，在中央民族工作会议上，习近平首次在国家层面上提出“中华民族是命运共同体”，到2017年10月，党的十九大明确提出，要“铸牢中华民族共同体意识，加强各民族交往交流交融，促进各民族像石榴籽一样紧紧抱在一起，共同团结奋斗、共同繁荣发展。”[③]可见，两者分别指的是中华民族与世界的关系以及中华民族内部的关系。这恰好吻合后多元文化主义的基本态度——

① 严英秀：《论当下少数民族文学的民族性和现代性》，《民族文学研究》2010年第1期。

② 习近平：《论坚持推动构建人类命运共同体》，北京：中央文献出版社，2018年，第5页。

③ 习近平：《决胜全面建成小康社会，夺取新时代中国特色社会主义伟大胜利》，《党的十九大报告辅导读本》，北京：人民出版社，2017年，第39页。

既强调共有价值亦强调文化差异。从文学研究的角度看，两个命运共同体的表述，其实能使我们具有更宏阔的视野。粗略而言，至少可以从三个角度重新思考少数民族文学：

其一，既然中华民族是一个命运共同体，意味着中华民族不论历史存在还是当代发展，都是高度融合的。因此，应该有一种思路是真正去讨论中华各民族文学在不同问题、不同层次上的共性。当然，这必须摆脱以往以汉族文学为高点俯视一切的陈见，真正以一种平等客观的态度、比较归纳的方法去讨论。

其二，既然世界是一个命运共同体，意味着人类紧密地生活在一起，文化是相互影响的，同时也必然具有一些共通的文化价值。正如当代新儒学代表杜维明先生所言："'共同体'这个词的理想含义在于，人们在一起共同生活，分享一种共同价值和实实在在的公民道德，并通过致力于实现公益而联合为一体。"①费孝通先生早在21世纪初就看到了这个问题："全球意识、全球共识、全球纲领、全球行动等越来越多地成为不同民族、不同国家、不同文化的人们自觉的追求。"②正如埃及学者萨阿德·纳吉所言：人类社会的相互依赖日益增长，利益的全球化程度日益提高，越来越多的问题都需要在国际共同体的层面上加以讨论。③因此，在文学层面，我们亦可以从一种世界主义的视野来进行讨论。有学者已经敏锐地看到这个问题，如刘大先认为布鲁斯·罗宾斯表述的世界主义是考察少数族裔文学的值得借鉴的立场④，汪荣亦认为唯有在世界文学和中国文学的双重坐标中，才能正确认识世界文学视野下的中国少数民族文学，他提出向外向内的两种不同的探

---

① 杜维明：《对话与创新》，桂林：广西师范大学出版社，2005年，第58页。

② 费孝通：《经济全球化和中国"三级两跳"中对文化的思考》，费孝通：《中国文化的重建》，上海：华东师范大学出版社，2013年，第41页。

③ [埃]萨阿德·纳吉：《迈向一个具有解决之道的全球共同体》，载于[美]雅克·布道：《建构世界共同体：全球化与共同善》，万俊人、姜玲译，南京：江苏教育出版社，2006年，第193页。

④ 刘大先：《中国少数民族文学学科之检省》，《文艺理论研究》2007年第6期。

寻思路，从而以中国少数民族文学为方法重构世界文学版图。[①] 从总体上说，世界主义的研究思路主要强调共同价值、文学的跨文化流通与影响以及跨文化比较中的异质性特点，这对于突破当前少数民族文学研究的困境可谓不可或缺。然而，不论是从理论层面，还是实践层面，一种世界视野下的少数民族文学研究要走的路还很漫长，甚至说还只是处在起步的阶段。

其三，不同层次的文学交流问题。世界文学与中国文学的关系，或曰文学的世界性与民族性的关系，在西方始于 18 世纪的歌德，在中国则至迟不晚于五四时期。整体看，文学当然既具有世界性，也具有民族性，两者辩证统一。但这样的讨论，常常有空泛的危机——谁是世界？谁是民族？如果世界等同于人类的话，则会出现不可避免的矛盾：当前对“世界文学”的主流理解强调文学的跨文化流通，那么从一个国家到另一个国家的翻译和传播属于世界文学的现象。但是，有可能这两个国家在文化上具有较多的相似性，这时其虽然作为世界文学，但并不一定展现出明显的人类共同价值。质言之，世界文学和民族文学，既不能仅仅作为总体概念，这样会囿于空泛；亦不能单一化简单化，这样会导致武断和片面。应该看到，文学交流和流通是存在于不同层面的，可从国家、族裔、群组、时代、流派、家族、个体等不同角度发现不同的问题。因此，在少数民族文学研究中，不能将人类命运共同体和中华民族命运共同体概念化和单一化，应在具体情境中讨论文化、文学的交流。

（2）民族文学研究的宗旨和方法问题

费孝通先生提出的“各美其美、美人之美、美美与共、天下大同”十六字方针常常被认为是面对民族文化的基本观念，因此也被学界确立为民族文学研究的宗旨。南开大学刘俐俐教授认为：“美人之美”是人类“和而不

① 汪荣：《世界文学视野下的中国少数民族文学》，《民族文学研究》2019 年第 4 期。

同”美好目标的必经阶段，是全球化时代开阔胸襟和人文精神的体现。“美人之美”对“善”的确认标准基于全球伦理底线上达成的各民族文化的共识。因此，少数民族文学批评标准具有以人类伦理底线为基础的多层次性。[①]应该说，这个观点从宏观层面对民族文学理论建设进行了说明，对近十年来的民族文学研究起到了非常重要的推动作用。无独有偶，李晓峰、刘大先亦认为多元共生的、和而不同的观念可能是世界多民族国家中各民族文学的最终旨归。[②]

笔者以为，在总体层面，“和而不同”的表述显然是不容置疑的。然而，需要由此进一步思考的是：当我们将作为一种民族观、文化观的“和而不同”，不加区分地表述为作为审美形式的多民族文学的宗旨和目的，是否适合？如果说文化层面的“和”是指多民族文化多元共融，你中有我，我中有你，那么这可能并不适用于表述当代的少数民族作家文学。除非我们将文学简化为“内容”，或者当作文化的注脚，否则“和”就只能是总体意义上的。这并非意味着文学没有共性，相反，文学作为人类表达和探索精神世界的艺术形式，必然最终面对的是“人类生存环境本身”[③]，但文学的价值恰恰在于不同作家以不同的方式聚焦这一领域。在一定范围内，文学使用的语言、技巧、表述方式也可能是共同的，作家与作家之间也确实存在影响与被影响的关系，但这仍然不能说作家文学是相互融合的。因为文学的核心标准在于独创性，独创性是任何一位作家屹立文坛的必要条件。

正如后多元文化主义者主张差异存在于各个层次，笔者亦认为牢记文化和文学的区别从而注意文学的独特性是深化多民族文学的必然途径。回顾多民族文学研究历程，正是将文化层面的概念、方法、思路不假思索地

---

① 刘俐俐：《“美人之美”为宗旨的民族文学理论与方法的几个论域》，《文艺理论研究》2010年第1期。

② 李晓峰、刘大先：《多民族文学史观与中国文学研究范式转型》，北京：中国社会科学出版社，2016年，第351页。

③ [法]茨维坦·托多罗夫：《濒危的文学》，栾栋译，上海：华东师范大学出版社，2016年，第129页。

沿用或套用到文学上，导致了多民族文学的去审美化。事实上，在关纪新和朝戈金的民族文学理论奠基之作——《多重选择的世界》中，便强调少数民族文学的审美性，认为真正的艺术品都是一个特异的个体，民族性与个性辩证统一。[①] 上面述及的刘俐俐的文章，也强调要转换到审美价值判断。近几年，也有学者强调民族文学研究应注意从文化到文学的范式转变。[②] 或许，这一呼声还应该再热烈一些。既然“和而不同”并不适于表述民族文学研究，笔者以为，此领域研究的出发点和目的，应是讨论作家以何种艺术方式去表达某种独特体验。

一个基本的态度是，不论称之为多民族文学，还是少数民族文学，其核心的词汇都是“文学”，应该将之置于文学的视域中进行思考。虽然这一态度容易被斥之为僵化的本质主义，但必须看到，虽然“文学性”概念的泛化以及“文学”边界的开放促进了文学人类学、文化研究等学科的兴起，对传统的文学研究也有较大的贡献，但这并没有宣告对文学进行审美分析的死亡。正好相反，21 世纪以来，回到文学渐成一种响亮的声音。如美国著名文学理论家乔纳森·卡勒在 2007 年出版的《理论中的文学》一书中，便强调要聚焦文学作品，以便对文学的运作进行批判，这是文学的历史任务之一。[③] 又如英国著名文论家伊格尔顿在 2012 年出版的《文学事件》一书中，推翻了自己在 1983 年发表的《文学理论导论》中对文学的本质性的否认，回到了对文学的本质的建构。他强调：“文学作品常常创造出鲜活的经验，然而它们的实际构成单位是书写符号。凭借写作，文学作品中的每样事物才得以诞生。……文学不能被简化为它们所表达的‘信息’。文学……目的在于自身，只有在文学指称的表演之中，也只有通过表演文学才能实

---

① 关纪新、朝戈金：《多重选择的世界——当代少数民族作家文学的理论描述》，北京：中央民族大学出版社，1995 年，第 122—123 页。

② 傅钱余：《民族文学“民族性”的研究范式新议》，《天府新论》2014 年第 4 期。

③ [美] 乔纳森·卡勒：《理论中的文学》，徐亮等译，上海：华东师范大学出版社，2019 年，第 35 页。

现自身的目的。”① 总之，我们可以敞开少数民族文学与政治、经济、文化、社会等层面的关系，但不可或缺的一个思路应是从文学表达的角度对之进行讨论，这是文学研究者务必捍卫的领域。

（3）多维综合的问题意识和多元辩证的价值标准

在把少数民族文学首先作为文学之后，可以在此基础上来讨论其广阔的研究前景。前面提到，以文学的方式表达某种独特体验，但独特的体验并不是固定的。不仅不同民族、不同作家之间有差异，而且单个作家在不同时空中的体验也都是独特的。因此，从后多元文化主义的视角看，少数民族文学显然不仅仅有文化认同问题，而是包含身份、性别、民族、阶层、时空等复杂交织的问题域。以多角度动态的方式向民族文学提问题，是超越“民族视角”的必然选择，由此，少数民族文学才能真正成为有价值的研究对象，才能真正成为理论的生产场域。进而言之，既然采取了多角度的提问方式，必然随之进行改变的，是少数民族文学的价值标准。显然，也需要超越“民族特色”唯我独尊的单一模式了。笔者曾提出，少数民族文学批评应持有人文性、民族性、文学性三元辩证统一的基本立场。人文性需要面对当代人的需求和社会的良性发展，倡导向上向善的价值观；民族性强调民族文化心理和价值内涵；文学性强调人文价值和民族价值的审美表达，强调艺术独创性。② 在此，需要进一步补充和明确的是，笔者主张的民族价值，必须基于细致而有说服力的文本分析。文学作品的民族性，是作者通过虚构世界的一种有意识表达。在文学作品中，与其说民族性是一种文化属性，不如说是一种文本创造，是一种文学风格。这种民族风格的产生当然和生活世界的文化事实具有千丝万缕的关系，但并不能因此忽略文学作为一种

① ［英］特里·伊格尔顿：《文学事件》，阴志科译，郑州：河南大学出版社，2015年，第71—72页。

② 傅钱余：《论中国民族文学的价值标准与前景》，《中国社会科学评价》2016年第3期。

审美表达本身的相对独立性。因此，立足于文学位置的研究，一切文化的、社会的因素，都必须讨论的是这些因素如何与文学的各个层次互动从而生成某种风格。另外，此处所言的人文性、民族性、文学性三重立场，并不意味着每一部文学作品都全部具有或同等程度具有，而是强调面对少数民族文学作品的一种宏观、整体、动态的基本立场。在这样的基本立场之下，可以进一步讨论性别、权力、伦理、身份、成长、时代、地域等不同侧面的价值。[①]

① 傅钱余：《中国多民族文学“民族性”问题研究》，哈尔滨：黑龙江人民出版社，2021 年。

第一章

思基的小说创作

思基，原名田儒璧、田思基，土家族，1920 年生于贵州省印江县，中国作家协会会员，一级作家，曾任《北方杂志》编辑、东北师范大学中文系副主任、副教授、《处女地》月刊主编、辽宁省文学研究所所长、《鸭绿江》主编、《当代作家评论》主编、辽宁省文联副主席等职务。思基是土家族文学历史上第一位小说家和文学评论家，被认为是土家族当代文学的奠基者。

思基的文学旅程起步较早，1944 年开始小说创作；1945 年《解放日报》发表他的小说处女作《我的师傅》，随后发表《信》《解放时候》《生长》等五篇短篇小说，1948 年光华书局将以上六篇小说汇集出版，题为《生长》，上海文艺出版社 1953 年予以重印。20 世纪 50—70 年代，思基以文学评论为主，鲜有文学作品问世，现见于报端的只有散文《回乡偶记》（1958）、《幸福的诗》（1960）、《万分之七》（1964）、《震中地区处处春》（1976）和短篇小说《党委书记》（1961）、《送别》（1964）等。1958 年，长江文艺出版社出版其文学评论集《生活与创作论集》，1962 年、1980 年春风文艺出版社分别出版其两部论著《过渡集》《论〈李自成〉及其他》。新时期开始后，思基恢复了文学创作，陆续发表《分道扬镳》（1979）、《赤子恋》（1980）、《雨过天晴》（1981）、《其味无穷》（1982）、《第六种人》（1983）等十余篇中短篇小说，出版长篇小说《昨夜风雨》（1989 年）。1993 年，鸭绿江文学月刊社出版四卷本《思基文集》，收录作者 108 篇作品，囊括了思基开始创作以来的重要作品。

第一节　思基早期的小说作品

这一时期的小说，可以用两个关键词概括——批判和歌颂。批判旧社会或国民党的黑暗腐败，歌颂解放区的新生活。

短篇小说《生长》，塑造了吴黑大这样一位由旧到新的人物形象。他本是国民党军队里的一个士兵，但厌烦了国民党军队的残暴、腐败、势利，悄悄离了队，后来接受了共产党的宣传，参加了新的军队。但他对军队的思维还停在“旧军”里，以为这里也和国民党军队一样，并开始后悔参军，做事消极怠慢，甚至装病而不参加劳动。但是连长、班长以及战友们却对“病”了的吴黑大关怀备至，大家嘘寒问暖，细心体贴，还用担架抬着他往返五十公里去医院。这非但没有让吴黑大感动，反而增加了他的恐惧感，他害怕装病被识破后会受到严厉的处罚，因此费尽心机想要逃走。有一天趁大家上山开荒的时候，他悄悄溜出了军营。发现受了欺骗，大家开始四处追寻他，终于在一个地窖发现了吴黑大，原来他地形不熟又担心被追拿，所以见了地窖就躲了起来。此时眼看被追到，惊慌而失去理智的他捡起一块石头就砸向了战友，导致两名战友受伤。被带回部队后，他很恐惧，觉得自己这次只有死路一条了。但是，指导员和班长并没有责罚他，而是同他谈心，更加关心他，他也终于认识到了共产党军队的不一样，向战友们敞开了心扉，诉说了自己的经历。战友们原谅了他，大家众志成城革命激情高涨。此后的吴黑大，一改往日装病要滑头的习惯，连真正生病了也要挣扎起来参加劳动。这篇小说的视角选择无疑是巧妙的，吴黑大的身份是双重的，既在国民党军队有过经历，又参加了共产党军队。这使得吴黑大必然在心中会有对两者的比较，由此产生了多重的心理空间，这使得吴黑大这个人物形象更加的真实可信，不落于概念化、脸谱化，自然而然也揭示了国民党军队的黑暗以及共产党军队的纪律、友爱、团结和包容。

同期的作品中，《解放时候》是写得比较成熟的作品。小说以第一人称“我”为叙述者，讲述“我”动员房东一家用新式纺车纺棉花生产的故事。小说在情节和叙事节奏的安排上比较老练。总体的线索是“我”引导、动员房东老太太从不接受到接受的过程。由于房东老太太思想比较固执，所以“我”动员的阻力非常大，整个过程显得一波三折。最开始的时候，房东老太太嗤之以鼻完全没有兴趣，认为“我”是一个男子汉不可能会纺线这种女人活；第二次，“我”找来一块更高效的搓花板，指导三妮子卷棉花，房东老太太很冷淡，带着嘲弄和厌恶的表情看着“我”，还以批评三妮子的方式发泄心中的怒气；第三次，“我”见无法说服老太太，决定现场演示给她们看，但因为合作社木工同志一时疏忽，没有按照指定尺寸做，导致“我”安装纺车时弄断了车轴间的车叶，这让“我”丢了丑，受到了老太太的嘲笑和指责；第四次，“我”组装好纺车，开始纺线，房东老太太和儿媳妇桂香也暗暗和“我”比赛纺起线来；最后，“我”的成绩远远地超过了从清晨一直纺到月出的两位“对手”，实践证明了真理，房东老太太终于转变了观念，主动要一辆新式纺车，“我”终于胜利了。第一人称“我”的限知叙事，使得这篇小说情节曲折，富于悬念，能吸引读者眼光；同时，“我”的所思所想自然流露恰到好处，由于“我”是军人，自然以战争的方式看待这样一次动员，使得小说读起来很有趣味，很有生活气息。

有评论家在总结思基这一时期的作品时说：“艺术特点表现在文笔朴实无华，结构紧凑明晰，情节生动有趣，主题思想鲜明突出。这体现了作者力求以生活的真实来打动读者，看来平淡，实则深沉，具有较强的艺术感染力。”① 李云忠所著《中国少数民族文学史》（小说卷）亦认为思基的小说“立意深刻，构思缜密，心理描写细腻真实，故事叙述自然流畅，文笔简洁朴素。不仅在当时具有很大的社会意义，今天读来依然耐人寻思回味。”② 这些总结是比较全面也比较到位的，思基积极响应毛泽东关于文艺为政治服务的相关纲领，在小说创作中，以革命现实主义为主要方式，聚焦现实问题，反映在革命生活和现代化过程中涌现出来的新人物、新风貌，揭露和批判那些因循守旧、缺乏变通的旧式生活。他善于讲述故事，制造悬念，因此读起来曲折生动，饶有趣味。这是其小说的优点。

第二节　思基后期的小说作品

1978 年改革开放之后，社会思想活跃起来，文坛也逐渐呈现“百家争鸣”之景象，作家们创作激情呈现喷发之势。此时，已经年过花甲的思基又一次拿起笔来恢复了文学创作，并陆续发表《分道扬镳》（1979）、《赤子恋》（1980）、《雨过天晴》（1981）、《其味无穷》（1982）、《第六种人》（1983）等十余篇中短篇小说，并出版长篇小说《昨夜风雨》（1989）。总体来说，这一时期的文学作品，与之前的作品比较起来，思想上不再简单批判或歌颂，对人物的行为、命运、心理动机等有更深刻的思考；艺术上也显得成熟和精巧，早期小说中的粗粝之处大都得以避免。当然，思基依然将现实性和故事性这两点紧紧抓住，并在后期小说创作中不断思考、不断创新，使得其小说读起来引人入胜又发人深思。

---

① 张命全、田鸿鹤：《土家族文学家思基》，《鄂西大学学报》（社会科学版）1989 年第 1 期。

② 李云忠：《中国少数民族文学史》（小说卷），北京：人民文学出版社，2016 年，第 295 页。

1989年出版的长篇小说《昨夜风雨》，是思基后期小说的代表，也可以看作是思基整个小说创作历程最具代表性的作品。据作者自序，这部小说的创作历程，前前后后经历了将近30年。作者在1959年获得了一个合金厂厂长白手起家、奋发图强的事迹后产生了创作的想法，这种精神也激励了作者从沈阳被流放到农村、又从农村走回城市。1978年十一届三中全会之后，政治上的宽松气氛让作者又产生创作这样一部小说的渴望。[①] 经过几年的写作，1983年思基在疗养院终于完成了小说初稿。然后又历时近5年的修改，终于在1987年定稿。

真实性、典型性、现实性是思基对文学创作的追求。他在回复一个青年作家时曾说：

> ……文学创作的基本特征之一，是要使作品的形象具有概括力，是要通过一个典型事件，一个具有真实性格而又紧密的联系着他的生活环境的人，形象地揭示生活的本质，展示生活的画面，从而去教育读者和鼓舞群众。它的好和坏，不决定于材料的数量，而决定于材料的真实性和深刻性。[②]

《昨夜风雨》的人物塑造和故事叙述，能够看出作者在真实感和典型性上下的功夫，因此这部作品能够打动读者的心灵。

小说的核心人物是合金厂厂长耿起忠，一个从部队转业后全身心投入合金材料研制的“拼命三郎”。他积极投身于国家的工业建设，在几乎零基础的局面下，依靠自己的经验和毅力硬生生地在定川市“平地起高楼”——创立了一个远近闻名的合金厂，每年给市里贡献近三分之一的财政收入。

① 思基：《昨夜风雨·跋》，《思基文集》（第2卷），沈阳：鸭绿江文学月刊社，1993年，第355—359页。

② 思基：《谈生活的提炼——复一位青年朋友的信》，《思基文集》（第4卷），沈阳：鸭绿江文学月刊社，1993年，第153页。

这时，东北人民政府财经委员会供应科齐科长赶来，委托他完成军工急用的五千吨精铅。这是抗美援朝的紧急任务，他不敢怠慢。此时最大的挑战是尚不清楚铅的炼制方法，他招来几个工人，昼夜不歇地开始了实验工作。然而，“三反”“五反”运动此时正如火如荼。一个曾经与他有过交流的具有资产阶级思想的人，为了减轻罪行，诬告他接受贿赂。因此，他成了市里立案调查的反面典型，成为以王一然为代表的运动派凶猛围攻的重点对象。这是小说的核心冲突。由此产生了三个层面的关系：一是耿起忠与王一然等人之间的尖锐冲突；二是耿起忠与军工任务的紧迫需求；三是耿起忠与恋人黄郁芝之间的感情纠葛。在烈火一般蔓延燃烧的运动氛围中，虽然有上级领导杜荣志的关心，耿起忠还是被王一然迫不及待地定了罪、判了刑。好在军工任务紧急，且战争胜利的目标大过一切，在市委领导的特批下，耿起忠以犯人的身份被押解回合金厂，继续负责精铅的研制工作。经过一系列艰苦卓绝的实验之后，他们终于将纯度提高了99.9%，符合了相应的要求。但是，任务时间本就不多，之前的斗争浪费了许多时间，以至于完成任务几乎不可能。好在齐科长和市里及时给了支持，调配了三台空气压缩机，这大大降低了炼制时间、提高了炼制效率，眼看完成任务指日可待。然而，长期的夜以继日硬拼的他倒下了，并再也没有站起来。评论家一般认为，这部小说的美体现在两个层面：一是歌颂了一个忠诚的共产党人身处逆境中的崇高思想和优秀品质；二是揭露了“三反”“五反”运动的思想偏差及其造成的危害和损失。①

思基在耿起忠这个人物形象上是用足了力气的。除了通过整个精铅研制过程来体现这个人物身上的理想精神、奉献精神和实干精神，还通过许多的场景来塑造他丰富的人格特征。小说的开始，是一场合金厂每日中午都会举行的篮球赛，在此过程中叙述了身材并不高大的耿起忠在部队为了

① 秦玉明：《思基的〈昨夜风雨〉》，《当代作家评论》1990年第3期。

提高球技而白天黑夜练球的经历，也叙述了他雄心勃勃试图组建名震东北的篮球队。这个细节，显然是为了从侧面体现耿起忠顽强拼搏的精神和充满激情的生活态度。黄郁芝在恐惧中不顾一切地扑进他的怀抱，虽然他心中泛起了波澜，但始终没有做出越轨的行为，这说明了他道德高尚。通过巧拿盗窃废铜的老和尚并放他一马的小插曲，体现了耿起忠的智慧和宽容。通过杜荣志对耿起忠在抗日战争中的表现的回忆，又体现出他的勇敢和牺牲精神。但是，与早期小说中正面形象的完美不一样的是，耿起忠的形象虽然高大、丰富，但也有不足。小说中他被定罪判刑有一个关键性的阶段，就是他自己承认有罪。他承认有罪的原因并不主要是严刑逼供，而是他对诬陷他的人的强烈仇恨。因此，哪怕两败俱伤，耿起忠也决定要报复他，他不但承认自己有罪，还提高了钱款数额。另外，耿起忠身上还有一股浑劲，硬闯市委领导办公地，递交了申辩材料。其实，这也符合耿起忠的身份，他不是知识分子家庭出身，也没有太多文化，在战场上拼死拼活过来，靠着这股浑劲一路走了过来。

耿起忠这个人物形象无疑是真实的，他的浑劲和私心恰恰证明了他性格的丰富性。如果仅仅是一味地崇高，那么崇高有时候就会变得虚假。真正的崇高往往并不是人物形象完美无缺，而是他能在复杂的情境中做出超越常人的行为。这个复杂的情境，有时候就包括作家本人的私心、欲望等因素。读完《昨夜风雨》，读者并不会因为耿起忠一时激愤、反诬造谣者而批判他，也不会因此觉得这个人物形象不崇高。相反，他的激愤，他的无奈，说明了这个人物也是一个普通人，却用自己的理想主义、意志力和拼搏劲，做出了普通人难以完成的成绩。因此，他是一个崇高的理想主义形象。从另一个角度来说，他的崇高性，又来自他的悲剧性。他刚直不阿、大公无私，对人和善敦厚、热心好善，对事业执着坚强、不屈不挠，然而这样一个崇高的人，却受到了小人的诬陷，也受到了运动派不分青红皂白地处罚，最后身陷囹圄。通俗地说，这其实就是好人无好运这样的命运悲剧，他的满腔热血差一点空怀报国志。他和黄郁芝之间美好的爱情，突然被这阵风雨阻挠，两人克服艰难后，本可以喜结连理、幸福美满之时，耿起忠又突发疾病并最终英年早逝，刚刚绽放的爱情之火就此熄灭。总之，生命的短暂、爱情的破灭、命运的坎坷成了这部小说悲剧意蕴的来源，也反衬出耿起忠这个人物强烈的崇高感。

思基是一个讲故事的高手，这一点在其早期小说《生长》中已经体现出来，而《昨夜风雨》的故事讲述，线索清晰，结构紧凑，颇有悬念，故事推进自然，能抓住读者的阅读期待。故事要让读者觉得可信，有阅读期待，一个重要的要求是事件与事件之间、行为与行为之间具有必然性。在现实主义的小说里，如果一个事件的发生与之前的事件没有必然的逻辑性，这或许是需要反思的，因为这会导致情节链条的解体。在给贵州作家田永红的一封信中，思基特别强调了事件与事件之间的“必然性”。他说：“……这之中缺乏一种必然性。从一开始，你就暗下伏笔，但作品所揭示的内容，不够说明他非如此不可。”[①]这段话在《昨夜风雨》中得到了证实。在耿起忠与王一然的冲突这一核心线索中，各个事件按照因果关系被安排在一个紧密的时间链中。先是耿起忠接受紧急的军工任务，然后王一然的出场，耿起忠的激愤，紧急军工任务要求他继续试验，被判刑导致他和黄郁芝关系的冷淡，他更加拼命的行为以及后来的突发疾病。这整个故事系列，一环扣一环，事件不会突然出现，在出现之前都有相应的铺垫和因果关系。比如，他被判有罪后回到工厂，几乎所有人都冷眼相看，连深爱他的黄郁芝也压抑着自己的情感而面无表情，只有两个徒弟笑脸相迎递茶送水。在这个事件之前，作家已经暗下了伏笔，因为两个徒弟在进厂之前，衣食困窘，空有一身力气，其中一个徒弟还拖家带口，眼看孩子就要断炊。耿起忠既是看重他们的体力和品质，也带有行善之心。所以，行善之人有善报，在众

① 思基：《致田永红》，《思基文集》（第4卷），沈阳：鸭绿江文学月刊社，1993年，第222页。

人冷眼旁观之际，两个徒弟给予了微笑，这对当时的耿起忠来说是莫大的鼓励，激发起了他完成实验的决心。

场景描写和心理描写亦是这部小说出彩的地方。小说的开篇是对一场篮球赛的叙事，如前所述，这是在铺垫耿起忠的品质。后来的公开审判、耿起忠与王一然的对峙以及耿起忠的实验场景，作者就毫不吝啬笔墨，将一个个场景，场景中的主要人物的表情、行为甚至心理以及整体的氛围都恰到好处地呈现出来，使得这些场景扣人心弦。

试看一段对“集体围剿老虎大会”中王一然的描写：

> 王一然脸上的肌肉，硬邦邦的，说话都不轻易颤动。两只眼睛圆睁着，两道烁烁的目光，横扫着整个俱乐部。人挤得满满的会场，静得连一点声音也没有。打虎队员，都像进入了决战阵地，单等着他发布冲锋的信号。①

这样的描述，小到肌肉、说话、眼睛，大到整个会场的情况，都恰到好处地描述出来，既充分体现了在悖谬的历史场景中王一然等人的地位，又充分地刻画了这个人物的狡诈和狠毒，不达目的誓不罢休。王一然显然是悖谬时代的一个典型，通过这个人物形象作者反思的是社会的畸形和人物的畸形。有学者认为，思基后期的小说中，有强烈的忧患意识，“作家思考社会问题愈深入，对社会问题内里的微妙因素——社会心理认识愈透彻，便孕育了作家心鲞难平的忧患意识。”② 此言非虚。《昨夜风雨》中，既有出彩的场景描写，还有丰富的心理描写，不论是对核心人物王一然、耿起忠还是次要人物杜荣志、黄郁芝，其行动之前都有细腻的心理呈现，作者试

① 思基：《昨夜风雨》，《思基文集》（第2卷），沈阳：鸭绿江文学月刊社，1993年，第241页。

② 许振强：《思基小说评略》，《小说评论》1987年第2期。

图去挖掘和呈现在特殊历史阶段中当事人的相应心理动机，从而从个体心理进而到社会心理的角度去提供一个反思历史的视角。

不妨再看一段作者对工业局局长杜荣志的描写：

> 他心神不安地向前走着。往东拐时，阳光不时照到他的脸上。他那棕红色的脸膛明显地罩着一层忧郁的神色。两只圆而黑的大眼睛，鼓鼓的，充满了怒气。他每到一个十字路口，头顶的山都震耳欲聋地响着："认罪，认罪！投降投降！"这响声从各个十字路口向外延伸，在整个市空交织成一个庞大的声网，不管你愿不愿意听，它都径直往你耳朵里钻……[①]

同样是描写眼睛，对朱局长和王一然的描绘很好地呈现了两个人物各自的身份和心理。朱局长是耿起忠的领导，也是抗战时期耿起忠的上级，他对耿起忠知根知底，相信其品质，知道他不会贪图私利。但此时洪流般的运动状态，他也如履薄冰，更无法证明耿起忠的清白，更何况耿起忠自己承认了有罪。在这样的局面下，朱局长愤怒、忧郁、痛苦，甚至是恐惧，他内心有着巨大的冲击，所以运动的呼声压抑着他，像一张网一样捆缚着他。这里震耳欲聋的口号，既是实景，又是虚景，一方面说明运动的声势浩大；另一方面又揭示朱局长内心的压抑。上面摘录的两段话，都没有华丽的辞藻，没有故弄玄虚的句式，但读起来却感觉生动传神力透纸背，富有力量感。

除了场景和心理的描写，对景物的描写亦渗透着情感。在耿起忠以罪犯的身份被押送到工厂，而日夜思念的黄郁芝又闭门不见时，作者写道：

> 山上的青草已经发绿。山间，间或有几棵杏树也花开满枝，

---

① 思基：《昨夜风雨》，《思基文集》（第2卷），沈阳：鸭绿江文学月刊社，1993年，第262页。

喷着清香，招引蜂蝶，点缀着这里的春色。尼章河里冰凌完全消失，清凉的河水绕着山根，静静地向前流淌，水面上闪着点点光星。春天已阔步走向人间了。连精铅工地也偶尔露出一丛一丛的小草。但工地却还是开初那个样子。几根木杆架起来的工棚，四面无墙，顶上有几块水泥瓦。架子底下，两个炉台，矗立在一堆耐火材料中间，煤块在炉门口撒了一地，炉内冰凉冰凉，倒抽着冷气。原来他们吃饭休息的小偏厦，地上堆满了被风刮进来的乱草。高梁叶，苞米叶，狗尾草，野蒿蓬……横七竖八，狼藉满地，像一个久被废弃的猪狗窝。①

这段景色描写，没有一字提到主人公耿起忠，然而却生动可感地呈现了他的内心世界。耿起忠最念兹在兹的，不是自己被判了刑，而是炼制精铅的军工任务被搁置，自己无法完成国家交代的任务，无法帮助抗美援朝的战士们取得胜利。因此，此时能够回到厂里继续试验，他是充满了希望、充满了激情的。他看到了青草发绿，闻到了花的清香，听到了水的流淌，春的脚步让他喜形于色。然而，工地的荒芜又让他感到失落，感到痛苦，所以他看着那些乱草，看着横七竖八的工地，就像废弃的猪狗窝。除此之外，黄郁芝和工友的冷漠，也让他觉得冰冷冰冷的。

这样的句子举不胜举。思基对语言有较高的要求，强调语言必须丰富生动，而语言丰富生动的前提是有深刻的情感和扎实的生活基础。在他早期对赵树理小说的评价中，就特别欣赏其语言运用。他说："赵树理同志是以群众的口头语言为基础加以精练的。他对于词汇选择，句子结构都以群众听得懂、听得习惯为标准，因而，他既避开了知识分子所使用的冗长的句法，又避开了口头语言中一些不科学的方言土语，而使他的语言十分朴

① 思基：《昨夜风雨》，《思基文集》（第2卷），沈阳：鸭绿江文学月刊社，1993年，第273页。

素，坚实而又有丰富的表现力。”[①]这是写于1958年的一篇文学短评，其中对语言风格的强调，既是在点评赵树理，也成了他自己对小说语言的要求。不管是其早期小说，还是后期小说，都在通俗易懂而又丰富传神上下功夫。到了小说创作的后期，思基对此有了更深刻的思考和总结，他将语言与人物形象、作家情感和生活体验作为一个不可分割的统一整体。他说：

> 语言是生活的表现形式。丰富生动，新鲜活泼的语言，是从作家深入生活，了解生活中来的。没有对生活的了解，即人物思想性格，社会的道德风尚，地方的风俗人情，政治和经济的斗争形式等等，便不会有丰富生动、新鲜活泼的语言。一部作品的语言好坏，体现着作家生活根基的深浅。[②]

总之，真诚的思基将自己的情感倾注到人物形象的塑造和故事内容的叙述中，倾注到对语词的选择和运用中。读者随着扣人心弦的故事情节，渐渐认同了执着顽强、高尚崇高的耿起忠，也渐渐同情黄郁芝的热烈而又隐忍的爱情之火时，耿起忠却因为长期的拼命最后英年病逝，黄郁芝因为受不了打击失魂变疯。当耿起忠进入了医院，医生下了最后的“判决”，读者们已经清楚地知道故事的结局了。此时，仍然抱有一线希望的黄郁芝，把自己屋子收拾得整整齐齐，把自己打扮得漂漂亮亮，并且毫不顾忌周围眼光，置办婚礼用品。这一切，在读者心中产生的悲剧感愈加沉重，怜悯之心也愈加强烈。此时当读者联想到小说题目《昨夜风雨》，标题源于唐代诗人孟浩然的诗歌《春晓》——春眠不觉晓，处处闻啼鸟。夜来风雨声，花落知多少。在读完故事抚卷叹息之际，对“春风”“风雨”“落花”，对那些

---

① 思基：《论赵树理的短篇小说》，《思基文集》（第3卷），沈阳：鸭绿江文学月刊社，1993年，第22页。

② 思基：《论〈李自成〉的艺术创造》，《思基文集》（第3卷），沈阳：鸭绿江文学月刊社，1993年，第204页。

既轻如尘埃又重如磐石的历史更多一些深邃的思考。

最后要说的，虽然《昨夜风雨》真诚、崇高，赋予悲剧意蕴，故事生动，叙述巧妙，语言丰富生动。然而，小说为了塑造耿起忠这个主要人物形象，为了表达作者的创作意图，导致在一些地方显得过于刻意，有的场景为了烘托而写作，生硬而不自然。比如，小说中第一个出现的篮球比赛场景，显然是为了突出耿起忠的人物性格。然而，这个场景与整体的故事框架没有必然性的联系，后续的叙述中也几乎没有再提到篮球比赛。因此，这个场景在小说开篇就出现，且花了不少篇幅强调，然后后续又再无照应，这显得极不自然。

又如，小说写到耿起忠接到炼制精铅任务后，为了展开实验，去劳工市场招工这个场景，显然也是为了体现他的善良。然而，除了体现他的善良，这个场景在小说中也几乎没有任何的照应，再一次为了塑造人物形象而刻意为之。作者花了很大力气来叙述他招到的两个新工人，还叙述其中一个工人窘迫的家庭状况，甚至对其孩子的哭声、母亲的表情都进行了细致的刻画，让读者以为后面的故事中，两个徒弟会产生关键性的作用。然而，他俩在后面的场景中，除了给了耿起忠一些微笑之外，没有什么更多的事件，又一次显得牵强。当然，瑕不掩瑜，《昨夜风雨》不失为一篇优秀的小说作品。

第二章

孙健忠的小说创作

孙健忠（1938—2019），男，湖南吉首人，他是土家族作家中较早发表作品、坚持写作时间最久的作家。他从 1956 年发表处女作《小皮球》开始，半个多世纪以来一直笔耕不辍、不断创新，发表、出版了大量的作品，取得了显著的成果。其出版的主要作品有长篇小说《醉乡》《死街》，中短篇小说集《娜珠》《五台山传奇》《乡愁》《甜甜的刺莓》《倾斜的湘西》《猖鬼》《当代湖南作家作品选·孙健忠卷》[1] 等。其中，《甜甜的刺莓》获首届全国优秀中篇小说奖；《留在记忆里的故事》获首届全国少数民族文学创作奖；《醉乡》获第二届全国少数民族文学创作奖；中篇小说集《倾斜的湘西》获第四届全国民族文学创作奖。因此，有学者认为："孙健忠是土家族历史上第一个有影响的作家，历史的要求和自身的努力将他推上了土家族文人文学奠基者的地位。"[2] 这个评价是中肯的，孙健忠在土家族作家文学的发展历程上，确实起到了引领者的作用。

---

① 详见《醉乡》，上海：上海文艺出版社，1986 年；《死街》，北京：作家出版社，1989 年；《娜珠》，长沙：湖南人民出版社，1979 年；《五台山传奇》，武汉：长江文艺出版社，1964 年、《乡愁》，长沙：湖南人民出版社，1983 年；《甜甜的刺莓》，昆明：云南人民出版社，1982 年；《倾斜的湘西》，广州：花城出版社，1991 年；《猖鬼》，长沙：湖南文艺出版社，1992 年；《当代湖南作家作品选·孙健忠卷》，长沙：湖南文艺出版社，1997 年。

② 龙长顺：《孙健忠作品的乡土气息和民族特色》，《求索》1982 年第 6 期。

第一节 孙健忠的早期、中期小说

通常而言，每一位有所成就的作家，在其创作的历程中，都经历了初出茅庐、探索改变到臻于成熟的过程，孙健忠的文学创作轨迹正是一条不断追寻、不断转变的曲线。有学者建议将孙健忠的创作分为前后两个时期，“那么孙健忠前期小说创作主要以现实主义描写方法，逼真地再现湘西土家族现实生活画面，描述土家人的性情天地，那么孙健忠后期小说创作大量出现湘西土家族独有的神话，传说，民族生活中的古老遗存，甚至长期被视为邪辟、迷信、荒诞不经的东西，通过展示一幅幅荒谬怪诞的图画而展现湘西土家族民族历史变迁，审视土家族民族心理，对其民族劣根性进行批判。”①

然而，纵观孙健忠的创作历程②，笔者觉得前后期两分法虽然能够看到孙健忠在创作过程中的一个比较显著的转变，却不足以细致地观察作家寻求改变的过程，以及在不同阶段所具有的不同的写作手法和艺术风格。民族性是孙健忠一以贯之的艺术追求，用他自己的话说是：“作为一个少数民族作家，理应把反映本民族的人民生活作为自己最神圣的职责。”③因此，作家有意识地将土家族的神话传说、仪式习俗、故事歌谣等文化形式统筹进

---

① 吴正锋：《土家族民族历史叙事与湘西神魔艺术建构——孙健忠后期小说创作研究》，《求索》2010年第7期。

② 因为孙健忠在20世纪90年代末期以后，鲜有作品面世，所以本文讨论的主要是他登上文坛到90年代中后期仅50年发表的作品，这里的“创作历程”也指的是这个时间范围。

③ 孙健忠：《文学与乡土——代跋》，见孙健忠：《乡愁》，长沙：湖南人民出版社，1983年，第390页。

自己的小说创作中，“孙健忠第一次将土家族风俗习惯大量地搬进了文学殿堂，土家族的民情风俗第一次得以比较集中地在中国文学中得到表现。”[①]在这样的情况下，为了深入探讨孙健忠小说的艺术特色及民族性内蕴，有必要更为细致地把握作家不同阶段的特点，相互对比参照。

基于这样的意识，笔者将孙健忠的小说创作分为四个阶段。

第一个阶段（1956—1965年），即从发表处女作到“文化大革命”前夕，这是孙健忠创作的初生期。这一时期，他发表的主要作品有：《小皮球》《木哈达的狗》《一只镶银的咚咚喹》《龙潭》《五台山传奇》《“老粮秣”新事》《映山花》等，其中以《五台山传奇》为代表。

第二个阶段（1966—1976年），“文化大革命”期间，同许多作家的命运一样，孙健忠的小说创作几乎停止。这是他的沉寂期，孙健忠仅有《“吃牛”》《森林曲》《娜珠》等几篇小说发表。众所周知，“文化大革命”期间意识形态主宰文艺，文艺为极左政治服务，所以孙健忠这一时段的小说作品艺术价值较低，暂不予讨论。

第三个阶段（1977—1985年），这是作家的发展期，同时也是转折期，主要作品包括：《滔天浪》《留在记忆里的故事》《甜甜的刺莓》《！和？》《彭老三趣事》《水碾》《乡愁》《官儿坪遗风》《醉乡》等，其中以《甜甜的刺莓》和《水碾》为代表。这一阶段，作家与当时文坛的风气大体保持一致，由“反思”批判到乡土“寻根”。

第四个阶段（1986—20世纪末期），这是孙健忠创作的成熟期，也是丰收期。《舍巴日》宣告了这个高潮的到来，随后发表了《哦，罂粟花》《城角》《死街》《心结》《猖鬼》《恍惚》《烧龙》等多部有广泛影响力的小说作品，其中尤以《舍巴日》《死街》等作品个性最为鲜明，艺术价值最高。需要说明的是，这里的分期主要是以作家所发表的作品的发表时期为主要参考。如

① 吴正锋：《孙健忠：土家族文人文学的奠基者》，《文学评论》2008年第4期。

《舍巴日》创作于1985年，但发表于1986年，本文归入后者。更何况一些作品，特别是长篇小说，构思和写作的时间较长，难以确定作品完成时间，所以一律以发表时间为主。笔者在孙健忠有丰富成果的三个阶段中，分别选取《五台山传奇》《甜甜的刺莓》和《舍巴日》进行讨论。

《五台山传奇》发表于《长江文艺》1963年第11期，这是孙健忠第一部较为重要的小说作品。小说的主题思想是比较清晰明确的——控诉新中国成立前广大人民群众被欺压、被侮辱且无处申冤的黑暗现实，同时也表现湘西人民质朴、善良的人性美。

小说的主要线索是田天陆和向小妹两人的悲欢离合。新中国成立前，两人本是佃农，虽说被地主剥削之后日子艰苦，但两人生活简单而幸福，相继生下一对儿女。然而，乡长一手下觊觎向小妹的美色，买通戈匪抢走了她。田天陆单枪匹马几次出去寻找，都无果而回。向小妹受尽凌辱之后，逃了出去，结果又入虎穴，逃进保长之家。走投无路的她只好投河自尽，所幸被船夫搭救。这个时候湘西正是土匪流寇横行的时代，船夫带着向小妹沿河躲命。见寻夫不可能，船夫又是善良老实之人，向小妹便和船夫做了夫妻。新中国成立后，田天陆当上了生产队长，不过他一直没有再婚。小妹惦记前夫和俩孩子，便回到了洛塔。家人和村民都非常高兴，但向小妹却说自己要走，因为那边还有丈夫和孩子。经过半个月的共同生活，经过众人的挽留，向小妹的天平逐渐向前夫这边倾斜了。正当众人为此高兴时，田天陆却做了一个重大决定：送小妹回去。

显然，小说是通过这样一个故事塑造了田天陆和向小妹这两个人物形象。田天陆勇敢果断、不畏强力、敢于反抗，这反映在他提刀拦戈匪以及单身寻小妹的过程中；他吃苦耐劳，对感情忠贞，有责任心，这反映在他一人辛辛苦苦将儿女养大成人；他善良正直，体谅宽容，虽然万分不舍，但想到小妹和船夫的儿女还小，需要照顾，就果断地送走小妹。而向小妹，也同样被塑造成了美丽贤惠、敢于反抗、善良纯洁的女性形象。总之，通过在新中国成立前后湘西农村生活的强烈对比中，孙健忠在《五台山传奇》中塑造了典型的土家男女形象，歌颂了土家人的人性美。在主题的吁求之下，《五台山传奇》以土家族的风俗、仪式等文化特质进行烘托、渲染。如小说的劝菜仪俗，就展示了土家人的热情好客，但此作中的民族特质尚未和作品的人物形象、故事情节、主题意蕴有机地联系起来。

《甜甜的刺莓》是孙健忠小说创作中非常重要的一篇中篇小说，标志着作家在故事营造和人物刻画两个方面的成熟。小说发表在 1980 年《芙蓉》的创刊号上，随后荣获了第一届全国优秀中篇小说奖以及全国少数民族文学奖。

小说以竹妹的爱情纠葛为主要线索，塑造了竹妹、毕兰大婶、三牛和向塔山等人物形象。毕兰大婶是村支书，也是小说重点刻画的共产党员形象，同时又是一位伟大的母亲。她的特点是思想开明、实事求是、果断勇敢和关心群众。县里决定全县推广双季稻，但毕兰大婶考虑到去年百亩双季稻颗粒无收、大家饿肚子的情景，认为高寒地区不适合种植双季稻，因此决定再等一等，看其他村今年双季稻的收成情况后再说。为这事，作为先进模范的毕兰大婶受到了县委袁书记的严厉批评。但毕兰大婶始终把社员的衣食问题放在第一位，坚持原则、坚持真理，从实际出发，不盲从上级的决定。不但如此，毕兰大婶还光明磊落。“文化大革命”中，袁书记被打倒。毕兰大婶不避嫌，不惧自身的危险，坚持到“五七干校”中去探望他，还以劳动模范的名义，给州里和省里写信，证明袁书记是个好干部。在当时，这是非常危险的举动，但毕兰大婶却毫不畏惧，坚持正义，不怕打击。在家庭生活中，毕兰大婶又是一位和蔼、开明的母亲。女儿竹妹和三牛的自由恋爱她是允许和支持的，在二人的订婚仪式中，毕兰大婶也告诫二人要相亲相爱、互相谦让、祸福同享。竹妹后来嫁给了向塔山，虽然毕兰大婶心里对向塔山没有好感，觉得这人不踏实，但还是依据婚姻自主的原则，允诺了竹妹。这又体现了她通情达理、思想开明的特点。虽则如此，毕兰大婶这个形象不像某些作品刻画共产党员那样虚假空。她不唱高调，当记者希望她说出“对人类作贡献、支援世界革命”等大道理时，她坦然地回答说没有，她想到的是社员的肚子，是大家的温饱。由此，一个可敬可爱、正直善良、实事求是的共产党员形象得以展现。

毕兰大婶这个形象的刻画是饱满且真实可感的，同样，竹妹、三牛和向塔山等人物的刻画也是成功的。三牛老实本分、善良真挚、踏踏实实，是毕兰大婶的好帮手，即使竹妹背叛了他，他仍然默默地爱着竹妹，没有一丝怨恨；竹妹也是一个单纯善良的女子，善良得有些懦弱，受了向塔山花言巧语和虚情假意的蒙蔽，背叛了爱情，后来终于尝到了苦果。婚后向塔山对她又打又骂，更何况向塔山居然还有一个疯子老婆，这个时候，她才认清了他，勇敢地离开了布谷寨；向塔山则相反，没有真才实学却心怀诡计，口蜜腹剑又无情无义，诱骗了竹妹同时还设计陷害毕兰大婶，同时又欺上瞒下，不顾社员的利益，只想着自己的荣誉。袁书记和向塔山，其实是极左思潮的代表，他们不从实际情况出发，盲目跟上级、跟形势，在高寒地带全面推行双季稻，哪怕颗粒无收也要“收精神”，丝毫不顾及社员们吃饭穿衣的基本需求。当然，二人又有区别，袁书记整体来说是个好干部，革命出身，受过苦难，关心下级，有情怀有智慧，却没有真正了解到实际情况；向塔山则完完全全是极左思潮孵化出来的野心家，阴谋诡计只为升迁，泯灭了人性。

通过对几个主要人物的塑造，作者呈现的是“文化大革命”后期土家山区的真实状况，在赞颂以毕兰大婶为代表的基层干部实事求是、维护群众利益的同时，也批判了一些干部盲目执行错误路线、忽视群众的做法，而更重要的主题在于深刻揭露和批判极左思潮对个人的异化，对无辜者的戕害，对人与人之间关系的扭曲以及对土家山区社会生活的极大危害。

总体而言，《甜甜的刺莓》不像当时一些作家一样费尽心机堆砌民俗仪式，而是在真实再现生活世界的过程中自然而然地出现民族文化符号，或者是在刻画人物时淡然出现，或者零星装饰以提示小说描写的是湘西土家山区这一地域。其实，不仅这部小说如此，这一段时期中作者的小说作品，整体都较少有对民俗仪式的描写。这种情况主要有两个方面的原因：主观方面，由于这一时段孙健忠坚持现实主义的创作方法，开始反思自己早期小说中片面强调民族风情的模式，所以有意识地避免了对民俗仪式的描写，重点放到了故事营造、主题思想和人物形象上面；客观原因在于，这一时段孙健忠的许多小说都是反思和批判极左思潮的，而在“文化大革命”以及“文化大革命”后很长一段时间里，各地传统的文化娱乐活动基本搁置中断。既然孙健忠采取了现实主义的手法，那么作品中极少出现土家传统仪俗当是一个自然而然的现象，检视《彭老三趣事》《水碾》《乡愁》《官儿坪遗风》等这一时段的主要作品，无不证实了这一结论。

然而，仅仅过了两年多，孙健忠的创作激情就冷却了。作家自己说：“谁知事情并不这样简单，我坐到桌边面对稿纸的时候，竟茫茫然不知如何下手……创作的危机就这样到来了。”① 孙健忠的矛盾在于，他想要表现湘西土家地区人民的生活现实，展现土家民族不一样的传统，不一样的民族性格，让作品富于个性的同时具备民族特色，然而他经过一段时间不成功的民俗写作之后又刻意避免仪式民俗进入作品。对这个问题的反思，孙健忠其实早在写《五台山传奇》之前就开始了：“由于片面追求所谓民族特色的结果，我的视线便局限在一些外在事物上，不能投向生活的深处。”② 然而作家却矫枉过正，忽略了对真正民族性的追寻：“我努力坚持客观、冷静的现实主义，努力按照生活的本来面目创作出像生活那样真实的作品，尽可能提供给读者一幅真实的画面，一个真实的世界。”③ 作家显然也注意到了自己的矛盾，于是在这篇文章结尾带有预示性地说：“我是一个土家族文学作者，理应为

① 孙健忠：《思索与探求——致友人书》，《文艺研究》1983 年第 1 期。

② 孙健忠：《文学与乡土——代跋》，见孙健忠：《乡愁》，长沙：湖南人民出版社，1983 年，第 392 页。

③ 孙健忠：《文学与乡土——代跋》，见孙健忠：《乡愁》，长沙：湖南人民出版社，1983 年，第 395 页。

繁荣本民族的文学做出自己的努力。土家族……口头文学却极其丰富。我当从这些口头文学中学习。……我愿意终生作它的一个开掘者。”① 这正是作家回归土家文化传统、挖掘民族价值的宣言，预示了作家新的创作高潮的到来。

第二节 孙健忠的后期小说

经过长达两年多的沉思和摸索，到 1985 年，孙健忠终于找到了创新的途径。写于这一年，发表于第二年的《舍巴日》标志着孙健忠小说创作的新转折和新高潮的到来。如果说此前孙健忠的小说还主要以民族风情的方式呈现民族文化，缺乏真正的民族性价值，那从《舍巴日》开始，孙健忠对民族文化的审视更加深入，民族文化因素不再作为民族风情的点缀，而是真正参与了作品意蕴和民族性的生成。内容层面，这篇小说从生活在十必掐壳的掐普写起，“十必”指小野兽，“掐壳”指大森林，掐普意为“花儿”，这是处在原始部落时期的土家先民。掐普从十必掐壳走出，嫁到了里也。但丈夫宝亮并不喜欢她，嫌弃她，从不和她同床，公公独眼老惹倒是欣赏她的一身力气。独眼老惹有三个儿子，宝光、宝明远走某个大城市，而宝亮喜欢去马蹄街，并和马蹄街猫记饭铺的女掌柜岩耳两情相悦。掐普到来后，跟着独眼老惹学农活，而宝亮却时不时到猫记饭铺打杂工，和岩耳偷情。这不但惹起了掐普的嫉妒，几次找到岩耳要和她比投剑、比跳摆手舞，从而夺回宝亮的灵魂，而且也招来一直对岩耳不怀好意的西尼嘎的痛恨。岩

① 孙健忠：《文学与乡土——代跋》，见孙健忠：《乡愁》，长沙：湖南人民出版社，1983 年，第 396 页。

耳的傻子丈夫意外身亡后，西尼嘎与岩耳公公便合谋陷害宝亮，宝亮因此进了监狱。掐普想回到原先的地方，但走回去却什么都没有发现，只好又回到里也，也终于等到宝亮清白而归。

一、文化符号与《舍巴日》中的人物形象

小说主要有掐普、独眼老惹、宝亮、岩耳四个主要人物形象，每个形象都鲜明独特。

掐普这一形象的塑造总是与土家族的文化符号相关。当小说第一次正面叙述到她时，用了这样一句话："但是掐普长到了十八岁了，由两个老妇人帮着扯眉毛，开脸，举行了成年礼。就是说，她已经到与青年男子相恋，并且做那种事的年龄了。"与掐普一同登场并开始限定掐普身份的是土家传统的成年礼仪式。虽然没有花更多的笔墨细致描绘成年礼的具体过程，但"两个老妇人""扯眉毛""开脸"等词汇已初步勾勒了成年礼仪式的大致轮廓。当读者读到这样的句子，已经开始意识到小说后面的故事会与掐普的婚恋以及文化身份相关。紧接着，小说再一次叙述掐普的时候，又再次提及了成年礼仪式："查乞讲这番话时，刚行过成年礼的掐普在场，而且听进了心。"掐普的行动始终被文化习俗限定着，她按照白虎神的意思"选"了对象，又按照部落的规定完成了"抢亲"的仪式。到了里也，她又开始教寨子里的人跳"撒忧尔嗬"（摆手舞），让寨子丢失多年的舍巴日活动重新点燃起来。与掐普相关的还有占卜仪式、吃新节、祭祀歌、比投剑等文化符号。如果单纯从这些文化符号进行分析，可以推断掐普是非常典型的土家传统女性形象。

独眼老惹是里也土生土长的庄稼汉，是掐普的公公。文化符号也塑造了一位朴实善良却又固执的老汉形象。当他生病的时候，他想着请梯玛（土家族的巫师）做各种法事，当身体最终奇迹般复原的时候，他觉得这是廪君

的，又面临着重重的困难。总之，牛王洞这个文化空间的矛盾性隐喻着宝亮、岩耳二人爱情的双重性，形成了对土家文化劣根性的一种反思和批判。

（二）对立的空间与异化的担忧

“异化”理论一直是西方理论界的焦点话题，黑格尔首次系统地讨论了“异化”，经由马克思以“异化劳动”为基点对西方资本主义本质的深刻批判，随后卢卡奇、霍尔海默、阿多诺、马尔库塞、列斐伏尔、哈贝马斯、弗洛姆等具有卓越见识的理论家对之也进行了新的阐发，“异化”理论成了分析社会发展的一个重要理论工具，并对文学艺术等学科产生了广泛的影响。概而言之，“异化”理论主要基于西方资本主义的商品化、技术化、拜物性本质。在这样的社会中，人成了机器，成了工具，社会的分工使得人像齿轮一样不停地滚动，从而造成了人的物化。物化的人已不是真正意义上的人，他们丧失了自由和精神，丧失了否定性、批判性和超越性，成了“单向度的人”。马尔库塞强调：“各种各样制度存在的实质，已不在于使人们能够选择不同的生活方式，而在于使人民能够选择不同的操纵和控制技术。所以，即便语言传播的是消息而不是命令，要求的是选择而不是忠顺，是自由而不是屈从，语言本身也仍然是一种控制手段，而不仅仅是控制的反映。”① 此时，选择成了伪选择，自由变成了伪自由。一切都不过是控制人的手段，“科学—技术的合理性和操纵一起被熔接成一种新型的社会控制形式。”② 人既然成了被控制的个体，也就变成了异化的个体。

在中国，市场经济带来了技术的飞速发展，人们收入的大幅提高以及国家综合实力的增强。然而，硬币是有两面的，市场经济也带来了一些问题，比如膨胀的物欲对人的个性、道德等的影响，人成为机器的趋势正在逐步

① ［美］赫伯特·马尔库塞：《单向度的人——发达工业社会意识形态研究》，刘继译，上海：上海译文出版社，2006 年，第 95 页。

② ［美］赫伯特·马尔库塞：《单向度的人——发达工业社会意识形态研究》，刘继译，上海：上海译文出版社，2006 年，第 133 页。

扩大，人成为商品的奴隶。因此，“异化”理论也就随之被借鉴进来。虽然此“异化”与西方理论界的“异化”有较大的区别，但随市场经济而来的这些问题却吻合人被“异化”的一些特征。

美国学者爱德华·索贾曾言：“空间既是客观的又是主观的，是实在的又是隐喻的。”[①] 在《舍巴日》这篇小说中，空间的对立体现了人在一定程度上的异化。十必掐壳、里也、大城市，这三个不同的空间显然有不同的隐喻，十必掐壳的民众个体价值与集体价值重合，充满着诗意的美好和高涨的激情；里也体现着文明的进步，但还限于小农经济模式，人与人关系虽然有着冲突，但总体来说还是和谐的，大家能集体地学起摆手舞，这说明了人情关系良好；与这两个空间形成对比的，是不具名的大城市。虽然小说并没有直接描述大城市的人化空间以及生存模式，却通过空间的对立以及宝光、宝明两个人物形象，以“此处无声胜有声”的方式含蓄地表达出来。

宝光和宝明是独眼老惹的大儿子和二儿子，两人极其不情愿一辈子就窝在小乡镇里干农活，对大山外的世界充满了好奇，期待出去闯荡出一番事业、挣大把大把的钱回来。到了大城市，一个学开汽车，一个学砖瓦。就收入来看，二人确实赚了一些钱，远远超过了里也人的收入。他们给独眼老惹寄回了一千元钱，而里也人一年辛苦到头、省吃俭用可能也挣不了这么多。然而，两兄弟过年回到家，招呼没打，倒床即睡，一睡就是七天七夜，睡梦中分别说着“我累，我累，我累……”“我怕，我怕，我怕……”。一醒来，见沉睡误了归期，不待几天后的“赶年”，又匆匆地走了。走前，宝光的一句话，可以看出作者深深地担忧：“我们已经多住了四天。我把汽车摆在马蹄街，摆一天就要丢失一大把钱，阿妈你算算，若再摆几天，要丢失多少钱？”[②] 小说虽然没有直接叙述两兄弟在城市中的生活以及思想的改

① [美]爱德华·索贾：《第三空间——去往洛杉矶和其他真实和想象地方的旅程》，陆杨等译，上海：上海教育出版社，2005年，第57页。

② 孙健忠：《舍巴日》，见孙健忠《猖鬼》，长沙：湖南文艺出版社，1992年，第259页。

变，但通过这两个细节，一切又浮现在读者眼前。如果把两兄弟这种状态视为一种病态的话，那么就能发现其隐喻。美国学者苏珊·桑特格在分析疾病的隐喻时说：关于疾病的“现代的隐喻却显示出个体与社会之间一种深刻的失调，而社会被看作个体的对立面。疾病隐喻被用来指责社会的压抑，而不是社会的失衡。”[①]两兄弟已然被城市的节奏压得喘不过气来，就像机器一样，连休息的时间都没有；同时，最可怕的在于两兄弟眼中只有钱了，一大把的钱。

“过赶年”本是土家人一个非常重要的传统节日，这天不但全家人要聚在一起，全村人也会集合共同举行一些仪式。除了对祖先的祭奠，对英雄人物的怀念，它还是增进家庭情感、促进族人团结的重要方式。然而，在宝光、宝明那里，这些都不重要了，一大把的钱才是最重要的。他们留下了一些衣服、一些首饰，把这当作了增进感情的工作。他们忘记了传统，忘记了自我，变成了金钱和物质的俘虏。在城市，没有乡村的泥土气息，没有乡村的自然氛围，没有乡村的节奏，这才是他们在城市难以入眠的原因。正如美国社会学家萨克所言：“对空间关系的认知，会因为存在于空间中的物的情感属性而发生改变”[②]，亦如法国学者拉巴·拉马尔和让-皮埃尔·里博所言：“城市人已经丧失了他们与土壤和自然的亲密接触关系。”[③]这种丧失，显然不仅仅是失去与土壤和自然的接触机会，而是采取了区别甚大的不同生活方式，而像宝光、宝明这样跨越两种方式的群体中，内心其实更显挣扎和痛苦。作者通过二人对“过赶年”这一传统仪俗的态度将他们的异化呈现了出来，对商品经济迅猛发展下“人”的丧失表示了由衷的惋惜和担忧。

---

① ［美］苏珊·桑塔格：《疾病的隐喻》，程巍译，上海：上海译文出版社，2003年，第65—66页。

② ［美］罗伯特·戴维·萨克：《社会思想中的空间观：一种地理学的视角》，黄春芳译，北京：北京大学出版社，2010年，第134页。

③ ［法］拉巴·拉马尔、让-皮埃尔·里博：《多元文化视野中的土壤与社会》，张璐译，北京：商务印书馆，2005年，第190页。

（三）时间空间化与文化传承的忧思

主要的仪俗舍巴舞、跳丧等都集中在小说前几节，随着小说的叙述进程（也是土家历史的演进），仪俗在慢慢地减少。掐普来到里以后，发现里也人连祖先巴务相都不知道，连舍巴舞都忘记了，仅仅剩下了查乞的巫术占卜；而到了宝光、宝明这里，连“过赶年”也没有什么价值了。作者的痛心疾首缓缓渗入字里行间，他不惜浓墨重彩地描述舍巴舞中的激情奔放，跳丧中的乐观刚健，土家民族的精神让他骄傲，土家的未来又让他揪心。小说结尾处说：“一个民族的历史，与其说是一部壮丽的史诗，不如说是一部伟大的悲剧，即使以喜剧开场，也必然以悲剧告终。掐普砰的一声跪在地上，望着初升的新月，放声大哭起来。”[①] 这些饱和情感的语言背后，体现着对民族文化传统的一种深深的担忧了。从艺术技巧来说，这里体现了空间叙事学所说的“时间空间化”，即将线性的历史呈现为共时、流动的空间，而不同空间又体现为不同的文化状况。美国叙事学家苏珊·斯坦福·弗里德曼曾说：“将空间恢复到与时间完全合作的关系，一起构成叙事发生的力量，能使阅读在策略上集中于时间的对话性互相作用，共同作为人类思维和经验的中介组成成分。”[②] 十必掐壳、里也、大城市，正如小说所言，这是一个“民族的历史”。在十必掐壳，掐普是异常得快乐的，再反观宝光、宝明的生活状况，好不容易回趟家，也总是在无聊中度过。卡西尔认为：原始人生活的是一种行动的空间，与我们生活的抽象空间是不同的。原始空间的行动集中于直接的实际利益和实际需要。[③] 所以掐普生活在一个行动空间，其基本的特点是与主体的需求吻合。最后作为抽象空间的大城市，则是一种苍白的生存模式。这是从个体生存的角度来说，大到文化层面，自然能发现三

---

① 孙健忠：《舍巴日》，见孙健忠《猖鬼》，长沙：湖南文艺出版社，1992 年，第 268—269 页。

② ［美］苏珊·斯坦福·弗里德曼：《空间诗学与阿兰达蒂-洛伊的〈微物之神〉》，［美］詹姆斯·费伦、彼得·J. 拉比诺维茨主编：《当代叙事理论指南》，申丹等译，北京：北京大学出版社，2007 年，第 209 页。

③ ［德］恩斯特·卡西尔：《人论》，甘阳译，上海：上海译文出版社，2004 年，第 61—62 页。

个地方不同的体现着作者的民族文化思考。

小说巧妙地将自己对民族的希冀和自信隐含进了舍巴舞中。小说中，舍巴歌贯穿首尾，舍巴歌里的“兄妹起源”神话一次次重复。这是有其深刻寓意的。正如卡西尔所言：“神话的最基本特征不在于思维的某种特殊倾向或人类想象的某种特殊倾向。神话是情感的产物，它的情感背景使它的所有产品都染上了它自己所特有的色彩。原始人绝不缺乏把握事物的经验区别的能力，但是在他关于自然与生命的概念中，所有这些区别都被一种更强烈的情感湮没了：他深深地相信，有一种基本的不可磨灭的生命一体化沟通了多种多样形形色色的个别生命形式。”[①]土家族的“兄妹”神话，主要情节和南方其他少数民族的“兄妹”神话大体相同：洪水之后，世界上只剩下了布所和庸尼两兄妹。通过磨盘相合、葫芦相缠、火烟相连、追逐相撞四次考验，他们终于依从天意结为夫妻，从此繁育土家人民。孙健忠的巧妙在于，他将这则神话作为了一个隐喻，用来象征土家文化的发展。在作家看来，商品经济不啻一次齐天洪水，这是对土家文化的一次考验。在这次考验中，土家文化会经历前所未有的阵痛。然而，土家文化的根脉并不会被斩断，它会以新的形式保存下来并发扬开去。掐普这个形象本身就是一个象征——她来到里也，将里也人忘记的历史带了过来，让摆手舞又活跃在里也人的生活中。特别是掐普要和岩耳比投剑、比跳舍巴舞这一场景，论者多认为是对掐普没跟上时代的反讽，但笔者认为，这并非对时代错位的反讽。在小说中，这是掐普对里也人的文化启蒙、历史普及，是提醒土家儿女不要忘记土家人的文化根脉，不要忘记身上流淌着土家人的血液。尽管里也人多以笑对之，但后来集体跟随掐普学习舍巴舞，不正说明掐普的传承有了回应，文化的传承有了希望。这又何尝不是作家乐观和自信的表达呢？

综上所述，通过对土家仪俗巧妙运用，孙健忠在《舍巴日》中表达了

① [德]恩斯特·卡西尔：《人论》，甘阳译，上海：上海译文出版社，2004年，第105页。

对土家文化中的一些陋习等民族符号的揭露和批判、对现代技术文明异化现象的质疑和担忧、对土家族历史文化传统的思考以及对民族未来的希冀和自信。复合的主题在文中并不紊乱生硬，相反，它使得小说蕴藉无穷。而整体来看孙健忠的小说创作，又分明可见作家由片面追求民族特色、生硬使用民俗事象到排斥民俗事象，再到灵活熟练进行仪俗文化写作的这样一个过程。《舍巴日》之后的《城角》《死街》《心结》《猖鬼》和《恍惚》等作品，都能清晰地发现作家的转变和成熟。因为孙健忠在这个过程中主要回溯到土家民族的历史文化传统，并以时代性的宏阔视野予以审视。

第三章

蔡测海的小说创作

蔡测海（1952 年生），男，湖南龙山人，中国作家协会会员，1979 年开始发表作品，以小说创作为主，兼有散文和文艺批评，出版长篇小说《三世界》《非常良民陈次包》《家园万岁》《地方》，出版小说集《母船》《今天的太阳》《穿过死亡的黑洞》《蔡测海小说选》《当代湖南作家作品选 · 蔡测海卷》《非常良民陈次包》《家园万岁》《地方》等，另有儿童长篇小说《套狼》。作品多次获奖，短篇小说《远处的伐木声》获 1982 年全国优秀小说奖，散文《刻在记忆的石壁上》获第一届全国少数民族文学创作奖，《远处的伐木声》《麝香》获第二届全国少数民族文学创作奖，小说集《母船》获第三届全国少数民族文学创作奖。

第一节　蔡测海的早期小说

在创作初期，蔡测海的小说主要聚焦乡土，以地域文化为主要内容，多体现民族传统与现代性之间的冲突。短篇小说《远处的伐木声》可谓此中代表。小说描写古木河边的一个木匠世家，年过花甲的老桂木匠和女儿阳春以及徒弟桥桥三人之间的故事。桥桥老实忠厚，老桂木匠已经允诺将女儿嫁给他。虽然女儿已是二十几岁，老桂木匠却不允许两个年轻人现在就成亲。要等到桥桥拿到墨斗、五尺成了掌墨师时，两人才能结为夫妻。女儿阳春知道父亲并不会轻易将掌墨师的身份让给桥桥，心里始终有一种失落。在示爱桥桥无果之后，阳春跟着被父亲逐出师门的水生去了县城。

这篇小说具有多重的阐释空间。其一是文化传统与现代性之间的冲突。老桂木匠显然是传统的代表，他手艺精湛，德行出众，方圆百十里盖房造屋都请他，不管东家伙食如何，他都做得认真细致，一丝不苟。但是，他又固执地“守护”着手艺，并没有让已得其手艺的桥桥成为掌墨师的想法。就在师徒二人外出建屋期间，河对面来了施工队，用石头、砖块修建起了石头房子。显然，水生带领的施工队是现代化的代表。没有见过世面的阳春对施工队的各项工作好奇不已，从水生那里听说了县城的种种新奇，更是对外面的世界充满了期待。从这个角度说，小说蕴含着一种批判意识，对老桂木匠固守传统陈旧思想的批判，施工队放起的那几响岩炮，就成了现代化正式打开古木河新世界的序幕。因此，小说中老桂木匠的女儿阳春跟随水生，去追寻新的生活。

更进一步，如果古木河这个地理空间是文化空间的隐喻的话，那根据小说中的信息，可以确定老桂木匠所生活的古木河为土家地区，县城相关的文化信息不明确，但在小说中，县城是作为与古木河相对的一个地理空间存在的，它的意义超越了县城本身，它是大于县城的外面的世界的隐喻。因此，我们可以把县城以及县城以外看作不同于土家文化形态的其他文化的象征，那么文化传统与现代性之间的冲突又多了一重意义——土家文化的发展。从老桂木匠、阳春、桥桥三者的关系来看，老桂木匠如果是传统文化的代表，那么阳春和桥桥就代表着文化发展的两种路向。桥桥因循守旧，一切听从老桂木匠的安排，而阳春则有自己的期望自己的想法，勇于接受新的事物，能够大胆地走出去。可见，桥桥代表的是文化的故步自封，而阳春代表的则是文化的交流。那条一直流淌的古木河，河这边是老桂木匠一家，河那边则是新的石头房。河因此在一定程度成了文化的界线，它阻断了两种文化的交流；同时，古木河也是文化交流的隐喻，因为阳春正是渡过这条河，重逢了水生，接触了新的存在，最后也顺古木河去了县城，或者县城以外更远的、更加多元的文化。从这个角度说，水生与阳春之间的关系有一种带领和跟随的意味。水生是第一个走出古木河的人，原本也是老桂木匠的徒弟，但老桂木匠认为他不踏实，把他逐出了师门，他到县城学了泥瓦匠，成了新的建筑形式的"掌墨师"。水生和桥桥也更加明显地对立起来，所以，由水生将新的世界新的文化带进古木河，形成了小说文化交流发展的一种隐喻。

这篇小说通常被论者忽略的是阳春的女性身份。这是一个典型的父权制家庭，阳春的存在并没有独立的个人身份。手艺精湛的老桂木匠没有选择将手艺传给她，因为木匠手艺传男不传女，只好传给徒弟桥桥。桥桥的身份这个时候变成了准女婿，显然阳春成了附庸，是为了保证手艺不外传的古训。阳春没有体现个人能力的工作，她所做的不过是给父亲和未来丈夫做饭洗衣。连婚姻她也没有选择的权利，父亲安排桥桥，她也就只好把桥桥看作自己的对象。当然，小说中阳春是真心喜欢桥桥的，看不出无奈来。其原因在于，阳春的世界就只有家庭，除了父亲老桂木匠，她能接触到的男性屈指可数，因此这是文化规训下的必然结果。桥桥回家取工具两人孤男寡女共处一室的夜晚，具有双重的意味。其一，阳春主动希望和桥桥有更进一步的发展，真正地做了夫妻。这个行为有一种无奈，作为女性的阳春获得新的身份新的生活的方式必须是以身体为中介的，她必须用身体才能打破目前压抑的局面；其二，这又是阳春女性意识开始觉醒的标志，她试图以性的方式进行反抗。既然男性对女性的压制常常表现在性的层面，那么女性对男性的反抗就从性的自觉开始。阳春希望通过桥桥实现身份的转变，但桥桥却拒绝了她。所以阳春只好以出走的方式去寻找个人的生活。虽然阳春没有明确地意识到自己的女性身份，但其行为却体现出了父权制下女性的附属地位和女性意识逐渐觉醒中产生的反抗精神。

同一时期发表的《麝香》，也具有性别层面的意味。克寨的岩生、百合夫妻二人出门打猎，路遇风流后生麝香，三人计划共同打猎。在和野猪的斗争中，百合和麝香被疯狂的野猪拉进了茫茫的马哈拉大森林。岩生和寨子里的人找寻了几晚，都没有二人的踪迹。大家觉得岩生和百合可怜，说起了百合的种种好处。百合和麝香在森林里艰难跋涉，终于走出了森林，回到了克寨。然而，寨子里的人却开始怀疑两人在森林里有不正当的行为，连岩生也不相信她的清白。绝望的百合决定走出克寨，来到了渡口，但这个时候她犹豫了，终于放弃了出走。百合有一定的女性意识，受到寨里人无端的猜疑时，有反抗的想法，然而，她的反抗又终于在家和文化的规训下沉默，回归了女性的命运。

前期的小说《老楂》也聚焦文化冲突：客家人老楂来到土家山区生活，大家对这个外地人充满了奇怪，觉得他说话很奇怪，饮食很奇怪，穿戴很奇怪，生活方式也奇怪。老楂后来甚至养起了蛇和蝎子，于是他成了寨落里的公害，大家在夜里一把火烧死了老楂和他饲养的那些动物。但具有讽刺意味的是，过了许多年，寨落里的很多人也开始养蛇养蝎子，也开始吃蛇胆喝蜈蚣酒等等。与《远处的伐木声》一样，小说有浓厚的批判意识，批判土家山寨人们的愚昧、落后和守旧。小说选择了一个儿童作为聚焦和叙述，这值得注意。以第一人称“我”为叙述者，但因为“我”并不成熟，所以“我”的看法仅仅是从我的文化习惯出发的，没有丝毫的伪装。叙述者本身成为解读这篇小说深层内涵的关键。在“我”的眼睛里，老楂非常奇怪，“我”一直是以一种俯视的视角和自高自大的心态来面对老楂的。老楂见“我”是小孩子，让“我”叫他伯伯，但实际上“我”的辈分非常高。这一行为惹怒了“我”以及土家村民，我们以异样的眼光看着他，但从未试图去理解他。相反，老楂却一直在融入土家文化。他学会方言土语，习惯了山寨里的饮食，但他毕竟不是从小生活在寨落，因此前期的文化习惯并不能完全抛弃，所以他吃蛇吃老鼠等在土家人看起来是特别恐怖的行为。从这个层面上，小说聚焦文化交流——只有文化相互交融才是必然也是最正确的道路，任何的过度自信必然是夜郎自大，最后必然故步自封作茧自缚。

除了文化层面，人性也是蔡测海早期小说试图思考的主题，《找伴》《背猪》《伤心篱笆》《留寨》是比较突出的几篇。《找伴》由两条并行的线索展开，一边是失去牯牛黄寻找母牛花，一边是上门女婿小黄在彭家的生活。小说中牛与人是对比的，用牛的坚持、执着来反讽人性的悖谬。牯牛黄与母牛花的“相爱”很简单，与欲望无关，哪怕牯牛黄后来被阉割了，它俩依然喜欢整天在一起吃草。显然这是人格化了的牛，是一种理想爱情的象征。反观人与人，却充满着各种的欲望和利益。彭家岳父母对小黄不算好，除了让小黄像牛一样的劳动，还总是斥责有加，对其各种限制甚至辱骂，家里的好吃的东西也是防着他。这让小黄生活得很没有人格，很压抑，感觉自己还不如一头牛。在彭家人眼里，大黄是一头牛，小黄才是他。只是因为未婚妻家翠全心全意地爱着他，时不时替他说话，这让他感到一丝的温暖，也是他留下来的唯一理由。但是，彭家的斥责辱骂慢慢开始扭曲了他的人格，他开始故意对着干。岳父逼着小黄找钱来赔偿丢失的黄牛，小黄束手无策。为了让未婚夫在家好过一些，家翠决定出去打工挣钱来买牛。家翠离开后，小黄在彭家也更加难过，矛盾终于激化到不可缓解。小黄最后在半夜一把火烧掉了彭家，烧死了彭家老奶奶和岳父彭老汉。从此他远走他乡改姓埋名，后来在南方的一座城市，偶遇了打扮时髦的家翠，疑心家翠做不正当工作的他又举刀杀死了她。小说聚焦人性的邪恶，小黄本来是一个聪慧的弹花匠，在彭家的束缚、打击、辱骂之下，一步步走向堕落，最后完全泯灭了人性。

《背猪》则主要表现人对理想的追寻。小学教师水寄是一个有理想主义精神的人，他有知识有文化有对美的追求，对婚姻的追求也不止于生娃养娃的简单模式。然而，在平庸的现实中，这一切都不可能。小说的矛盾主要体现在“背猪”这一行为上。水寄家有一头进口的公猪，逢赶集的日子，父亲老疙瘩就要求水寄背猪去集市，给母猪配种。水寄去赶集，原本是想见文化用品店戴眼镜的姑娘，他对她有一种朦胧的喜欢。然而，背着猪走十几里山路，猪拉屎撒尿甚至呕吐，这让原本就不情愿的水寄觉得污秽不堪，觉得这样的日子没有生活的乐趣。放下猪，到旁边河边洗过澡洗过衣服的水寄，在文化用品店又没有找到那个姑娘，后来在米豆腐摊位见到她，可是她旁边又有着一位男性。刚刚燃起的一点爱情之火，就此熄灭。家里，老疙瘩已经根据能不能生娃的标准帮他选了一门亲事。这一切压抑着水寄，他终于不堪忍受，卖掉了猪，勇敢地走向外面的世界。

《伤心篱笆》是当代文坛较早关注留守儿童问题的作品。寄居在外婆家的“我”、月月、木木三个孩子，后来父母都来了，要接走我和月月。但木木的父母却没有过问他，外婆甚至将他藏在了柴房不让别人看到。木木不是一个正常的孩子，不会说话，只知道说“啃”，平时外婆也总不让人知道木木的存在。小说的最后，原本已经跟着画家父亲上车要去学画的月月，听到木木的哭声，果断地下了车，不愿离开，父母只是说了句“再来看你”就走了。“我”却带着无尽的迷茫和失落走向了远处。小说中“我”和月月作为留守儿童都是孤独的，月月一门心思地画画，在画画这个行为中表达对父母关爱的渴望。月月实际上特别希望和父亲走，因为画画是她的理想和生活的乐趣，她的留下主要不是舍不得外婆，她是担心木木，是她发现了被外婆藏在柴房中偷偷哭泣的木木，她担心走了之后木木就更加孤独了，所以她要留下来陪伴木木。所以，月月的留下是小说中人性的温暖。同期的《留贼》也是表现人性温暖的短篇小说。刚过大年，家里收留了父女两人，但醒来时二人却偷走了被子。父女用被子去换苞谷时，被认了出来，被扭送到了我家。但父亲一句“被子是我送父女俩”便化解了整个事情，也放了父女俩。后来姑娘长大后，他的父亲又带着她来，要把女儿嫁给我家以报恩。

总而言之，蔡测海早期的小说经常试图呈现地域乡土、民族文化特色，在文化表述的时候又常常聚焦民族性与现代性之间的冲突，善于捕捉民族传统在现代化过程中受到的冲击以及民族生活世界中那些阻碍现代化的因素。与许多少数民族作家一样，蔡测海早期的创作中，民族文化符号的参与还是比较简单的，并未刻意去进行民族文化的表述，也缺乏对民族文化价值的更深层次的探索和理解。难能可贵的是，蔡测海早期的小说不局限民族话语，对人性有较多较深的挖掘，且站在展现人性美这一值得称赞的高度。

第二节 蔡测海的中后期的小说

蔡测海第二阶段的小说在人性的开拓上更加深刻，在文化表述上也更加成熟，艺术技巧也更加多样化，突出的特点是波谲云诡的想象，代表性作品主要有长篇小说《三世界》、中篇小说《楚傩巴猜想》以及“三川半三部曲”（《非常良民陈次包》《家园万岁》《地方》）。严格来说，更加强调想象和主观的写作方式并不是在这一时期突然就形成了，在早期的一些作品中已经有探索，比如《往前往后》和《古里——鼓里》。《往前往后》中主人公一直在走，在寻找一个叫作太阳堡的地方，那个地方有父母的坟墓。“我”走了很久，走了很远，但是一直寻找不到那个地方。小说可以看作是人生追寻的隐喻，“我”的寻找是兽性向人性转化的过程。刚开始寻找的“我”充满了欲望和邪恶，“我”看女人的乳房和大腿之间，当那个声音轻如白蝴蝶的少女出现的时候，“我的欲望奔突起来”。随后“我”一直希望她的再次出现，“我”再次遇见了她，她诱惑“我”，但“我”终于坚定地说了“不”。“我”控制住了自己的欲望。“我”又走了很久，在夜里“我”孤独、害怕，

"我"遇到了一位老妪，"我感激这样的相逢"。她的声音轻如白蝴蝶，她有着慈母的爱和少女的纯情。她告诉"我"走过了，往回走。"我"走了很久，从深远的天空一个轻如白蝴蝶的声音飘然而至，这个声音是小说的主旨："你的每一步，不是达不到就是跨越。你怎么可以在某一点上停留。……终极是没有的，而每一步又都是终极。你走过。这就够了。"走过的意义不是路过，而是获得了新的存在意义，从开始的欲望，到现在"我""充满了爱"，这是人格的升华，是从兽性到人性的转变。

《古里——鼓里》中，"鼓里"是一个封闭的空间，这里虽然有影剧院、医院、学校、邮递等现代服务设施，但此地的时间几乎是停滞的。当夜里一场突然的雷电导致山体垮塌堵塞了鼓里通往外界的道路时，鼓里的时间也就静止了。以前看似正常的人和事物开始变得荒谬，理性变成了畸形，文化仪式变成了疯狂发泄，人们好像患上了狂躁症。最后突围出去的，是邮递员兴伯。因为在悖谬的空间，他虽然也有悖谬的行为——每天重复之前的邮路。不过他的行为是善的，是因为爱，因为他的存在是许多人的期待，人们借由他获得远方的消息，许多人也在这种期待中活着。比如思念情人而被云山医师当作精神病关着的女护士朵儿，兴伯对朵儿的态度不同于云山医师，他知道朵儿的思念和期待，所以他也一直试图解救朵儿。

《往前往后》和《古里——鼓里》在主题上的共同之处是都与爱相关，前者是人从兽性到人性的转变；后者则是爱与悖谬之间的对抗。在艺术技巧方面，写于20世纪80年代的两篇小说，也预示了蔡测海的转变。两者都不像早期《远处的伐木声》等小说中有清晰的故事线索和相对完整的故事。这两篇小说没有故事，没有典型人物形象，作品叙事结构从时间形式走向空间形式。形式空间化，是美国学者约瑟夫·弗兰克1945年提出的术语。在研究乔伊斯的小说叙事的时候，他认为："就场景的持续来说，叙述的时间流至少是被中止了：注意力在有限的时间范围内被固定在诸种联系的交互作用之中。这些联系游离叙述过程之外而被并置着；该场景的全部意味都仅仅由各个意义单位之间的反应联系所赋予。”[①] 弗兰克的这一结论，在20世纪90年代被重视，成了空间叙事学的滥觞。简而言之，时间叙事强调故事的顺序发展，空间叙事强调意象的并置，如有的学者所言：“小说形式的空间化在本质上是与小说叙述的连续性的趋势相抵触。如何实现小说的‘空间化’，它的技巧就是‘破碎’。‘破碎’一方面是情节的破碎……另一方面是小说情节的破碎带给了结构的新变化。”[②] 在蔡测海的《往前往后》和《古里——鼓里》这两篇小说中，具有了空间叙事的特点。因为没有清晰的故事和典型的人物，解读的关键显然是意象。重复的意象和片段式的场景成为这两篇小说的特点，也成了90年代蔡测海小说艺术追求的主要方向。

中篇小说《楚傩巴猜想》是蔡测海转变之后的代表作。《楚傩巴猜想》“我”接受“全世界楚傩巴文化振兴发展和平建设基金协商委员会”的支助，准备自编自导自演一部电视剧，然后小说以两条线索展开：一是“我”的经历；二是楚傩巴文化的历史演变。这里有一个有趣的现象，前者中，“我”本来内在于生活世界，“我”是主体，但实际上“我”却仿佛在生活世界之外，“我”缺乏有机的社会关系；后者中，楚傩巴的历史本来已离“我”久远，历史场景与“我”本来没有直接的关系，但小说中“我”却仿佛置身于历史现场。简而言之，“我”从外看我的现实生活，从内看文化传统。这样的错置形成了一种审美距离。有学者认为：《楚傩巴猜想》是一种巫幻现实主义小说，小说中的两个时空被“我”对影片的虚构联系在一起，楚傩巴人的历史时空本身也就被虚构所消解，成为现实时空的同构体。[③] 小说中有一种后现代笔调，如小说开篇部分写道：“我的汉语意识不太明确。我关于历史的知识也是一塌糊涂。我永远记得那张生动的脸，也许那就是历史的面孔，蜡黄而虚肿。历史就是那样蜡黄的颜色，历史的奥秘就在那虚肿里面。

① [美]约瑟夫·弗兰克等：《现代小说中的空间形式》，秦林芳编译，北京：北京大学出版社，1991年，第3页。

② 吴治平：《空间理论与文学的再现》，兰州：甘肃人民出版社，2008年，第58—59页。

③ 谭桂林：《楚巫文化与20世纪湖南文学》，《理论与创作》2000年第3期。

那张虚肿的脸就是结论，而结论就是历史。历史兮，虚肿兮……”[①]将历史归结为虚肿，这确实具有一种后现代观念。但将小说的主题归结为消解历史，笔者并不赞同。亦有学者认为：“此篇从远古的浪漫楚魂中寻找神奇的想象力、绚丽的生命感，是‘寻根’思潮在1990年代没有消亡的又一证明。”[②]小说确实在追思楚傩巴文化，但意义却不仅仅在于寻根。

《楚傩巴猜想》中，一个比较关键的地方是作者引用了一段歌谣作为结尾：

……请为我击缶，大王，
大王，请为我击缶……
我将举起这稀世的璧玉
与我的泥瓦的头颅，
撞击
你的宫殿的柱子，
大王！
大王，请为我击缶……

这段歌谣唱的是“完璧归赵”的故事。但这个故事却隐含着另一个更深层的故事：蔺相如所持的和氏璧乃春秋时楚国遗失的宝玉。这块宝玉乃一位叫作卞和的琢玉能手所获，他持玉去献给楚厉王，楚厉王及其玉工见只是块石头，便砍下卞和的左脚。楚武王即位，卞和再次持玉相献，但武王又以欺君之罪砍下他的右脚。文王即位后，卞和抱着玉在楚山大哭三天三夜，流泪都变成了血。文王命人凿开石头，稀世之宝和氏璧终见天日。此故事见于《韩非子》及西汉刘向所撰《新序》。联系这个故事，以及小说中

① 蔡测海：《当代湖南作家作品选·蔡测海卷》，长沙：湖南文艺出版社，1997年，第242页。
② 樊星：《1990年代文学的神秘文化思潮》，《中国现代文学研究丛刊》2013年第8期。

多次强调的——“我”的汉文化修养太差，可以假设：小说的主题实乃汉文化和楚傩巴文化的交流和碰撞！这种交流和碰撞不是为了寻根，而是在一种更高立足点上对多元文化的一种思考。

由此再细读文本，可以发现，两个时空，其实是两种文化空间。“我”为电视剧而想象的楚傩巴世界虽然存在一些荒诞离奇之处，如小葫芦头成为酋长的故事，但这种荒诞离奇并不是为了说明历史的虚无。既然“我”身处两个文化空间，我的理性虽然清晰地知道“楚傩巴文化具有游侠式的浪漫激情”，但“我”对楚傩巴文化的构思是立足在另一个文化空间中，因此“我”对历史的想象是基于当前的时空，因此不自觉以当前时空的思维去填补历史。按照这样的理解，恶夫人要手段要挟孩子的爹是酋长、小葫芦头半人半熊的外貌以及喜喝生羊血等行为，这些看起来野蛮、奸诈、离奇的行为，往往是一种文化对待他者文化时不自觉的态度。“我”的虚构可能是无意识的，因为“我”接受了不同的文化，处在不同的历史时期；另一方面，“我”也可能是故意为之，因为“我”是影视艺术家，“我”在拍摄一部电视剧，要适应观众的趣味。此其一。

其二，“我”构思的楚傩巴历史中，它并不是单独封闭地存在的，它时刻与封建王朝发生着密切的关系，最终也被中央王朝吞并。值得注意的是，“我”的吞并是以文化融合的方式实现的，并不是武力征服。中央帝国将女子送给酋长，生下的孩子回到中原读书，然后再回去治理楚傩巴。这符合文化交流的实际，虽然正史中往往记载着武力的入侵、征服，但真正的统一往往是通过文化融合的方式实现的。

其三，两个文化空间中，还隐含着历史性。“我”是基于一个现代时期对历史发展的构思，“我”对历史构思的矛盾，显示出对待历史文化既是在仰视也在俯视，这说明“我”的复杂性的同时，也再一次印证了文化交流的观念——文化交流从来都不是单方面的，哪怕是那些看似是“征服”的情况。楚傩巴文化看起来是终结了，但“我”的寻找恰恰是楚傩巴文化持续存在的隐喻。

其四，从小说整体来看，两个文化空间有着一定的对立性，在“我”的世界中，“我”看到了人性的丑恶——“我”的演员因为利益离开了剧组、影视艺术家协会人事大变动、新的上司陷害并辞退了“我”等等，楚傩巴王朝中虽然也有争斗和设计，但百姓却是安居乐业的，“这儿的民风淳朴，男人只管种地纳粮，女人只管嫁人生养，举国上下一条心，天下定然太平无事。”因此，对立是为了强调楚傩巴文化中的优秀基因，从侧面强调楚傩巴文化延续的价值。

由小说的章节设置亦可以找到证据，小说以数字序号“1、2、3……”作为章节区分。但每章正文之前，都是引文，奇数章节，主要引用楚辞的原文，而偶数章节，则是现代汉语对原文的解释。由于16、17部分两次用《楚辞》今译，所以最后一部分是《九歌·礼魂》的原文“春兰兮秋菊，长无绝兮终古”，此段没有像之前一样有今译。这样的文章安排，显然不是偶然而为之。这句话译为现代汉语为：春天供以兰花，秋天供以菊花，长此不绝以至终古。由于《九歌》用于祭祀神灵，《礼魂》是最后的送神曲，屈原用之表达人民期望美满幸福的愿望，同意也以此自喻自己忠君忠国的志愿。可以推断，《楚傩巴猜想》与《九歌》的互文，隐喻着“我”对楚傩巴文化的向往和追寻不会终古，也隐喻着在文化的交融过程中，楚傩巴文化不会消失，它也不会被其他文化瓦解。因此，文中这段引用没有今译，其实这是作者以小说的方式表达文化自信的一个隐喻，这和前面论及的文末引用歌谣的作用具有相同之处。

通往小说真相的路途中，作者设置了许多的障碍。最主要的是叙述者“我”的可信度，众所周知，第一人称的叙述更容易引起读者不自觉的认同。南帆曾说：“通常的阅读中，人们总是和叙述者构成了同谋关系。人们将不知不觉地站在叙述者的角度看待角色。第一人称将制造一种自述的语言气氛，叙述者与角色‘我’的合一将有效地俘获人们的同情之心。”[①] 更进之，小说设置了一些真实世界中的姓名和地名，以及作者自己的部分真实情况，这更加容易误导读者信任小说中的“我”。因此，读者就从“我”的那些语言中去揣摩文本，于是读出了文本对历史的消解。问题的关键就在于，“我”其实是不可信的，“我”是一个不可靠叙述者。经典叙事学认为，当叙述者的叙述出现以下情况时，可认定为不可靠叙述者：“其准则和行为与隐含作者的准则不一致的叙述者；其价值观（品位、判断、道德观）与隐含作者的价值观相偏离的叙述者；叙述者叙述的可靠性被其各种不同的叙述特点所破坏。”[②] 詹姆斯·费伦等修辞叙事学家发展了韦恩·布斯的不可靠叙述理论，认为叙述者主要履行三项任务，即报告（事实、人物和事件轴）、解释（知识或感知轴）、评价（伦理轴）。当叙述者不充足地履行三项任务中的任何一项时，读者便是在经历不可靠叙述。叙述者的不充足以两种主要方式表现：一是对事情的歪曲；二是无法走得足够远。当叙述者由于误报（错误的报告）、误解（错误的解释）和误评（错误的评论）而变得不可靠时，读者就需要拒绝叙述者的说法。[③] 美国叙事学家安斯加·纽宁有一个简短的界定：“总而言之，决定一个叙述者是否可靠，最终要看作品本身建立的、作者动因设计的结构和规范以及读者的知识、心理状况和价值规范系统。”[④]

以此反观《楚傩巴猜想》，很容易确认“我”的不可靠性。仅举两项证明：其一，“我”立志自编自导自演这部电视剧，“我”相信电影会是史诗，会写进编年史，自己会成为大明星成为英雄，但是，“我”的电影或电视剧却没有什么进展，演员一一离开，甚至最后整个计划被取消，所以“我”天

---

① 南帆：《文学的维度》，上海：上海三联书店，1998 年，第 138 页。

② ［美］杰拉德·普林斯：《叙述学词典》（修订版），乔国强、李孝弟译，上海：上海译文出版社，2011 年，第 239 页。

③ ［美］戴维·赫尔曼、詹姆斯·费伦等：《叙事理论：核心概念与批判性辨析》，谭君强等译，北京：北京师范大学出版社，2016 年，第 34 页。

④ ［美］安斯加·F. 纽宁：《重构“不可靠叙述”概念：认知方法与修辞方法的综合》，［美］詹姆斯·费伦、彼得·J. 拉比诺维茨主编：《当代叙事理论指南》，申丹等译，北京：北京大学出版社，2007 年，第 100 页。

真且自以为是的想法与实际能力是不一致的；其二，“我”与楚傩巴历史的距离以及“我”的多重空间，意味着我对楚傩巴文化的构思是站在了一个不公正不客观的伦理取位之上，“我”所构思的楚傩巴历史不过是一种不符合历史事实的一种假想，且“我”的构思真实目的是要成为大明星，为了实际功利。因此，不论是事件轴、感知轴还是伦理轴，“我”的叙述都存在着不可靠性。更何况，如南帆所言，“即使‘我’能确保‘我’的叙述绝对真诚，‘我’也无力确证‘我’的叙述绝对真实。”①

确定了“我”是一个不可靠叙述者，“我”就成了反思审视的对象。结合前面从内容层面的分析，可以发现“我”形成了对“我”的反讽，“我”就是将文化自我他者化的结果。“我”作为楚傩巴文化的后人，本应该在更加严肃谦卑的态度中去回望历史，然而“我”实际上不但丢失了文化品格也丢失了文化视野，“我”将自身的文化传统置于浅薄的想象和戏谑中。更加反讽的是，“我”又没有能真正发现现实文化的价值，以至于“我”对现实的解读其实也是浅薄的。如果“我”想象的楚傩巴是一种不同的文化空间，那么“我”在两个空间都是缺乏深度的，“我”误读了两个时空。

综上所述，《楚傩巴猜想》有着一种深层的多元文化观：文化交融是历史发展的必然，汉文化和楚傩巴文化一直有着复杂的双向交流机制，虽然表面上楚傩巴文化的外在政治形态不复存在，但楚傩巴文化已经与汉文化以及其他各种文化形态融会在一起，形成了新的文化心态。对文化传统的寻找，如果处在一个较低的伦理取位，必然是对文化的误读。

正如作家何立伟所言，蔡测海是一位一直被文坛和读者低估的作家。究其缘由，一个重要的方面大概是蔡测海总在寻求变化，总在精心地营造一个不一样的小说世界。这个世界中，形象似有似无，故事片段零碎，角度变化多端，语言跳跃缥缈，这在很大程度上超越了通常的小说阅读习惯，

① 南帆：《文学的维度》，上海：上海三联书店，1998年，第153页。

使得理解他的小说成了一件并不容易的事情。在《地方》这部小说的封底，著名作家韩少功、何立伟、田瑛以及评论家顾建平都充分肯定小说的价值，强调其“很好的直觉和很高的标尺”“湘西人的巫气、构建了他心中云山雾罩的世界”，“语出惊人的诗意表达”“人物、故事超尘拔俗，仿佛有楚湘之地的巫灵、太初洪荒之时的神仙深藏其中”。

地方经验与人文关怀是“三川半三部曲”的主要特点。与《非常良民陈次包》和《家园万岁》一样，《地方》放弃了宏大叙事，不聚焦重大题材，不塑造典型人物。比较起来，《地方》走得更加彻底。如果说《非常良民陈次包》和《家园万岁》里，虽然没有大事件和大人物，却有核心的人物和较为清晰的故事情节，而《地方》却没有一个主要的人物，也没有清晰的事件，在看似芜杂凌乱的事件和移灯幻影的人物中，融会着叙述者的感悟。正因为如此，评论家将其和中国笔记小说传统联系起来。

呈现地方经验是理解《地方》的第一种可能。虽然这部小说没有清晰的故事，但是，还是能够从小说中发现其所设定的时间背景——20世纪50—70年代，也能明显定位小说的空间设置——湖南和重庆交界处的一个叫作“山川半”的地方。

在《地方》之前的小说《家园万岁》里，叙述者曾经说：

这些人来了，这些人不走了。那些人来了，那些人又走了。一些人住下来，给一个地方叫一个名字。三川半本来无名，来了一些人就有了一个名字。三川半有一些地名，叫吴家、夏家、李家广场、邓家槽、王家溪、向家屋场。一些人在一个地方叫一个地方的名字。一些人还有大的想法，就把一个地方建成一个国家。[①]

① 蔡测海：《家园万岁》，北京：北京大学出版社，2013年，第70页。

虽然小说有对时代和地域的空间基本设定，但实际上我们也可以说这些时间和空间都不是最重要的，他要呈现的是一种地方经验。这个地方不是具体的地方，而是一种相对于宏观的、政治的概念，或许可以相当于是一种民间意识。因此，虽然有时代的滚滚车轮，甚至也能看出一些时代的混乱，但在三川半这个地方，人心整体上是善良的，人与人相互帮助，共同面对人生中的诸多事务。这是一种实实在在的地方和民间生存经验，无所谓善恶好坏，每个人基于生存的基本需求，都自然地融入了大家所组成的集体氛围中。这是一些“小人物”，哪怕作家写到了一些“大人物”，由于是从这样的“地方”走出来或者一直生活在这些“地方”，他们也一直秉持着地方生存所形成的那种小民意识。不论是《家园万岁》里建功立业的赵常，还是《地方》里荣归故里的朝廷大官，他们最后都回到了三川半。从繁华世界回到山村僻地，绝不仅仅是这里的风光秀美，而是这里像桃花源一样有着不一样的生存方式，与世无争，简单纯粹。

这进一步就形成了小说的人文关怀，其人文关怀强调人的生存需求、人的意识以及人对幸福的追寻。这些都不是指向功成名就，不是为了权力、财富、地位，而是一种简单的、自由自在、怡然自得的生存方式。《地方》中的村长，敦厚、善良，他的妻子走了，因为没有食物所以走了。既是被饥饿逼走的，也是为了爱主动走的——她离开了，就可以省下一个人的口粮给村长和女儿。村长一生，都心心念念人们的生存需求，哪怕是上面的政策，也尽量去衡量是否“实在”。特别是他对待城里来的知青，帮助他们习惯下来，给他们安排好一切，照顾他们，还在中秋节时，省下钱起早摸黑去赶集，买回几块月饼。哪怕是特殊年代的各种悖谬政策，在这里也采取了温和的形式，不至于让人们难以接受。这样的朴实善良，自然让人物形象凸显出来，让村里人和知青们备受感动，也让读者们觉得温暖。因此，蔡测海的三川半系列小说，其浓烈的人文关怀，不是向西方文艺复兴时期对欲望和需求的重视，而是在强调生存的本真状态，一种自然的、无为的、澄净的、纯粹的生存状态。

第四章

李传锋的小说创作

李传锋（1947 年生），男，湖北鹤峰人，中国作家协会会员，中国作家协会民族文学委员会委员。1974 年开始发表作品，出版有长篇小说《最后一只白虎》（长江文艺出版社，1989 年）、《白虎寨》（作家出版社，2014 年），中短篇小说集《退役军犬》（文化艺术出版社，1986 年）、《动物小说选》（作家出版社，1993 年）、《红豺》（中国文联出版社，2000）、《定风草》（长江文艺出版社，2006 年），散文集《鹤之峰》（长江文艺出版社，1992 年）、《梦回清江》（武汉出版社，2002 年）、《西望溇水》（长江文艺出版社，2010 年）。其中，《退役军犬》荣获第二届全国少数民族文学创作奖，《白虎寨》荣获第十一届全国少数民族文学骏马奖。

第一节　李传锋前期的动物小说

众所周知，李氏以动物小说闻名文坛，动物叙事似乎已经成了定义李传锋小说创作的一个常见标签，以至于作家本人在长篇小说《白虎寨》的作者介绍页上都谦虚地说："其动物小说颇受关注。"通过知网检索的关于他的小说的研究论文，大部分都题以"动物"，可见其动物小说确实颇受关注。

用一个作家的突出写作特征来界定其写作，当然是一种无可厚非的研究思路。不过，当一个标签被贴到一个作家身上之后，慢慢就会形成评价一个作家的基本共识，形成读者阅读一个作家的基本视野，从负面的方面说，这其实也会淹没作家的另外一些作品，导致大家对这些作品的视而不见。李传锋即是如此，虽然有《退役军犬》《最后一只白虎》《母鸡来亨儿》《林莽英雄》等颇有影响的动物题材小说，同时亦有《烟姐儿》《警官罗立瓯》《故乡的小茅屋》《定风章》《十里盘山路》《表妹的婚礼》《沧桑石》《灵屋》《土家妹子》等非动物题材的小说作品。鉴于此，笔者不打算对李传锋的早期小说进行过多的讨论，仅选择较有代表性的作品《退役军犬》呈现李氏早期小说的基本特征，而将重点放在作家求变之后的成熟之作《白虎寨》。

少数民族文学研究学者吴道毅教授认为，《退役军犬》堪称李传锋的成名作乃至代表作，既意味着李传锋为了寻求自己的创作个性——直接写人类生活转向直接写动物生活，同时也标志着他以一种别样的叙述方式或别样的叙述视角为当时的伤痕文学或反思文学作出了自己的贡献。[①] 从现在来看吴道毅 2007 年的这段话，当然有许多欠妥的地方。《退役军犬》显然不能作为李传锋的代表作，既因为有后来的《白虎寨》，也因为李传锋尚在不断创作，言“代表作”还为时尚早。另外，亦不能说李传锋的创作个性就是直接描写动物生活，《退役军犬》是否能归入伤痕文学或反思文学，也有待商榷。只能说，在李传锋的创作历程中，《退役军犬》确实是一部有重要意义的作品，是他获得文坛认可的一部小说；是其创作早期一部具有代表性的小说。

该作最初于 1981 年发表在《民族文学》第 4 期，小说的主角是退役军犬黑豹，有着猛虎一般的骨架，机敏、勇猛、勤勉，它在执行剿匪任务时身负重伤，痊愈后成为龙王村土家族老猎人张三叔最得力的助手和最忠实

① 吴道毅：《李传锋动物小说的文化内涵》，《西北民族大学学报》（哲学社会科学版）2007 年第 4 期。

的卫士。许多动物小说的写作模式常常是某种动物与其他动物之间的冲突，由此来体现出动物的品质，但李传锋的动物小说较少采取这种思路，其作品中的冲突往往是动物和人类的冲突，在这种冲突中体现某种寓意。

《退役军犬》中，与黑豹对立的是冯老八。黑豹负伤后刚恢复体力，就侦破了一桩盗窃案，而小偷正是生产队的保管员冯老八。企图监守自盗的他，以为山乡偏僻，公安不会来查，没想到被黑豹轻而易举就识破了，这让他对黑豹及其主人张三叔恨之入骨。后来，“文化大革命”让冯老八得了势，他把张三叔作为重点批斗的对象，连黑豹也被挂上牌子游街。黑豹开始还以为是一种荣誉，显得兴奋，慢慢警觉到了不对劲。一只老狐狸踅进村子偷鸡，黑豹再一次挺身而出，它非但没有得到大家的喝彩，反而差一点丧生在冯老八的枪口之下。它只有含恨躲进了森林，在月黑风高之夜带着复仇的怒火冲进了冯老八的家里，将他擒获。但黑豹在可以轻而易举咬死冯老八的时刻，它轻蔑地离开。张三叔因此又被送进了“学习班”，思念主人的黑豹在夜里悄悄去住所探望，不小心中了冯老八的圈套，最后在愤怒的挣扎中壮烈地死去。

有评论家认为，这篇小说通过象征正义力量的军犬黑豹与代表邪恶势力的冯老八之间的矛盾冲突，既揭示了那个短暂而荒谬的历史时期的人性扭曲，又充满了对人生正义的呼唤。小说探讨了人的道德价值跌落问题，说明如果人的善恶两极颠倒，兽性代替了人性，那么人的精神会因非道德累积而溃烂，邪恶的心灵膨胀，使人活着也失去生命的内涵。[①] 作家李传锋在多年以后的一次访谈中也说道，在《退役军犬》中，他想写有人性的兽和带兽性的人之间的较量，通过军犬的眼来审视“文化大革命”。[②]

从动物的角度来反观人类，这确实是李传锋动物系列小说的主要特点。

---

① 乌日娜：《文明与原始·人性与兽性——土家族作家李传锋与杰克·伦敦动物小说的比较》，《民族文学研究》1988 年第 3 期。

② 朱旭、李传锋：《不要忽略了火热的生活——李传锋访谈录》，《长江文艺评论》2017 年第 5 期。

不过，这篇小说，从表面上看，是冯老八（带兽性的人）与黑豹（带人性的兽）之间的冲突，实际上真正的冲突还是人与人之间的对立。所谓有人性的兽，实际上是在说黑豹是一种隐喻，它代表着一类人，这形成了小说的寓意。在那样特殊的时代，亦有像黑豹一样有强烈的正义精神、敢于反抗悖谬和暴力的普通人，也正是因为是普通人，往往难逃悲剧性的命运。由此，小说结尾才从黑豹的悲壮死亡转回到张三叔的横眉怒骂："你们，等着！早晚，有你们败兴的日子。"①

悲剧意识和陌生化叙事是《退役军犬》的主要特点。鲁迅先生有一句名言："悲剧将人生的有价值的东西毁灭给人看。"②虽然亚里士多德所说的"悲剧"和鲁迅所言的"悲剧"有内涵上的差异，但还是大致可以认为具有悲剧美的文学艺术，在阅读效应上能够引起读者的悲感，在故事内容上往往体现为某种不圆满。李传锋的这篇小说中，黑豹不管是作为军犬本身理解，还是作为人的隐喻来看，其内在精神品质都超越了所有村民。小说中虽然较少对普通村民进行描写，但从冯老八的飞扬跋扈、不可一世的态度中，读者可以推知村民们敢怒不敢言，不敢站出来反抗。特别是在黑豹和主人张三叔被挂牌游村过程中，这些人既没有念及黑豹平时对村庄所做的贡献，亦没有想到这样的游村行为是不妥的。小说中写道：

> 黑豹很得意地跟上主人，踏着有节奏的步伐前进。人群中马上爆发出一阵狂叫和欢呼。……人们笑得更加厉害……人群中爆发出更大的笑闹声……不少人仍然在不怀好意地笑闹，连那些平日里见了它得恭恭敬敬让路的人，这时候也改变了脸色，特别是那些学生和小孩，一窝蜂地跟在后面，甚至丢石头，吐口水。③

---

① 李传锋：《退役军犬》，见李传锋：《动物小说选》，北京：作家出版社，1993年，第18页。

② 鲁迅：《再论雷峰塔的倒掉》，见鲁迅：《鲁迅全集》（第一卷），北京：人民文学出版社，2005年，第203页。

③ 李传锋：《退役军犬》，见李传锋：《动物小说选》，北京：作家出版社，1993年，第4—5页。

笔者以为，这个段落是《退役军犬》中最具有艺术独创性，最具有思想深度，亦最能体现悲剧意蕴的文字。首先，这里的悲，体现为对黑豹的一种同情。这里有一种不和谐的场景——人狗同步游村。军犬黑豹为村子作了许多贡献，然而此时却因为莫名其妙的原因受到如此的羞辱，最开始没有察觉的时候，它还把羞辱当成了荣誉。如果仅仅是冯老八等人的侮辱倒不至于让读者产生悲感，而是因为羞辱黑豹的，恰恰是黑豹一直兢兢业业守卫着的村民，它对他们本有着一种亲人感和亲戚感。质言之，黑豹的奉献和善良，遭到了无情的嘲笑和羞辱，这种命运的不公产生了一种悲剧感。在这样的不公和委屈中，黑豹将情感寄托在了主人张三叔身上，然而它对主人的满腔思念却导致了它的悲壮死亡。

其次，这里的悲，还体现为对围观人群的悲。如果说对黑豹的悲是一种悲痛，那么对围观人群的悲则是一种悲愤。这些知道嘲笑和狂笑的人，虽然不像冯老八一样直接地实施了对他人、对黑豹的羞辱、折磨和批斗，但是他们的沉默和无知助长了冯老八一类的人。他们的沉默，既因为他们对善恶对错缺乏基本的理性判断，亦因为他们缺乏一种感恩之心和感同身受的同情。张三叔是平日里大家尊敬的土家山寨老猎人，和蔼可亲，坚强勇敢；黑豹亦是光荣退役的英雄犬。村民们转眼就忘记了这些，对张三叔和黑豹的遭遇没有丝毫的怜悯之心。因此，小说不仅对冯老八之流有强烈的批判之意，对这些围观群众也流露着失望和悲愤。当我们反思黑豹的悲剧时，显然不能仅仅将责任归咎为特殊的时代和少数人，必须对这些人、这种现象有更深刻的思考。

再次，这里的悲，还体现为对社会未来的一种悲观。此处的“悲观”不是一个贬义的含义，主要指作者对社会的未来的担忧。上面摘录的小说原文的最后一句话是：“特别是那些学生和小孩，一窝蜂地跟在后面，甚至丢石头，吐口水。”如果没有这一句话，丝毫不减少黑豹所遭受的嘲笑和屈辱，但小说中用“特别是”这样的文字进行强调，显然有其用意。只要注意到这个地方，就不难体会到，学生和小孩，是龙王村的下一代，在更大的意义是，他们显然是社会发展的未来和希望。此时的他们，却也跟在大家的后面丢石头、吐口水。不管他们把这当作是有趣的事情，抑或是一种同仇敌忾的行为，这都是需要警醒的。当一个社会的未来一代也失去了明辨是非的能力，随波逐流投身浪潮，这才是最可怕之处，也是拟人化的黑豹最绝望之处。

基于此，再来阅读黑豹最后的壮烈死亡，便更多一层悲悯。

……说时迟，那是快，黑豹不等冯老八下手，像一头猛虎朝冯老八一头撞去。冯老八被撞翻在地，黑豹就势朝门外逃去。冯老八连滚带爬，一迭声地喊："打死它！""打死它！"外面院子里也在叫喊："打死它！""打死它！"院门紧闭，黑豹左冲右突出不去，它愤怒地直立起来，一次一次地朝门上撞去。紧接着，惊天动地两声枪响，黑豹又一次直立起来，摇晃了几下，重重地摔倒下去……

……

黑豹倒在大门边，木板门被它钢铁的头颅撞破了，一缕缕晨雾从外面钻进来。黑豹的身体还在抽搐，它的眼里闪射着留恋的、兴奋的光芒，它哀号着，因暴怒而竖起来的颈毛还直立着，鲜红鲜红的热血正从伤口里淌出。①

阅读这段文字时，直接的感受是黑豹的死凄惨而壮烈。更进一步，有两个问题需要回答：

其一，训练有素的军犬黑豹，为何只是用头撞翻冯老八？它有猛虎般的骨架，严格的军事训练和多年的戎马经历，它可以咬死对手，不管是狡

① 李传锋：《退役军犬》，见李传锋：《动物小说选》，北京：作家出版社，1993年，第18页。

猾的老狐狸，还是凶狠的匪徒。那么，面对用极尽手段折磨羞辱自己和张三叔、此时又欲将之置于死地的冯老八，它却没有起丝毫杀心，这有悖常理。

其二，黑豹倒下后，发出了哀号之声，但是，为何在整个冲突中，它没有一丝吼叫？这显然也值得深究。就第一个问题，可以由此思考到：黑豹虽然愤怒，虽然对冯老八痛恨至极，但它有一种超越常人的理解能力，它知道悲剧的根本并不是冯老八，它亦清楚死亡和杀戮并不能解决问题。可以说，黑豹对生命有一种本能的敬畏之心，哪怕是面对冯老八之流，它也无法违背内心的原则。在这样的理解下，黑豹的怜悯和最后的死亡，才反衬出冯老八之流的邪恶、凶狠和无情。李传锋是善于运用场景描写和对比塑造的。黑豹最后的斗争场景中，充满着有声与无声之间的对立，以及通过这种对立形成的审美张力。沉默的黑豹，内心有撕心裂肺般的怒吼，而叫嚣着的冯老八等人，外表之下却是无比的怯懦和脆弱。

在更大的意义上，黑豹壮烈死亡可以看作是黑暗时代的一种隐喻，正直、善良、勇敢的人是沉默的，这种沉默不是围观者的无知和盲从，而是发出自己的声音却被死死地困住了，最终只有自己听得见。就像张三叔和黑豹，被围困在木屋子里，四周都是一群拿着枪的丑恶之徒。然而，木屋子始终不是铁屋子，正义的力量总会冲破木板，然后坚定而清晰地发出自己的声音。因此，撞破木门的黑豹哀号着，这种哀号除了绝望、愤怒和痛苦，也多了一种呐喊的力量；也因为如此，沉默了很久的张三叔，才终于在走出木屋后，抱着黑豹，对着冯老八之流毫不畏惧地说出他们必将灭亡的预言。可见，声音的安排在这里既充满了审美张力，同时又有丰富的象征意义。

在文本分析的基础上，当我们在把这部小说置于当时的社会语境和文学思潮中时，会发现它确实不同于一般的伤痕文学或反思文学。不管是伤痕文学，还是反思文学，不管是重在呈现痛苦与悖谬，还是试图寻找悖谬根源，往往以无辜者被折磨作为主要的叙事内容。但是，这样叙事模式大量呈现的时候，就形成了一种刻板的方式，从而束缚了经验。李传锋的《退役军犬》，虽然在叙述结构上没有超越善恶二元对立模式，但其用动物的视角来呈现时增添了一种陌生化的效果，同时对声音的巧妙运用中蕴含着作者对这个时代、对普通人、对社会发展的深深的焦虑。

在李传锋之前，少数民族文学中其实有动物题材（不那么严格的意义上）的作品，如哈萨克作家艾克拜尔·米吉提在 1979 年发表的《努尔曼老汉和猎狗巴力斯》，以聪明猎狗为线索，批判反面典型县委刘书记，反映“四人帮”带来的戕害，又如回族作家张承志 1982 年发表的《黑骏马》，讲述草原上一段纯真而又具有悲剧色彩的爱情故事；还有鄂温克族作家乌热尔图 1982 年发表《七岔犄角的公鹿》，描写人与动物的复杂关系，展现了鄂温克汉子的“成年仪式”。但是，在米吉提的《努尔曼老汉和猎狗巴力斯》和张承志的《黑骏马》中，动物都仅仅是一个叙事的线索，关键还是人与人之间的关系，不论是重在批判，还是重在爱情悲剧；而乌热尔图的《七岔犄角的公鹿》，重点在于个人的成年。因此，说李传锋的《退役军犬》在同期的动物题材和现实批判题材小说中有其独到之处，并无疑义。

随着当时社会的发展，20 世纪 80 年代中后期开始，伤痕和反思的声音渐渐暗了下去，先锋和寻根的姿态渐多。笔者以为，先锋和寻根的一个共有的理论基础是反主流文化、走向多元理念。前者聚焦于形式的多元和探索，后者则聚焦文化的多元和共鸣。回望这个时期，可以毫不迟疑地说新时期以来文学转型的关键正是 20 世纪 80 年代中期，也可以毫不迟疑地说当代少数民族文学转型的关键也是这个时期。国内最早使用“多元文化”的文章是在 1985 年，顾伟铭在《读书》上发表的《多元的文化与全面发展的人——读〈意大利文艺复兴时期的文化〉》[①]；同年，阮西湖发表《多元文化主义——西方国家处理民族关系的新政策》[②]；次年，阮西湖再撰文《多元文化政策》[③]，

① 顾伟铭：《多元的文化与全面发展的人——读〈意大利文艺复兴时期的文化〉》，《读书》1985 年第 3 期。

② 阮西湖：《多元文化主义——西方国家处理民族关系的新政策》，《民族研究》1985 年第 6 期。

③ 阮西湖：《多元文化政策》，《内蒙古社会科学》1986 年第 1 期。

张汝伦也在《读书》上发表《多元的思维模式与多元文化》[①]。此后，“多元文化”作为一个术语和理念才在国内流行起来。

对于少数民族文学而言，多元文化理念促进了少数民族作家文化叙事的集体登场和逐步兴盛，并且这个创作模式一直延续至今。李传锋没有例外，逐步回到了土家族文化，思考的焦点也从对社会政治的反思和批评走向了对文化生态的焦虑。1989 年，李传锋出版了长篇小说《最后一只白虎》，小说叙述鄂西森林中的稀有小白虎，在经历了背山货汉子、马戏班、偷猎者、动物园等多次折磨后，逃回森林，在以动物学家为首的搜寻队和以老疤为代表的偷猎者的双重威胁下艰难生存，最后亦悲壮而死。白虎的遭遇显然是在隐喻土家文化，白虎的死亡显然也是作者对现代性中民族文化发展的一种焦虑。

李传锋在这部小说的后记中谈道：“在湘、鄂、川[②]交界的崇山峻岭中聚居着一个古老而年轻的民族——土家族，白虎便是我这个民族的图腾。这个民族是极为珍爱虎的。在白虎身上涌动着一个民族的热血，寄托着一个民族的命运与希冀。”作者在这里直接用第一人称说出了“我这个民族”，可见作者有明确的民族意识，有为民族代言的强烈愿望，有清晰地将白虎遭遇作为文化寓意的创作意图。正如有的评论家所看到的，《最后一只白虎》及李传锋之后的动物小说，关注民族的不幸与希望，有一种强烈的文化悲哀，有一种改造人类精神的大文化情怀。[③]当然，如许多批评家所言，《最后一只白虎》等小说中有明确的生态批评意识，或认为“李传锋动物小说所表现的，是现代工业文明与原始生态环境、人类的狂捕滥杀与动物的濒临灭绝之间的悲喜剧，展示出作家对环境保护意识和现代文明意识的热切呼唤”[④]，或

① 张汝伦：《多元的思维模式与多元文化》，《读书》1986 年第 7 期。

② 当时重庆市尚未直辖，归属四川省，故作者说“湘、鄂、川交界”。

③ 戴宇立：《民族文化家园的诗意守望——土家族作家李传锋动物小说解读》，《湖北民族学院学报》（哲学社会科学版）2005 年第 5 期。

④ 何联华：《评李传锋的〈最后一只白虎〉》，《中南民族学院学报》（哲学社会科学版）1991 年第 5 期。

认为《最后一只白虎》“张扬的是小公虎追求生命自由的可贵品质，揭露的是人类的贪婪和对生命的漠视与扼杀”①，或认为小说“隐现着乡村诗意与城市发展的矛盾与冲突”②。有学者在此基础上，将李传锋动物小说写作概括为“从政治批判意识向生态意识递嬗”和“从人道主义伸张向人性危机反省迁徙”。③然而，不论是“呼唤”“张扬”还是“隐现”，不论从生态批评的哪个角度进入，都不能简单认为《最后一只白虎》仅仅在于人与动物、人类与自然之间的对立和反思。

笔者曾提出，所有的生态问题，本质上都是文化生态问题，因为对环境的关注本质是对人类社会及文化的担忧。④因此，将《最后一只白虎》的生态视野与民族文化思考结合起来，当是理解该小说的必然思路。这种思路在21世纪以来得到越来越多的认同，如有学者评价该作时说：《最后一只白虎》“推崇人与自然的有机契合，在生态意识的观照下再现新时期土家族的民族文化心理和民族文化精神，渗透着强烈的民族忧患意识和人文关怀。”⑤不唯《最后一只白虎》如此，李传锋在20世纪80年代中期之后的动物小说中，普遍将生态与文化紧密结合，有学者对中篇动物小说《红豺》进行细致分析后发现，小说呈现了“一种自然赋予的有了相当厚重的地域文化心理积淀的生命互动关系”⑥。

---

① 袁爱华：《另一种叙事话语——论李传锋动物系列小说的艺术风格》，《湖北民族学院学报》（哲学社会科学版）2005年第5期。

② 蒋芝芸：《幽深的林莽 丰厚的意蕴——评李传锋长篇小说〈最后一只白虎〉》，《湖北民族学院学报》（哲学社会科学版）2005年第5期。

③ 王平：《论李传锋动物小说审美取向流变》，《中央民族大学学报》（哲学社会科学版）2011年第1期。

④ 傅钱余：《当代藏族作家的文化生态叙事研究——兼论当前国内生态批评研究的局限》，《中央民族大学学报》（哲学社会科学版）2015年第3期。

⑤ 胡用琼：《生态意识观照下的民族文化心理——评李传锋的长篇动物小说〈最后一只白虎〉》，《湖南社会科学》2013年第1期。

⑥ 柳倩月：《红豺为什么那么美？——评李传锋中篇小说〈红豺〉》，《湖北民族学院学报》（哲学社会科学版）2005年第5期。

第二节　李传锋后期的现实主义小说

21世纪以来，李传锋的关注焦点和写作方式发生较大的转变。2014年，他出版长篇小说《白虎寨》，随后荣获第十一届少数民族文学骏马奖。这部小说聚焦“三农”问题，描写武陵山区土家山寨的新农村建设。幺妹子、春花、秋月、荞麦是作者塑造的几个新农村女性形象的典型，她们原本都是进城打工的农村女孩，地位低收入低还受到一些人的歧视。全球经济环境的恶化使得工厂倒闭，把她们逼回了白虎寨。经历激烈的思想斗争之后，幺妹子终于决定留在家乡担任支部书记，带领白虎寨脱贫致富。有学者认为：“这部作品将是以后少数民族新农村建设题材的潮头，将会引领大批热爱农村、关注农村的作家从正面描写农村生活，形成新农村建设文学潮。”①

现实主义和乡土视角是这部小说的突出特征。

与许多偏僻的农村地区一样，白虎寨处在武陵山脉的深处，这里山高路远，陡峭的敲梆崖高高耸立，出山和进山都得顺着狭窄的深山小路并攀爬危险的悬梯。很早以前，白虎寨人就力图修建公路，但这崖绝壁成为不可攻克的难关，困住了白虎寨人，困住了白虎寨的发展。这也成了幺妹子要解决的首要难题。然而，修路却不是一件简单的事情，除了县里、州里的规划之外，确实存在着技术难关。因此，在积极联系、计划修路的过程中，幺妹子颇具眼光地谋划起了白虎寨未来发展大计。毕竟出外打工见过世面，她知道乡村的发展仅靠自身苦思冥想无济于事。她与自己的几个好姐妹也就

① 杨彬：《现实性　民族性　主旋律——评第十一届“骏马奖”获奖长篇小说〈白虎寨〉》，《民族文学研究》2017年第3期。

是一同出去打工的春花、秋月、荞麦等人一起，形成了白虎寨发展的核心团队。由于她们的敢作敢为和公正无私，很快就得到了村民们的认可，渐渐把白虎寨凝聚为一个整体。她们一起“抢”来了省里派下了的科技员向思明，并且在危急关头，声情并茂地说服了向思明主动留在了白虎寨。不过，有科技员固然重要，但要突破传统观念更为重要。当向思明提出大规模种植魔芋，并大力发展魔芋加工产业之后，许多原本种植烟叶的农户不配合，特别是土地肥沃、种植烟叶收入还相对可观的农户，比如胡喳喳。幺妹子等人积极地一家一户地介绍，渐渐获得了大家的理解和支持。

总之，幺妹子等人以开阔的视野、果敢的作风和坚忍的意志投入农村建设中，“抢”来农业专家，推广魔芋和无公害蔬菜种植，外销生态寮叶，招商引资发展旅游业，探索创新农业经营体制，终于使得白虎寨真正走向了脱贫之路。作家李传锋曾坦言：“我被生动鲜活的事项所感动，我要尽可能多地书写他们，我要尽可能快地让朋友们知道这些故事，所以，我较少使用那些小说技巧，我认为没有什么技巧能战胜生活本身。”① 显然，不论是作家的创作动机，还是作品的实际呈现，都是充满着强烈的现实主义精神，充满着对当下新农村建设的积极关注。像白虎寨这样的闭塞的村寨，如何发展、如何脱贫致富，不仅成了国家发展的重要策略，也成了作家们关注的重要题材。

李传锋的优势在于，他长期生活在乡村，一直关注乡村，对乡村有丰富的体验和强烈的情感，了解乡村的现实，知道乡村问题的困难，也把握村民的情感，因此他写出了这部既能打动人性又充满艺术魅力的佳作。有学者认为，这部小说是柳青现实主义的承续和光大，具有深邃的历史感和浓郁的民族性，又富有真切的生活感和鲜活的时代感，传播了社会正能量，弘扬了社会主义核心价值观，对当下新时代精神文化生活的书写，具有较强

① 朱旭、李传锋：《不要忽略了火热的生活——李传锋访谈录》，《长江文艺评论》2017 年第 5 期。

的引领价值。[①] 如前所论，小说以幺妹子等人面临并逐渐解决的白虎寨建设发展中的各种问题为核心叙述结构，辅以春花、秋月、荞麦、胡喳喳等人的感情生活。但小说不对处于武陵深处的土家山寨进行浪漫主义想象，不虚构一些与世隔绝淳朴乡民，也不渲染野性的山林情感，更不迎合一些城市读者的口味从而塑造野蛮、愚昧、苦难、贫穷的土民。小说写作上，没有民族风情，没有"民俗村"，没有"农家乐"，作者满怀激情，以赞颂的目光正面叙述新农村建设中这些具有创新眼光、开拓勇气和实干精神的人物形象。

说《白虎寨》不写民族风情，是强调作者不对土家地区进行景观式呈现，不意味着小说没有民族性。恰恰相反，现实主义正是作者试图原生态表述土家文化的一种努力。小说题为《白虎寨》，借助土家人崇虎的历史传统设置"白虎寨"这一地域文化空间，可见作者具有主动自觉的民族意识。小说开篇不久，顾博士就来到了白虎寨。追溯起来，顾博士已是土王的后裔。表面上他是为了寻找历史而来，实际上则是文化寻根。小说在此用了一些篇幅讲述明朝嘉靖年间土家山民参与抗倭以及后来改土归流的历史。这里有一个有趣的细节，那就是"虎皮"这个看似不经意的桥段。容美土司田世爵要撤军归乡时，在酒酣耳热之际，草书一个大大的"虎"字，连同罕见的白虎皮毯赠给了友人，并念念有词："白虎当堂坐，当堂坐的是家神"。如果说土家先民抗倭以及后来改土归流都属于了较大的历史事实，那么田世爵与友人饮酒话别这一场景显然有了更多想象构思空间。在流传下来的土家族梯玛祭师仪式中，常常用这个句子开头，这是土家对血脉、文化的一种追忆，也是对自身文化身份的强调。小说接着用了一句话："这句话人人都听到了，不知何意，有点像偈语。"[②] 细细品味这些用词，不难发现作者

① 张治国：《柳青现实主义文学经验的承续与光大——评李传锋长篇小说〈白虎寨〉》，《社会科学论坛》2017 年第 4 期。

② 李传锋：《白虎寨》，北京：作家出版社，2014 年，第 20 页。

在此的匠心，顾博士对白虎的追寻，自然而然，便成了对土家文化的寻找。

小说中虽然不刻意渲染民俗仪式，但是，从生活世界出发，那些伴随着土家人从出生到死亡的各种仪式、习俗以本真的方式自然呈现。比如小孩出生后，城市里往往是到酒楼安排一桌酒席，亲朋好友送上红包。但在白虎寨，这个仪式叫作“祝米酒”，是一个相当隆重的仪式。客人要穿戴整齐，主家也是盛情相迎。小说中幺妹子参加腊香家的祝米酒时，对此有生动的描绘。腊香家先放了两千响鞭炮，男方接着放了两万响鞭夹炮，客人送礼不送人民币，送的是鸡蛋、腊猪蹄、娃娃衣服。特别是送虎头帽，一般是自己土布土线缝制。小说如此说：“整祝米酒送虎头帽是白虎寨的风俗，一是请白虎神保佑；二是祝愿小伢子长得虎头虎脑。”[①]

笔者曾对少数民族小说作品中的仪式书写进行过研究，发现仪式的作用并不仅仅是体现民族特色，它与作品的形象、意蕴、审美、视角、结构、空间等层面密切相关。[②]如果仅仅用着民族风情的展示，那仪式、民俗往往比较生硬地出现在文本中，与故事情节、人物塑造没有太大的关联。《白虎寨》的仪式书写是比较成功的，仪式的出场既自然而然，又具有多重功能。比如这场祝米酒，一方面，它体现了白虎寨山民热情友好的村落生活，体现了白虎寨人的重家庭、重祖先、重后代的生活方式；另一方面，这场仪式对于故事发展和人物形象塑造又有着独特的意义。在这场祝米酒会之前，村里德高望重的几个人已经提议由幺妹子担任村支部书记，帮助白虎寨脱贫。但是，幺妹子感觉责任重大，迟迟不敢答应，加上此时广东的鞋厂老板打来电话，盛情要求她回厂工作。显然，她是愿意出去打工的，熟悉不说，收入也远高于留在乡村里。这场祝米酒会成为了幺妹子改变想法、坚定留在村里的关键事件。邓腊香本是幺妹子的儿时好友，后来被人贩子卖到了山外，邓家人感觉在村里抬不起头。对于邓家人，要求白虎寨的人去参加

① 李传锋：《白虎寨》，北京：作家出版社，2014年，第100页。

② 傅钱余：《民间仪俗与民族文学研究》，哈尔滨：黑龙江人民出版社，2019年，第106—189页。

酒会，有一种扬眉吐气的意味。邓腊香家比白虎寨富裕太多，三层小洋楼，一楼停车，二楼出租，三楼自己住，电灯电话，瓷砖底板，还有现代化的太阳能热水器等，这让刚刚才通上电的白虎寨村民非常嫉妒。一个从白虎寨去的村民，竟然围着房子跑了几圈找猪楼茅房，后来才得知没有茅厕，是专门的洗手间，有明光净亮的坐便器，她便后，禁不住把那明光净亮的坐便器摸了摸，看了一遍。幺妹子对了心中也有了巨大的触动，白虎寨和腊香所在村镇的巨大反差，让她看到了白虎寨的脱贫发展已经是非常急迫，所以，虽然她尚未明确答复那几位德高望重的长者的提议，但内心已经完成了转变，她产生了责任感，希望让白虎寨也过上那样的幸福生活。

由此可见，这场祝米酒会，既是必然发生的生活习俗，亦是作家有意构造的细节。因为必然发生，所以自然而然，不矫揉造作，真实地展现了白虎寨的生活情景；因为匠心所在，所以蕴涵意义，揭示了人物内心、推动了故事进程。祝米酒会其实只是小说中一个用墨不多的细节，浓墨重彩的实际上是土家族的跳丧仪式和赶女儿会。土家族人有跳丧的习俗，有时跳的是活丧，有的时跳的是死丧。前者人并没有死，而是在生前邀请亲朋好友来家里完成丧葬仪式。在土家族的观念中，人死了并不是一件悲哀的事情，人不过是去往了另一个世界继续生存。因此，在土家族的跳丧活动中，并没有强烈的悲痛，是对一个人一生的追忆，也是亲朋好友的一次娱乐活动，还是青年男女的一次约会机会。小说中平叔自觉时日不多，要求儿子为自己做一次跳活丧仪式。在跳丧过程中，氛围太过热烈，瘸腿的平叔也奇迹般参加了跳丧队伍，因为太过激动而倒地而亡。活丧变成了死丧，但氛围并没有转为哀愁：

> 平叔的死给白虎寨带来的不是悲哀，而是无尽的欢乐……大家好久没能聚集在一起玩了，喧闹的村寨在夜的深处尽情地翻腾着，被冷落多年的白虎寨终于找到了一种释放热情的方法，大家尽情

> 地喊叫着、跳动着，扭转着身子，用脚死命地蹬踏着大地，想踩踏着贫穷的尸首，也分不清天上地下、人间梦境。[①]

在这之前，当科技员向思明和顾博士发现深山中一处土王墓园时，小说就土家人的丧葬观念说道："白虎寨的人们认为，生而死，死而生，人与自然和谐相处，生存与死亡只是生命形式的自然转换，所以，树砍了会发出新枝，人死了能托生，办一场白色的喜事，跳丧、开路，大家来陪着玩一场，送他进入另一段人生。"[②]

除了服饰、住房、饮食、农事习俗、嫁娶送亡等表层的土家族生活习俗，更深层的是民族个体与民族文化相一致的内在心理结构，这才是民族性的根本，这才符合果戈理对民族性的经典论断："真正的民族性不在于描写农妇穿的无袖长衫，而在表现民族精神本身。诗人甚至描写完全生疏的世界，只要他是用含有自己的民族要素的眼睛来看它……也可能是民族的。"[③]在《白虎寨》中，民族性既体现为作家的民族文化认同，更体现为幺妹子等人与文化环境相一致的民族心理结构。幺妹子是一个善良、勇敢、热情、重情重义有时甚至还有一些泼辣的女性，这些性格的形成基于土家文化的孕育。她对白虎寨有着发自心底的热爱，有着明确的文化认同和文化自觉。虽然她善于接受新事物，也能够以创新多样的方式掀起白虎寨的革新热潮，但她对待生命和价值等根本性的问题一直秉承着土家文化对善、积极、快乐的推崇，这与小说中体现且存在于土家人生活世界的跳丧习俗的文化内涵是一致的。与其说《白虎寨》聚焦乡土现实，不说说聚焦的是民族的乡土现实，是"借民族之魂寻找、挖掘民族之根，彰显民族生存的原貌，见证

---

① 李传锋：《白虎寨》，北京：作家出版社，2014 年，第 177 页。

② 李传锋：《白虎寨》，北京：作家出版社，2014 年，第 95 页。

③ [俄]果戈理：《关于普希金的几句话》,《文学的战斗传统》，满涛译，上海：新文艺出版社，1953 年，第 2 页。

本民族的生存历史”[1]。

总之，李传锋的《白虎寨》既是关于武陵山区农村现代化的现实主义创作，也有明确清晰的民族意识，是对土家文化新时代传承发展的自觉表述。回到生活本真，回到现实主义，回到民族内部，是这部小说的突出特征。如同民族文学研究专家、中南民族大学吴道毅教授所言：这部小说“谱写了新世纪民族地区新农村建设的时代画卷，具有强烈的时代感与浓郁的民族特色和乡村生活气息，凝结了作家几十年来对‘三农’问题的深刻思考，表达了他心忧农村、情系故乡的赤子情怀。”[2]

---

① 张羽华：《全球化视域与少数民族村庄叙事——论李传锋长篇小说〈白虎寨〉兼议其地域文学创作》，《山西师大学报》（社会科学版），2018 年第 2 期。

② 吴道毅：《书写民族地区新农村建设的力作——评李传锋的长篇小说〈白虎寨〉》，《中国民族报》2019 年 3 月 8 日第 010 版。

第五章

叶梅的小说创作

叶梅（1953 年生），女，湖北巴东人，中国作家协会会员，中国作协主席团委员、中国散文学会会长，《民族文学》杂志原主编。20 世纪 90 年代以来，她先后发表了《撒忧的龙船河》《花树花树》《回到恩施》《五月飞蛾》《最后的土司》[1]等中篇小说，陆续出版小说集《花灯，像她那双眼睛》《撒忧的龙船河》《五月飞蛾》《最后的土司》《回到恩施》《歌棒》《青云衣》，出版长篇纪实文学《美卿》《粲然》，出版长篇历史题材小说《梦西厢》，也出版了《我的西兰卡普》《朝发苍梧》《大翔凤》《穿过拉梦的河流》《根河之恋》《追云记》[2]等散文集。其中，中短篇小说集《五月飞蛾》荣获第八届少数民族文学"骏马奖"。

① 《撒忧的龙船河》，《中国作家》1992 年第 2 期；《花树花树》，《人民文学》1992 年第 11 期；《回到恩施》，《民族文学》2001 年第 4 期；《五月飞蛾》，《山花》2002 年第 8 期；《最后的土司》，《民族文学》2003 年第 5 期。

② 《花灯，像她那双眼睛》，武汉：长江文艺出版社，1989 年；《撒忧的龙船河》，北京：中国文学出版社，1994 年；《五月飞蛾》，北京：中国文联出版社，2004 年；《最后的土司》，武汉：长江文艺出版社，2006 年；《回到恩施》，北京：中国民族摄影艺术出版社，2009 年；《妹娃要过河》，北京：作家出版社，2009 年；《我的西兰卡普》，北京：中央民族大学出版社 2008 年；《朝发苍梧》，北京：中国民族摄影艺术出版社，2009 年；《大翔凤》，呼和浩特：内蒙古人民出版社，2009 年；《歌棒》，北京：中国对外翻译有限公司，2013 年；《美卿》，北京：作家出版社，2016 年；《根河之恋》，南京：江苏凤凰文艺出版社，2017 年；《粲然》，杭州：浙江教育出版社，2020 年；《梦西厢》，北京：作家出版社，2020 年；《青云衣》，中国言实出版社，2021 年。

让人物命运和民族文化紧密相连，产生别具一格的审美韵味。”①李鲁平则将叶梅小说的女性置于她对土家文化的关注之下，认为叶梅对民族地区的女性的强烈关怀，“由于其所达到的艺术特色和艺术个性，由于其所触及的历史与现实生活面的广度和深度，已经成为当代文学中关于土家民族和鄂西山水极其重要的文本，进而，也是理解、了解这块土地及其之上所承载的文化、历史、生活的重要文本。”②亦有学者从文学比较的角度，将叶梅与当代文坛其他女性作家的小说创作进行比较。如朱华比较了叶梅和池莉的小说创作，进而认为“与当下大部分体现商业价值的创作不同，两人的创作因为民族性和时代性而为市场所青睐。符合当下时代对审美需求的多样性……叶梅和池莉的作品，并没有写上‘民族’来标榜民族性，或是刻上时代两个大字，而我们从作品人物气质，使用的语言，价值观念等细节中无一不看到渗透出来的民族价值和信念”。③

除了女性视角，民族文化亦是叶梅研究的主要思路。笔者在《梯玛信仰与叶梅的小说世界》一文中提出：“梯玛信仰是土家族传统文化的核心，它既体现为土家人的刚健性格和乐观精神，也隐含着土家人的生存意识、集体意识。在土家族女作家叶梅的中篇小说《撒忧的龙船河》和《最后的土司》中，梯玛信仰是结构文本的核心因素。对于小说世界中的土家人民，梯玛信仰潜在地引导和约束着他们的生活，根筑了他们生活的勇气和期冀；而对于作家叶梅而言，写作即展演土家文化，这不但饱含了她对土家文化的认同，也饱含了她在多元文化碰撞的态势中对本民族命运的思考。”④中南民族大学吴道毅教授则从当代文化精神建构的角度，认为：“鉴于现代文明的进程及

① 李莉：《女性与民歌：叶梅小说的二元文化符号》，《中华女子学院学报》2014年第2期。

② 李鲁平：《立足民族历史文化，关注女性命运——评土家族作家叶梅的小说创作》，《小说评论》2008年第6期。

③ 朱华：《叶梅与池莉小说作品人性、民族性和时代性比较》，《湖北民族学院学报》（哲学社会科学版）2009年，第3期。

④ 傅钱余：《梯玛信仰与叶梅的小说世界》，《中央民族大学学报》（哲学社会科学版）2012年第1期。

其缺失，叶梅希望通过自己的文学或小说创作为人类的精神建构贡献自己的微薄之力。她的土家族文化小说对土家人刚烈勇武、多情重义、豁达坦荡等民族性格与文化精神的展示，也正在于通过对一个中国西南山地少数民族地方与民间文化资源的发掘，来寻找救治现代文明之弊的某些有用的资源。”[①]他还从叙事风格角度讨论了叶梅的小说，指出叶梅小说“注重发扬诗意小说或抒情小说的长处，积极借鉴与融会交错叙述与整体象征等现代小说技巧，从而使作品呈现出独特的叙事风格，展示着交错叙述的魅力与富于整体的象征意味”。[②]亦有学者从人类学的角度综合考察了叶梅、孙健忠等土家族作家的文化小说，认为“孙健忠、叶梅的相关作品一以贯之地以土家族文化为创作的主线和基调，表现出鲜明的‘文化为体，文学为用’的特点。对土家族文化的集中呈现与深度阐释使得孙、叶二位的作品成了当代土家族文学的代表，并使之获得了区别于其他族别文学的民族特质。”[③]

近几年来，随着生态批评的兴起，从生态的角度讨论叶梅的小说成了一种值得关注的思路。如曾娟在《论叶梅小说的生态书写》一文中，从神奇秀美的自然生态、健康自然的生命形式、诗意栖居的守望与忧思等角度阐释叶梅小说，并进而认为，叶梅笔下的土家族人敬畏天地自然，崇拜祖先、神灵的生命意识与人生姿态给自高自大的人类以警醒，土家族人豁达、乐观的生死观能给人以启发，叶梅笔下健康、本真的绿色爱情给游戏爱情的青年男女以精神启示。[④]亦认为：“叶梅之所以构建她的鄂西世界，最大可能是因为她有感于现代文明之弊对当下中国优秀文化的侵损而为之的。也许正是基于这一点，叶梅才给我们构筑了一个无比淳朴、神秘、美丽、自在、神话般的鄂西世界，以此来抗衡现代文明之弊，拯救现代人业已远离自然的

① 吴道毅：《寻索土家族文化的秘密——论叶梅的土家族文化小说》，《民族文学》2003 年第 5 期。

② 吴道毅：《论叶梅小说的叙事风格》，《民族文学研究》2003 年第 3 期。

③ 陈心林：《当代土家族文学的人类学观照——以孙健忠、叶梅作品为中心的考察》，《江西社会科学》2013 年第 10 期。

④ 曾娟：《论叶梅小说的生态书写》，《小说评论》2015 年第 2 期。

灵魂以及由此而来的精神生态的失衡。因为在她的鄂西世界中，人与自然，人与社会，人与人以及人与自己内心都是那么的和谐与自在。”[①]

通过以上梳理，可以发现女性意识、土家文化和生态意识是叶梅小说研究的主要切入点，也可以肯定地说，叶梅的小说正是在这三个方面的深刻蕴涵而受到了读者的喜爱。进而言之，其个性和韵味正来自作家对民族生活现实的认识和反思，对民族文化的深入挖掘和体会，并将自己的视野放到现代化、全球化的进程中，从而形成了对女性生存、人的价值、土家文化的价值与传承等问题的深邃思考。少有学者关注的是，叶梅小说中土家文化与作品意蕴之间的关系。对于研究者来说，显然不能因为作者是土家人、作品描写有土家人，就强调其作品的民族文化特性。从文化传统到文学表达，经过作家心灵的体验和创作，因此需要通过细致的分析揭示出文化传统生成为文本意义的过程。在论文《梯玛信仰和叶梅的小说世界》和专著《民间仪俗与民族文学研究》[②]中，笔者从叶梅小说中的土家族的神话传说、历史传统以及仪式民俗等内容出发，分析了《撒忧的龙船河》和《最后的土司》等作品中土家文化对作品意义的生成。此处，在回顾、丰富相关观点的基础上，笔者试图拓展到另外的理论问题——文学的伦理。

第二节　叶梅小说中的文化与意义

在叶梅的小说作品中，《黑蓼竹》《回到湘西》《山上有个洞》《厮守》《撒

① 宋俊宏：《寻绎土家族作家叶梅小说中的生态资源》，《湖北民族学院学报》（哲学社会科学版）2015年第3期。

② 傅钱余：《民间仪俗与民族文学研究》，哈尔滨：黑龙江人民出版社，2009年。

忧的龙船河》《最后的土司》都直接聚焦土家山区的生活世界，且有着较为丰富生动的文化事象。此处选择《撒忧的龙船河》和《最后的土司》进行分别分析，在凸显文本的文化意蕴的同时，重点谈论叶梅小说中的文化符号如何生成了小说的文化意蕴。

一、文化符号与《撒忧的龙船河》的主题意蕴

在小说《撒忧的龙船河》中，主要的文化符号是土家跳丧和梯玛作法。略做统计发现，在小说中丧鼓歌共出现了八次，跳丧场景出现了七次，另有梯玛救人、辟邪等仪式。与此相应，小说共分为八个部分，稍加留心便会注意到除第四部分外其他部分都由丧鼓歌或跳丧描写开始。

小说的开头便是对跳丧的描写，视角是覃老大的魂魄。魂魄正在深潭中摸索、在旋风中挣扎、在厉鬼间颤抖，这时“那由咚咚的鼓声伴奏的雄浑歌唱惊心动魄，带着不可抵御的阳刚之气昂扬地驱赶开老大四周的阴森。”①随后，覃老大“看见”了整个跳丧的场景：

> 老二掌鼓，巴茶掌灯，十几条包着头帕的土家汉子开始了跳丧，场坝里灯火辉煌亮如白昼，大坛的酒搬上来了，大碗的肉盛上来了，寨子里的人密密地围坐在堂屋、场坝和白果树下，笑逐颜开气势非凡地为覃老大送行。②

土家跳丧展现出来的激情洋溢的狂欢色彩和随后的故事情节似乎不太吻合。如果单看故事情节，《撒忧的龙船河》可归纳为：1941 年，覃家两兄弟从县城带豆腐店娇娇女莲玉回龙船河避难，途中遇到暴雨，在山洞躲雨时

① 叶梅：《妹娃要过河》，北京：作家出版社，2009 年，第 47 页。
② 叶梅：《妹娃要过河》，北京：作家出版社，2009 年，第 47 页。

老大和莲玉互生情愫发生了关系。但覃老大有妻巴茶，不能迎娶莲玉，因此莲玉无奈嫁人，后来又被抛弃。覃老二为了让大哥回到巴茶身边，一心一意活在龙船河，居然和嫂子发生了关系，使巴茶怀上了孩子。覃老二愧疚难解，便远离龙船河做了梯玛；巴茶的孩子最终胎死腹中，失去希望的她在覃老二的帮助下抱回了莲玉和老大的孩子。解放军来到县城时，覃老大当了向导，救了军官胡子，并见到参加了工作的莲玉。世事无常，二人又生瓜葛。

可以看出，即使没有对跳丧的描写，没有丧鼓歌的引用，小说的故事情节一样完整。这让读者注意到文本中丧鼓歌和跳丧仪式的功能。在土家风俗中，老人如果正常离世，亲人就会举行隆重的丧葬仪式，此仪式的高潮阶段即为“跳丧”。丧鼓歌作为跳丧活动（土家人称为“撒忧尔嗬”）中的唱词，绝不是单独出现的。在小说《撒忧的龙船河》中，伴随丧鼓歌出现的正是土家人粗犷豪放、激情飞扬的跳丧场景。既然丧鼓歌和跳丧活动是土家族独具特色的民俗活动，那么显而易见的是：小说与丧鼓歌、跳丧活动的互文必然加强小说的地域色彩，为小说营造了一种神秘的氛围。

显然，民俗仪式不仅仅停留在展现地域色彩或民族风情的层面。小说第三部分正是覃老大在两个女子中纠结，巴茶希望通过怀上覃老大的孩子来打消他的胡思乱想；可结果是巴茶和覃老二发生了关系。本是一个家庭伦理悲剧，作者并没有沿此展开。在这部分开头引用的丧鼓歌中，反复出现的词汇是“勾销”，这就消解了事件的伦理意义。丧鼓歌之前则是引用了一段土家族的传说，大意说土家族祖先巴蔓子不愿割让三城给楚国，又不愿背信弃义，最后自割头颅。由此可见，观照的视角从具体的家庭伦理上跳了出来，站在历史的长河中，一时的恩怨得以化解、冲淡。小说没有透露巴茶和覃老二发生关系的原因，其用意也在于此。又如第六部分，覃老大给解放军当向导前去剿灭土匪，在情急中为营救军官而失去了一只胳膊。这部分之前的丧鼓歌的词汇“之王”“之君”“之长”“之尊”都指向最后一句“世上万物人最能”。丧鼓歌对人的歌颂和肯定在此既肯定了覃老大的力量和勇敢，也肯定了覃老二的“刀梯救人”。由此可以说明，覃老大的魂魄视角让读者跳出具体情境，站在整个人生的长度上反观事件；同时，丧鼓歌进一步暗示读者在土家历史、文化的高度上理解故事。读者在引导下在更广泛的语境中理解小说中发生的故事。历史又不是整个人类的历史，而是土家族的历史，是地域的历史。此距离使得读者的目光既脱离了具体事件的狭隘，又不至于走向人类大语境而失去具体性和针对性。

再次，某一民族从历史上流传下来的文化形式必然积淀着这个民族特有的心理特征，这即是荣格所说的“集体无意识”，作为目前仍处于活态形式的土家跳丧更是如此。在可见的跳丧动作、可闻的丧鼓歌中展现出来的，是土家人在整个历史沿革中逐渐形成的民族心理传承。诚如有的学者所总结的：从跳丧的内容看，反映了土家族豁达、开朗的人生态度；从跳丧的动作看，反映了土家族刚劲、勇猛、爽朗的民族心理特征和性格特点。[①]学者宋仕平从更加宏观的角度进行了概括：跳丧传承了土家族的原始宗教信仰；表达了土家人乐观的生命意识；展现了土家人炽热的情爱生活。[②]由文化形态反观文本，可以加深读者的理解。如覃老大和莲玉的鱼水情，作者并没有对有妇之夫的覃老大这次“出轨”进行道德的谴责。在土家文化传统中，男子与未婚女子逢场作戏并不会被认为不道德，但如果和已婚妇女发生关系则为人所耻。这也是后来莲玉主动献身时覃老大却拒绝的深层次原因。文化传统规定了覃老大的行为，尽管他自己对此并没有明确的理解。然而，莲玉来自另外一个文化传统，在这个传统中贞操是女性纯洁和妇德的证明。文化的冲突在这里成了莲玉婚姻悲剧的根源。

与此相关的另一个事件——覃老二和巴茶的关系，在文化的背景中也有其可理解之处。无独有偶，土家族作家黄青松的短篇小说《坐床》、黄光耀

① 赵冬菊：《从跳丧看土家族的心理特征》，《三峡文化研究》2005年第1期。

② 宋仕平：《鄂西土家族跳丧习俗的文化意蕴》，《青海社会科学》2005年第3期。

的长篇小说《白河》都曾有描述这一习俗。从文本的线索来看，应是覃老二趁巴茶酒醉而与其发生了关系。联系到覃老二对龙船河的深切爱意，对维持巴茶和老大婚姻（也是维持传统）的强烈信念，便能阐释覃老二做出乱伦行为的动机了。覃老二并不是出于对巴茶的爱慕或者性的满足这一动机，他希望覃老大不要离开巴茶、不离开龙船河。如果说覃老大实际上象征着土家族文化，那么，他希望的便是不希望土家族文化“离去”，他要让土家族文化延续下去。因此，他和巴茶的行为，在象征的意义是传承土家文化传统的一种努力。所以，尽管作者用巴茶与覃老二孩子的夭折来否定了这一行为，说明了这种方式的不可取，但作者没有将覃老二作为道德沦丧者无情地揭露与批判。覃老二对龙船河的依恋，对传统生活的守护，表达出了文化与其生存土壤的不可分割性；另外也说明当某种文化传统遭遇到威胁和危机的时候，为维护自己的延续它有可能会产生病态的行为。

与此相应，《撒忧的龙船河》的空间设置与文化紧密相关。恰如迈克·克朗所说：“文学作品不仅仅是简单地反映外面的世界，只注重它如何准确地描写世界是一种误导。”[①]空间在文本中通常不仅仅是故事发生的场所，而具有某种更深的隐喻。这启发笔者从意象与隐喻的角度理解小说中的空间。小说中主要有三个场所：龙船寨、龙船河、县城，在进一步分析中发现，地理位置的不同代表的是文化的不同，而连接龙船寨和县城的龙船河也就是联通两种文化的中介，它隐喻着文化交流的不可阻止。从这个意义，覃老大带引解放军剿匪就显得意味深长了。剿匪的具体地点没有说明，只能看出是相离寨子不远的“深山”，同时剿匪的具体过程也没有描述。依刚才的思路，可以把剿匪行动看成是土家文化需要更新的隐喻——土家文化吸收其他文化的优势之处来“剿灭”自身文化中的糟粕。正因为如此，剿匪的过程才不那么重要。也是基于同样的原因，覃老大和莲玉的激情才不是发生在县

① ［英］迈克·克朗：《文化地理学》，杨淑华等译，南京：南京大学出版社，2003年，第72页。

城，也不是发生在龙船寨，必然是发生在这两个地方之外，或者说两地之间。即是说，土家文化有优秀的品质，但这种文化也不能生活在真空中，必然处于各种文化的矛盾与交融中，在这种关系中土家文化并不会消亡，而是在吸收其他文化优势的基础上继续发展。由此可见，作者意在表达出各种文化形态对话交融、共存共生的文化观。

由跳丧等民间仪俗联系到土家文化，又以土家文化为基础理解文本，阐释《撒忧的龙船河》的起点和线索是文本中的跳丧和丧鼓歌。正是土家族人乐观通达、坚毅不屈、不计恩怨的民族心理，成为开启小说意蕴的钥匙。形成一个民族的民族性格是多方面的，但毫无疑问信仰在其中起到了主要的作用。

土家族作为一个古老的民族，就神灵信仰而言是多神信仰。多神信仰的中心因素就是巫术，就土家族而言也可说是梯玛信仰。梯玛（$thi^{53}ma^{21}$）是土家语的音译，是土家族人的巫师。历史地看，梯玛并不单单是土家人的宗教首领，在土司制度以前，梯玛还是土家地区的政治首领。有学者对此进行深入的考察后得出：

> 在土家族历史上，土王曾经是最大的梯玛，最大的梯玛是氏族或部落里的王，战时他还是军队里的统帅。氏族的王或部落里的酋长既是世俗生活中政权的掌握者，又是宗教生活中神权的掌握者，他把两种职务兼于一身，把两种职能统一于一人。既是土王，又是梯玛，是土家族历史上一种古老文化的人格化显现。[①]

出现此现象的根源则是土家原始文化的巫-政一体化：

① 张应斌：《土家族土王与梯玛关系管见》，《中南民族学院学报》（哲学社会科学版）1994年第5期。

> 在土家族历史上，政权与神权混而不分，是因为政治组织与宗教组织同形、政治制度与宗教制度同体、政治文化与宗教文化彼此不分的原始文化，是巫——政一体化的文化格局。简言之，土家族历史上的巫——政一体化的文化格局决定了土王——梯玛的文化品格。①

土家族有语言无文字，土家族的文化传承在很大程度依赖于梯玛。这一点从流传下来的梯玛神歌中可以看出：作为梯玛举行仪式时唱词的神歌中包含了土家族的神话、传说、历史、风俗、禁忌等各方面的内容，所以梯玛也是土家人的文化领袖；众所周知，在世界范围中，巫觋通常充当着医师的角色。在土家族文化中，梯玛一样也是医师，为土家医药文化的传承作出至关重要的贡献。因此，说梯玛文化是土家文化的核心并不过分，梯玛信仰包含着土家人的祖先崇拜、生存意识、集体意识。

土家族的神灵并不是高高在上、与人隔绝的神灵，土家人的神灵崇拜就本质而言是祖先崇拜。而梯玛（土家人的巫师）正是沟通神、人的中介，正是梯玛信仰承载着土家人的万物有灵观念、多神崇拜。梯玛信仰像一条永不枯竭的地下河一样流淌在土家人的心里，同时也隐藏在土家族人的仪式、风俗、口头文学等文化形态中。简而言之，土家传统文化本质上是巫术文化，丧鼓歌从口头到文字、跳丧从仪式到文本，其中不变的核心因素正是梯玛信仰。

巫术本质上是一种信仰，正如科学本质上也是一种信仰。相比而言，科学信仰基于归纳，巫术信仰基于演绎。“‘信仰’意味着所有的人都坚持一种观念，进而坚持一种情感状态、意志活动，并同时坚持一种思维过程的表

---

① 张应斌：《土家族土王与梯玛关系管见》，《中南民族学院学报》（哲学社会科学版）1994年第5期。

象。”[①]巫术的存在正依赖于这样的精神状态，“巫术是被相信的，不是被理解的。它是集体灵魂的一种状态，这种状态通过自身结果而得到确认和证实。……总的来说，巫术是人所共有的集体信仰基于演绎而成的对象。”[②]梯玛文化既然是一种巫文化，毫无疑问也是基于土家人的信仰而产生并发展的。

综上所述，《撒忧的龙船河》的覃老大和莲玉的爱情悲剧，实则是文化差异的原因造成的。对于莲玉和巴茶，小说的叙述者饱含同情，怜悯她们的悲伤，关注她们的命运；对于覃老大和覃老二，叙述者亦绝无批判之意，他们二人象征着土家文化，叙述者由此展现土家人的民族心理和行为方式。在此背后，是作者对土家族文化的思考，从最开始覃老大和莲玉的冲突到和解，以及最后龙船河上来来往往的外来游客，充分说明了文化融合的必然性，这提供了看待小说意蕴的更高层次。

小说的意蕴由浅入深就可以归纳为：首先，特定时期、特定地域人们的生存状况、风俗习惯营造出一种强烈的神秘氛围，带给读者陌生化的审美效果；其次，覃老大、梯玛、巴茶、莲玉等人的情感纠葛又传达出悲悯情怀；再次，作者用人生和历史消解了孤立看待事件时强烈的悲剧感，凸显了土家人的乐观豁达、积极刚劲的精神；最后，也是这个文本最深层次的意蕴，那便是土家文化与其他文化的冲突（小说中具体为汉文化）。正如上文曾表明，覃老大和覃老二实际是土家文化的象征，而覃老大和莲玉的对立根本是文化的对立。但是，文化的差异或对立并不是终点，从差异或对立走向对话和融合才是历史发展的必然。

① ［法］马塞尔·莫斯、［法］昂利·于贝尔：《巫术的一般理论　献祭的性质与功能》，杨渝东等译，桂林：广西师范大学出版社，2007年，第116页。

② ［法］马塞尔·莫斯、［法］昂利·于贝尔：《巫术的一般理论　献祭的性质与功能》，杨渝东等译，桂林：广西师范大学出版社，2007年，第116页。

二、《最后的土司》的文化与意义

《最后的土司》不是历史小说，主要情节是情感纠葛，是发生在清江地区土司制度晚期的一个情感故事：外乡人李安来到龙船河，吃了祭祀所用的供品，被土民所围。土民领袖——土司覃尧非但没有惩罚他，实际上还救了李安一命。哑巴伍娘在照顾李安的过程中爱上这个外乡人，李安也渐渐为其感动，二人互生情愫，作为首领的覃尧答应了二人结为夫妇的请求。但故事的结局却是一个悲剧：覃尧自挖舌头，李安逃离土家山区，而伍娘则在舍巴日的舞蹈中香消玉殒。

这是从故事情节的角度进行的一个简单归纳，小说中出现了舍巴活动、建房安梁、梯玛仪俗以及初夜仪俗四种主要的民族符号形式。不过，和《撒忧的龙船河》有所不同的是，《最后的土司》的文化符号就文字多少和所占比重来看，却是微不足道的。同时，区别更大的地方在于：文化符号并不影响《撒忧的龙船河》一文故事的大致走向，但是，《最后的土司》如果没有了四种仪俗，整篇小说恐怕就难以存在了。

所以，从小说的叙事结构上看，作为文化重要载体的仪俗是小说的核心要素，是故事展开的动力源。这个具有强烈悲剧意蕴的故事中，矛盾的真正开始是土王的初夜权。粗略而言，初夜权本质上是一种巫术观念，同世界上许多原始民族一样，土家人也有对女性经血、处女血的畏惧，随之演变成了禁忌。人类学家麦吉特（Meggitt）在研究恩伽人时发现："他们相信接触到经血或者与月经期的女人接触，如果没有适当相应的魔法帮助，就会使男性生病，并且导致持久的呕吐，会'杀死'他的血液，把血液变黑，会污染他的重要体液。……最终导致慢性衰弱和死亡。"[①] 同样，勒勒人

① 转引自［英］玛丽·道格拉斯：《洁净与危险》，黄剑波等译，北京：民族出版社，2008 年，第 180 页。

也有类似观念："一个月经来潮的女人不能为她的丈夫做饭或是把炉火挑旺，以免他生病。……如果一个月经来潮的女人进到森林里，她就会被视为给整个社群带来危险的人。"① 与此相似，初夜权现象也广泛存在于世界各地，比如古代的缅甸、印度、爱尔兰、苏格兰、法国、意大利、日本、叙利亚、刚果、摩洛哥、土耳其等地区。② 人类学家列维·斯特劳斯发现："老年男子享有的性特权，他们对秘传的文化的控制，以及凶残神秘的入族仪式，都是澳大利亚各社群的一般特征，而且我们也可以在世界其他地区发现类似的例子。"③ 在中国，也不单单是土家族曾有此仪俗，藏族、苗族、壮族、彝族等一些少数民族历史上都有类似禁忌。

就"初夜权"的源起原因来看，"权"字的使用可能是不太合适的，因为在初期的初夜仪俗似乎并不具备性霸占的动机。比较合理的解释是：初夜权源于先民对月经、处女血的恐惧，由之转变为禁忌。而酋长、首领、僧侣等掌握权力的人通常也被认为具有神秘的力量，因此有能力抵制威胁、破除恐惧。④ 在这样的情况下，身为梯玛的首领就充当了消灾避祸的人，所以行使初夜权的重点并不是一种性的结合或霸占，实则是一种巫术仪式。在这个过程中，显然梯玛不是以性占有或者淫邪的心态去面对的，正如日本学者二阶堂招久所言："仪式的执行者，常以严肃的动机及慎重的态度，在牺牲的精神之下以尽这职务。"⑤ 在土家地区，梯玛和土王各司其职后，初夜权移交了土王手里。正是对"初夜权"的不同态度，导致了悲剧的发生，开始了小说的高潮，形成了文本的特色。对于土王覃尧，他本知道初夜权的不合理，所以以往的初夜仪式都有名无实，不过是让新娘在自己房中待上

① [英]玛丽·道格拉斯：《洁净与危险》，黄剑波等译，北京：民族出版社，2008年，第185页。

② [日]二阶堂招久：《初夜权》，汪馥泉译，上海：北新书局，1929年，第33—35页。

③ [法]克洛德·列维-斯特劳斯：《野性的思维》，李幼蒸译，北京：中国人民大学出版社，2006年，第104页。

④ 王心喜：《"初夜权"的俗源及其演变》，《世界文化》1998年第1期。

⑤ [日]二阶堂招久：《初夜权》，汪馥泉译，上海：北新书局，1929年，第143页。

一夜走走形式。但在伍娘这里却显出了不同，因为在伍娘要出嫁这个过程中，他却慢慢发现自己心灵深处竟然爱着她。他打定主意要从外乡人手里把伍娘夺回来，他要娶伍娘为妻。因此，他才利用初夜权占有了伍娘；对于伍娘，初夜权是把自己奉献给神，这是一个古老而又虔诚圣洁的仪式，只有这样精神才会安宁。在这个过程中，土王不过是神的化身，她对作为日常存在的覃尧毫无爱意，这是她后来拒绝覃尧求爱的原因；而对于外乡人李安，初夜权是一种不可忍受的侮辱，是对其作为新郎和男性的否定，因此他要想方设法疯狂报复。

可以看出，正是因为初夜仪俗，三个人产生了矛盾冲突，才产生后面跌宕起伏的情节。李安一把火烧了新房，然后含恨而走，后来从军中偷来枪后，再次返回土乡射杀土司。但这颗子弹并没有击中土司，反而暴露了自己，被抓逃兵的部队发现并擒获，从而陷入危机。因为不忍伍娘痛苦，覃尧又一次救了李安。李安便留在了土家山寨，和伍娘相聚。然而，他开始百般折磨伍娘，伍娘却默默地忍受了。见伍娘的痛苦和包容，李安渐渐反省，转而呵护、关爱起伍娘来。然而，这个时候伍娘怀孕了，根据时间推算，孩子显然是覃尧的。这让李安刚平复的仇恨又燃烧起来，计划了一个更大的报复方式。待孩子刚出生，李安就抢到手中，从而成功地让覃尧自割舌头。作为交换，李安将孩子给了土司。伍娘失去了孩子，也失去了心中对李安的爱，终于在舍巴日的摆手舞蹈中，用精彩绝伦的舞姿为生命画上了句号。而再次夺走孩子的李安，却被土家人堵在了江口。不过，覃尧并没有杀死李安，要回孩子后，让李安安全地离去了。

三、文化符号与《最后的土司》的人物形象

民族仪俗与这篇小说中人物形象有非常密切的关系。首先可以肯定的是：仪俗可以框定或者说显示人物身上的地域面貌。这不难于理解，因为

人不可能真空的存在，他必然是生活在一定的社会、地域当中，一定的社会和地域又形成相应的仪俗。人既生活在这个仪俗中，又传承、更新和创造着仪俗。在《最后的土司》中，摆手活动、梯玛活动等仪俗形式首先说明了覃尧、梯玛、伍娘、李安等人的区域性，前三人在土家地区土生土长，而李安则是外来人。做这样一个划分的意义在于：通常来说，同一区域、同一部族的人会或多或少具有某种共同的思维和精神特征。这为后面解释土家地区和外乡人李安的冲突提供了解释途径，也为理解文本的深层结构和意蕴打下了基础。

当然，对于小说文体来说，人物形象的有血有肉是重要的，这也成为衡量一篇小说艺术手法成熟与否的重要标准。覃尧是土家山寨的土司，土民敬仰的王。从人物性格来说，覃尧是一个具有矛盾性格的人物。他既守卫土家传统又打破传统，拒不交付土家历史、民族象征的虎钮錞于，却又没有遵循初夜的仪俗，也不听从梯玛的劝告；他既然认识到了初夜的不合理，却又通过初夜占有了伍娘；他既两次救了李安，却又数次举枪要杀掉李安；他既果断却又优柔寡断；他既宽容却又妒忌；他既希望保护伍娘却又深深地伤害了伍娘。特别初夜时，站在伍娘卧室门外，覃尧心里的辗转纠结，将其矛盾性格揭露无遗。深思之，这种矛盾的心态其实清晰地展现了覃尧的伦理选择：对家园、根脉、土家文化传统的热爱和坚守，对爱的不顾一切，对别人的宽厚和容忍。

如果说覃尧是性格最复杂的一个，那伍娘便是小说中最单纯也最美丽的人物。她热情奔放，在舍巴日的摆手舞中像火一样燃起全部土家山民的激情；她纯洁虔诚，将自己的身体真诚无邪地献给神；她执着忠贞，对外乡人李安的爱始终不渝；她隐忍顽强，毫无怨言地包容了李安非人的虐待。然而，覃尧和李安的斗争中，她成了最大的受害者。不但失去了爱情，受到了虐待，连自己的孩子也失去了，因此，她最终选择了舍巴日，选择了在尽情地舞蹈中结束自己的生命。对于伍娘，生命的结束既是一种悲苦，同时又是对神灵的又一次献身，这次是把整个的生命献出。通过这样的献敬，伍娘在祈求什么？作者在文中并没有说，留给读者自己去揣摩。这让读者在感叹伍娘命运之时，又多了几分沉思，从而让小说显得更加韵致无穷。

李安则是一个有心机、凶狠、睚眦必报的人。为了从师父那里学到手艺，忍受欺压，曲意逢迎，待手艺学成，又施以报复，气死师父；为了杀死覃尧，不惜去当兵偷枪，然后再返回土家地区；也是为了报复覃尧，含恨等了整整半年有余，以孩子来要挟，可谓处心积虑；为了泄愤，屡次殴打、折磨伍娘。可以说，除了开始对伍娘短暂的喜欢，李安满脑子中就只有“仇恨”两个字。另外，梯玛覃老二也是一个值得注意的人物形象。身为巫师和医师，他救活了李安，在土司和李安的斗争中，他多次暗示土司杀死李安；同时，他第一个发现了伍娘的孕情，这时他也预知了悲剧的后果。他希望下药让伍娘流产，来维护土司、李安、伍娘三人暂时的和谐。特别需要看到的是，四个人物形象的形成机制中，文化符号起了非常大的作用。覃尧的矛盾性格是在初夜仪俗之中呈现出来的；伍娘的热情和悲苦是在摆手舞中体现，而虔诚和纯洁又在初夜之俗中表露；梯玛本身就是土家仪俗的一部分，是土家传统的维护者；李安虽然不是土家人，但他的狠毒和心机却是因为初夜仪俗被激发出来。由此可见，仪俗是不同人物形成不同性格的基础，作者也正是借由仪俗，将他们一一展现在读者面前，任凭读者去体会。

进而言之，作为文化符号的民间仪俗与这篇小说的主旨有何关联？论者多依据土司、伍娘和李安三人的情感纠葛，聚焦不合理的初夜制度带来的冲突。如果将小说中的文化符号作为阐释文本的重要支点，或许可以打开小说深层含蕴的大门。正如巴赫金所言：“节庆活动永远具有重要和深刻的思想内涵、世界观内涵。”①《最后的土司》中除了前面提到的初夜习俗等土家族传统民俗，还有一个重要的文化符号——虎钮錞于。它的贵重并不

① [俄]米哈伊尔·巴赫金：《巴赫金全集》（第六卷），李兆林、夏忠宪等译，石家庄：河北教育出版社，1998年，第10页。

在于它是土王的象征，而在于它是土家文化和历史的象征，也就成为土家未来的象征。虎钮錞于如果失去，实质就是土家文化的终结。土司和伍娘都归属于土家山寨，而李安是外乡人，他们基于初夜仪俗的斗争，则不在于感情和仇恨，其深处恰恰是不同文化形态的斗争。而土司和伍娘，虽同为土家人，但此时看来，则又具有了不同的象征。伍娘美丽纯洁，特别是在舍巴日中，与神共舞，舍巴日也恰恰是土家人最为隆重的节日，伍娘便成了土家文化品格活生生的代表，她是哑巴这一点暗示的却正是土家民族的隐忍；覃尧也是土家文化的代表，代表了土家文化中刚健和宽厚，但他又同时象征着土家文化的一些不合理之处，因此矛盾的覃尧正是复合土家文化的体现。

因此，当不同价值观、不同文化碰撞时，才有了如此悲壮的故事。归根结底，三人的冲突实乃不同文化冲突的缩影和象征。也正是这样，对于李安这一人物形象，作家并没有予以批判。叶梅思考的，是在21世纪文化交流频繁、文化碰撞加速的情况中，有着悠久历史传统的土家文化将走向何方？覃尧的失声不能不说正是作家深深的担忧，而覃尧和伍娘之子的失而复得或是叶梅给出的答案。只有在这种理解下，小说结尾处，当梯玛大声告诉土家人民“土司有了儿子”之时，读者才在沉重的情绪中呼出欣慰的气息。

第三节　叶梅的文化书写与文学伦理学研究

从伦理的层面看，《撒忧的龙船河》和《最后的土司》这两篇小说都基于尖锐的伦理冲突。《撒忧的龙船河》的主要冲突出现在两组人物关系中：

覃老大与女子莲玉；覃老二和巴茶。覃老大本是有妇之夫，但却对县城豆腐店女孩莲玉心生喜欢，莲玉也芳心暗许，两人在山洞里做了一回夫妻。不过那时，莲玉并不知道覃老大已有妻室。覃老二和覃老大是亲兄弟，巴茶是覃老大的妻子，但覃老二却和自己的嫂子发生了关系。前者是婚外情，后者是叔嫂乱伦，这两者都逾越了通常的道德伦理界限。

但是，对于这伦理之下的行为，作者却没有以简单批判态度去处理。作者的心态是复杂的，虽说婚外情不合通常的伦理，但覃老大是土家山民，而莲玉客家女子，对婚外之情（性）的理解并不一致。传统的土家生活里，已婚男子和未婚女子之间并没有严格的伦理界限，相反，被未婚女子喜欢恰恰是男人有魅力有男性气概的一种体现。因此，与其说覃老大违背了人伦，不如说他在确认自己的性别角色和文化身份。他的妻子巴茶在意的，并不是覃老大和莲玉发生了关系，她明确说："我巴茶眼力真不错呢，我看中的男人被城里小姐也看上眼"，"你莫怕丑，我不怪你呢，有人喜欢的男人才是好男人。"① 令巴茶愤怒和痛苦的，是覃老大逾越了生活常规要离开自己离开龙船寨去和莲玉在一起。

在这一组人物关系中，越轨者是覃老大，其逾越的是文化习惯之轨。虽则土家人恋爱婚姻相对自由，而浸染莲玉生活的文化习惯却更强调贞洁观念的婚姻伦理，覃老大首先逾越了莲玉所在文化环境的伦理规则；当他在莲玉的哭泣中意识到这一层，因而回家面对巴茶提出要离开龙船寨的时候，他又一次逾越了自身所处文化环境的伦理规则。所以真正的问题不是谁逾越了伦理，而是伦理本身的相对性。可以说，覃老大既是越轨者，也是合轨者，关键是从哪个伦理层面去衡量。而道德伦理显然又基于各自的文化模式，因此，小说的冲突根本在于伦理观的差异以及背后文化模式的差异。

作者对覃老二和巴茶的伦理关系的处理亦值得深思。覃老二在巴茶醉

① 叶梅：《妹娃要过河》，北京：作家出版社，2009年，第59页。

酒之后与其发生了关系，这不论是在汉文化还是在土家文化中，这都是逾越道德伦理的行为。巴茶始终不知道与其发生关系的是覃老二，因此主观意志上没有乱伦的想法，从始至终她都恪守道德。覃老二自知有违伦理，所以远离家乡，直到成为梯玛巫师后才返回，然后救活覃老大，预言巴茶的儿子胎死腹中。如果单从伦理层面思考，可以解释为覃老二试图从一个越轨者走向合轨者。但这样的解释显然无法说清小说中流露出的对覃老二的赞赏之情。因此，超越单一的伦理，在文化交流的伦理语境中，方才能理解覃老二的行为。在小说中，覃老大有意离开龙船河，将房屋和所有财产留给巴茶和覃老二，他希望自己离开后巴茶和覃老二组建家庭。这其实也是土家族地区曾经广泛存在的“坐床”习俗，即兄死后弟娶嫂为妻，从而承担家庭责任并延续血脉。所以，如果覃老二是对嫂子有不轨之图，覃老大的出走恰好能满足个人欲望，他不必如此行为，也不必离家学梯玛。覃老二的行为要从作为一种文化象征形式的高度去理解。

由覃老大和莲玉的关系，已经发现两人的矛盾其实是不同文化不同伦理规则的冲突做造成的。覃老大是土家文化孕育出来的汉子，在小说中也是土家文化的象征。此时的覃老大意欲离开龙船寨，意味着土家文化放弃了自己，在覃老二看来即是土家人的根脉从此就断了。主观层面，覃老二试图让巴茶怀孕以留住覃老大，象征层面，覃老二试图延续土家文化。巴茶的孩子显然是覃老二的，这个孩子胎死腹中，从伦理的角度是对逾越伦理者的惩罚；从象征的角度，其实是对狭隘的、封闭的文化地方主义的警示。

通过以上文本分析可见，《撒忧的龙船河》的伦理冲突必须在文化交融的高度进行理解，由此也揭示了文本的核心内涵是多元文化交融发展的必然过程以及土家文化在此进程中的阵痛和转型。与其说这篇小说是伦理问题和命运悲剧，不如说是文化冲突和文化交融。顺着这个思路，分析《最后的土司》。这篇小说的核心冲突是存在于土司覃尧、外乡人李安和哑女伍娘之间的伦理矛盾。

对“初夜权”的不同态度，是伦理冲突的焦点。对于有过其他文化经历的覃尧，族中女子新婚之夜与土王共眠是一种传统的不合理的制度，之前他一直形式性参与，但这一次因为对伍娘的喜欢遂借用这个传统占有了伍娘；对于伍娘，这是土家女子要去遵守的文化习惯，是把自己献给神的神圣行为，她不爱土王覃尧；对于外乡人李安，这是一种道德和人格的侮辱，因此要尽可能地折磨伍娘和土王以达到复仇的目的。

可见，伦理背后的文化冲突依然是这篇小说的主题。外乡人始终以一种“他者”的眼光俯视土家文化，无法放下自己的文化视觉，始终看到的是“异己”，这种他者化视角最后在争夺伍娘的过程中演变成为敌视；伍娘其实也是外乡人，但自幼生长于龙船寨，融进了土家文化中；到过汉族文化区的覃尧在文化认同上是矛盾和双重的，在接受和扬弃之间游移。李安的断腿、伍娘的哑巴以及覃尧的失声，显然是一种隐喻。爱情争夺最后走向了充满血腥、暴力的文化冲突，文化认同的差异是造成文化悲剧的根源，而只有具备多元共融的文化观和伦理观，才是走向人性美好和文化和谐的必经之路。

从叶梅两篇小说的文本分析实践中可以明显地看出，伦理原则是相对的、复杂的。恰恰是各人物所持伦理观不一致，成了小说的主要矛盾点。但体现在少数民族小说或者说许多跨文化书写的作品中，这种矛盾不是在单个具体社会文化①中人与人的伦理观不一致，而是跨文化带来了伦理问题的复杂存在。虽然单个社会文化的伦理关系也并不简单，常常不能简单地说哪些为善哪些为恶，但在跨文化的社会关系中，伦理的复杂性更为突出。譬如，当面对上述叶梅小说中的几个人物形象时，读者没有理由否定覃老大、莲玉、覃尧、伍娘、李安的伦理观及其行为，因为他们各自基于不同的文化模式，习得了各自文化形态中的生活方式，也习得了相应的伦理观

① 此处所说的“单个具体社会文化”只是相对跨文化而言的，并不意味着存在某种单一的、静止、不与其他文化交流的文化形态。本文所提到的不同文化、文化差异等术语，都是在相对的意义上使用的。

和价值观。

以跨文化书写的伦理问题作为出发点，来反思当前的文化伦理学的话，多元视角应成为深化文学伦理学的必然选择。按照聂珍钊教授的界定：文学伦理学指的是一种批评方法，主要用于从伦理的立场解读、分析和阐述文学作品、研究作家以及与文学有关的问题。[①] 他同时坦承："我们倡导文学伦理学批评也带有一定的目的性，这就是通过这种批评从伦理道德价值方面肯定优秀文学作品，促进人类文明的进步。"[②] 当然，这是一种难能可贵的学术担当精神。但是，这里要提出的问题是：什么样的文学作品被认为是优秀的？基于何种伦理道德价值？对此，当前的文学伦理学始终语焉不详或者避而不谈。真善美是文学的核心价值已成为共识，同时成为共识的还包括文学的善是相对的、历史的、多元的。显然，聂教授认同这一点，他强调："文学伦理学批评的目的不仅仅在于从理论的立场简单地对文学做出好或者坏的价值判断，而是通过伦理的解释去发现文学客观存在的伦理价值，寻找文学作品描写的生活事实的真相。文学作品的伦理价值是历史的、客观的，它不以我们今天的道德意志为转移。"[③] 所谓"不以我们今天的道德意志为转移"，显然意味着文学伦理学重视文学作品中的时代语境以及作者所处的历史环境。但是，这里在强调历史发展层面的伦理差异时，显然缺乏对空间层面的文化差异更为自觉的关注，更缺乏对文学伦理价值更具包容性和变化性的视野。说文学作品的伦理价值是历史的、客观的，这似乎表明文学的伦理价值是固定的、静止的，否则它就会受到读者的道德意志的影响。

诚然，文学存在伦理倾向，但从伦理倾向到伦理价值，必然需要读者的创造性参与。而读者必然是具体时代、具体空间中的个体，任何读者也不可能全然摈弃自身的历史、文化视野而回到作品内容层面的时空或者作

① 聂珍钊：《文学伦理学批评：基本理论与术语》，《外国文学研究》2010 年第 1 期。
② 聂珍钊：《文学伦理学批评：文学批评方法新探索》，《外国文学研究》2004 年第 5 期。
③ 聂珍钊：《文学伦理学批评：基本理论与术语》，《外国文学研究》2010 年第 1 期。

品所处的时空。显然可以假设的是，文学作品中的伦理关系，在不同时代和不同文化的读者中，可能产生不一样甚至完全对立的伦理价值。如果生活在美洲西北海岸的克瓦基特尔人阅读《红楼梦》，也许并不会因为家族式微、富贵成空产生与我们一样的悲凉和感叹；如果生活在亚马孙丛林深处的佐埃人，将目光投向《蒙娜丽莎》或者《唐宫仕女图》，也许并不会产生一丝美感……当然，这是比较绝对的例子，不过是想说明：伦理的差异性必须成为文学伦理学要考虑的首要问题。正如有学者已经敏锐察觉的，聂珍钊的文学伦理学思想是排他性的，是内在矛盾的，其伦理学基础是西方传统的伦理学，其伦理信念是一元的，是通过一套规则和抽象原则来表述的。[①]

从聂氏所引用的文学作品中可以证实：聂举例的作品主要是有物质形态存在的文本形式，也主要是西方文学史和中国文学史里经典的文学作品。不难发现背后的“文学”观是西方传统下狭义的文学观，即想象的、审美的、语言的文学观。那文学伦理学如何面对诸如民间文学、口传文学、仪式文学等更复杂的文学形态呢？如何面对这类文学形态中更为复杂的伦理问题呢？许是注意到了这个，聂在《文学伦理学批评：口头文学与脑文本》一文中进行了论述。但细观其文，作者认为口头文学也有脑文本存在，而文学伦理学的对象只能是文本。[②]除此之外，别无他论。但是，口头文学以何种形式存在并不是问题的关键，核心的问题是文学伦理学如何面对复杂文学形态以及多元多层次的伦理关系。显然，此文再一次避而不谈。即便是论证口头文学以脑文本的方式存在，也显然有简化问题之嫌。聂将口头艺术理解为对某个固定的脑文本（母文本）的“回忆、复制和复述”，毫无疑问这忽略了游吟歌手的创造性、创新性以及口头文学的在场性和交流性。关于这一点，口头诗学早已经得出了非常具有说服力的研究。美国口头理论专家洛德强调：“我们必须记住口头诗人并没有要遵循固定的范本。歌手拥

① 张杰、刘增美：《文学伦理学批评的多元主义阐释》，《外国文学研究》2007年第5期。
② 聂珍钊：《文学伦理学：口头文本与脑文本》，《外国文学研究》2013年第6期。

有足够的模式，但这些模式不是固定的，他也并未意识到要记住这些固定的形式。一部史诗的每一次演唱在他听来都是不同的。”①

总之，伦理问题不论在社会、文化还是文学层面都是一个重要的问题，也是一个复杂的问题，必须报以更谨慎更多元的态度。有学者借用格尔兹的文化观认为，因为人处在一个复杂要素编织的文化网络中，人与人之间的关系其实是一种文化伦理。② 笔者亦觉得，伦理和文化紧密相关，不可人为割裂，绝不能仅仅从单一文化视角思考文化伦理问题，应注意到伦理问题本身的相对性和复杂性，这样才能真正把握文学作品的伦理深度以及人类存在的伦理诉求。

文学的争议往往基于对文学功能的不同理解，因为“用功能对文学进行界定还是比较可靠的”。③ 聂珍钊认为：文学的功能指的是文学作品自身所特有的影响读者和社会生活、社会发展的作用和效能。因此，文学的基本功能是教诲功能，文学的核心价值是伦理价值，以教诲为前提，文学可以产生与教诲相关的许多作用。④ 聂教授提出了三个理由：第一，审美只是读者阅读、理解、欣赏文学的一种心理活动和价值判断，是一种外在于文学作品的主观心理活动；第二，从起源上看，文学是特定历史阶段社会伦理的表达形式，文学在本质上是关于伦理的艺术，文学从来都是人生的教科书；第三，读者获得的审美感受不是文学作品的终极价值，它还会进一步转化为伦理价值。

聂看到了教诲在文学中的重要性，但“独尊一言、罢黜百家”显然不吻合文学存在的复杂形态。更何况，这里存在一个难以掩饰的逻辑矛盾：如果因为审美过程需要审美主体和审美客体的互动便把审美功能作为“外在

---

① ［美］阿尔伯特·贝茨·洛德：《故事的歌手》，尹虎彬译，北京：中华书局，2004年，第29页。

② 修树新、刘建军：《文学伦理学批评的现状和走向》，《外国文学研究》2008年第4期。

③ ［法］安托万·孔帕尼翁：《理论的幽灵》，吴泓缈、汪捷宇译，南京：南京大学出版社，2011年，第27页。

④ 聂珍钊：《文学伦理学批评：论文学的基本功能与核心价值》，《外国文学研究》2014年第4期。

的其他作用”，那教诲功能就可以不需要主客体而存在？既然聂强调了读者在阅读活动中由审美转向教诲，显然，教诲活动也处在两者的互动过程中。那如何能说明，审美就是外在的，而教诲却是本质的或内在的。

聂引用了接受美学代表人物汉斯·罗伯特·耀斯在《审美经验与文学解释学》的两段话：“今天，商业化艺术泛滥，教诲已被人们看成是审美经验的颓废形式，被列于顺从意识形态和肯定社会制度的罪孽之首”[①]，“审美认同转向道德认同的过程”。笔者以为，聂的引用基于对耀斯相关论述的一种误读。众所周知，基于现象学和阐释学的接受美学，其理论核心是审美经验存在于文学交流活动过程中。耀斯“力图把一部文学作品以伽达默尔的方式置于它的历史‘视野’之中，即置于它由之产生的种种文化意义的语境之中，并探索作品本身的历史视野与它的种种历史读者的种种不断变化的‘视野’之间的种种转换关系。”[②]“因此对作品的解读就不应该集中在某个具体读者的经验上，而应集中在人们对一部作品的接受的历史上，集中在这部作品与不断变化的美学标准和一系列期待的关系上，正是这些使作品能在不同的时代得以流传。”[③]在《审美经验与文学解释学》的序言里，耀斯开宗明义地说：“本书讨论的问题包括：关于审美实践以及它在创作、感受和净化（考虑在诗学的传统，我又把它们称为生产的、接受的和交流的活动）这三个基本范畴中的历史表现；关于作为这三个功能特有的基本态度的审美快感……”[④]

显然，耀斯强调文化意义和历史语境，但并不认同某种教诲作用内在于作品的观点。虽然耀斯书中明确提到了“教诲”，但其上下文语境仅仅是

---

① ［德］汉斯·罗伯特·耀斯：《审美经验与文学解释学》，顾建光等译，上海：上海译文出版社，1997年，第148页。

② ［英］特雷·伊格尔顿：《二十世纪西方文学理论》，伍晓明译，北京：北京大学出版社，2007年，第81页。

③ ［美］乔纳森·卡勒：《文学理论入门》，李平译，南京：译林出版社，2008年，第128页。

④ ［德］汉斯·罗伯特·耀斯：《审美经验与文学解释学·作者序言》，顾建光等译，上海：上海译文出版社，1997年，第2页。

在谈论宗教文学的教诲功能而已，并没有强调所有文学中都存在一个最基本的教诲功能。至于“审美认同转向道德认同的过程”一句，原文为：“这里所理解的典范概念可以弥合审美判断和道德实践之间的鸿沟，并且弄清楚审美认同转向道德认同的过程。”① 耀斯此部分并不是在讨论文学接受中的审美与道德问题，其论述的实质是道德文学与道德实践之间的关系。耀斯借用了康德的“典范”“审美判断”“实用理性”等术语，而康德所言的审美判断和实用理性是两种不同的思维方式。从类型上说，道德文学只是文学的一种类型，从思维上说，审美判断和道德实践也是两种虽有关联却显然不同的思维方式。

因此，人为曲解耀斯的话并不能证明教诲是文学核心功能的观点。文学必然是一种活动，对文学的把握本质上都应该在“关系”的层面中思考。不存在一个内在于作品的、特有的文学功能，强调“功能”，就已经说明了其存在依赖于主体与客体之间的关系。聂举了文学发展中对道德的描写，强调了荷马史诗、莎士比亚、中国古典小说中的教诲传统，但是这些论据能证明文学有教诲传统这一事实，却不能绝对化地证明文学只有教诲传统。其引用的卡洛斯，虽然强调教诲在文学中必不可少，并没有认为教诲在文学中就是最根本的或唯一的。其实，英国美学家舍勒肯斯早在20世纪末期就对艺术和道德问题有过中肯的论断：“道德价值乃是因其道德内容和道德品格而赋予作品的那种价值。艺术价值则是由艺术作品的总体艺术特性所产生的那种价值……审美价值和道德价值都是一件作品的内在价值的组成部分。”② 笔者以为，化繁为简可以是思考问题的一个起点和思路，但绝不可能是解决问题的终点和原则。

其次，聂认为文学起源于伦理表达。笔者以为，这是对文学起源这一

---

① ［德］汉斯·罗伯特·耀斯：《审美经验与文学解释学》，顾建光等译，上海：上海译文出版社，1997年，第168页。

② ［英］舍勒肯斯：《美学与道德》，王柯平等译，成都：四川人民出版社，2010年，第36页。

复杂问题的今人式回答，不吻合艺术发展的复杂形态。虽然限于年代久远相关考古证据不充足，无法完全确定艺术的源起。但可以肯定两点：第一，艺术的起源不是以一种单一的方式进行的，在不同文化中艺术的起源、发展不会完全一致；第二，艺术的起源不会以有意识的某种单一功能如审美、教诲、政治等为基础。关于这一点，人类学已经提供了管窥起源问题的窗口。英国学者简·艾伦·哈里森在《古代艺术与仪式》一书中，颇具说服力地指出了艺术与仪式之间的关系："仪式就是艺术的胚胎和初识形态……艺术并非直接源于生活本身，而是源于人类群体对于生活需求和欲望的集体诉求活动，即所谓仪式。"① 我国学者钱中文也认为："从形式的角度看，神话实际上是各种艺术形式的源头。原始神话在某种意义上是和仪式相通的。仪式是神话的主要实现方式、保存方式。"②

众所周知，现在被看作原始艺术的许多壁画，在当时的语境中，其主观目的不是为了审美，但显然也不是为了教诲。其存在的功能可能更具实用性：记录或者巫术。记录是为了形成群体的记忆，巫术则为了激发和释放群体的情感，但不管是形成群体记忆还是释放群体情感，其作用都在于强化群体的凝聚力从而维系群体生存。那么从这个角度看，必然意味着艺术的根本功能必须从生物性上解释。美国学者迪萨纳亚克就认为，人是一种文化生物，艺术是人类要满足的一种生物需要，满足的过程就带来惬意和愉快，否则就产生生命的匮乏感。因此，艺术是一种生物性的必需品。③

虽然文化人类学和生物学的观点也有一定的简化之嫌，但反过来至少可以肯定：有意识的伦理表达不可能成为任何艺术形式的起源。当然，艺术作为人类文化的一种形式，必然基于人类的各种经验，必然包含着人类的情感、需求和价值判断。这意味着经验所包含的人类主体的精神空间是混

① [英]简·艾伦·哈里森：《古代艺术与仪式》，刘宗迪译，北京：生活·读书·新知三联书店，2008年，第134页。

② 钱中文：《文学原理——发展论》，北京：社会科学文献出版社，2007年，第31页。

③ [美]埃伦·迪萨纳亚克：《审美的人》，户晓辉译，北京：商务印书馆，2004年，第68页。

合的，绝不能简化为一种单一的形式。因此，显然不能因为人类经验中有伦理因素就断定艺术起源于伦理或教诲。如果说把伦理和教诲的含义泛化到人与人之间的关系，从而证明文学的伦理起源。但词意的泛化显然模糊了伦理学的界域，使得伦理学成为一个无所不包却又无所适从的学科。这显然不符合通行的关于伦理学的界定，它是“有关善恶、义务的科学，道德原则、道德评价和道德行为的科学”。①

总之，文学的核心功能是伦理功能以及文学源于伦理表达的论断显然缺乏说服力。其论证的逻辑也有简化问题之嫌，聂首先否定了文学的审美功能是核心功能这一见解，从而提出了伦理功能的核心性，但审美功能和伦理功能并不是非此即彼的关系，否定前者并不能证明后者。如果将早期文学艺术中有伦理内涵以及文学接受中包含伦理因素作为证据，那必然推定所有的学科、所有的经验形式都源于伦理，因为其中都包含伦理因素。过于宽泛显然也就失去了意义。或许，我们还是应该记住卡西尔的话：“只有把艺术理解为我们的思想、想象、情感的一种特殊倾向，一种新的态度，我们才能够把握它的真正意义和功能。”②

综上所述，与其说存在一个固定的、基本的、特有的功能，不如说文学存在着可形成功能的倾向性，这种倾向性的存在是复杂的、多样的，其真正的形成是在主体与其发生关系的时候。人作为主体显然不是真空的存在，社会、文化甚至个人需求使得主体在与对象发生关系时，注重的层面是不同的，也就意味着功能是不同的。

除了在对文学功能的理解上过于主观有失公允之外，当前的文学伦理学研究还具有如下缺陷：

其一，研究者多从事外国文学研究，主要面对外国文学作品，且主要呈现为具体作品的文学批评，理论的总结和反思还比较薄弱。

① ［美］梯利：《伦理学导论》，何意译，北京：北京师范大学出版社，2015 年，第 10 页。
② ［德］恩斯特·卡西尔：《人论》，甘阳译，上海：上海译文出版社，2004 年，第 215 页。

其二，对伦理与道德两个术语缺乏更细致的辩驳，也缺乏更谨慎的态度。这两个虽然关系紧密，但亦有明显的区别，许多文学伦理学的评论文章里，二者往往等同并混用，这显然缺乏更自觉的学科意识。

其三，对文学的理解是狭义层面的，虽然也有个别学者注意到了民间口述传统中的伦理问题，但并未得到广泛响应，对文学理解视野的狭隘必然逼窄文学伦理学的相关研究。

其四，割裂文学的内容和形式，主要聚焦文学的内容层面。在当前的全球化时代，文化交流与融合更加紧密，世界文学的理念已然高涨，但同时文化冲突频繁，文学差异亦成创作追求。因此，聚焦文学伦理问题显然是一个非常现实有价值有学术敏感的研究方向，但要进一步深化，还必须采取更多元的文化视野，更多学科的研究方法。

第六章

田瑛的小说创作

田瑛（1954年生），湖南湘西人，中国作家协会会员，曾任《花城》杂志主编，1974年开始发表文学作品，迄今发表和出版的文学作品已逾百万字。出版有中短篇小说集《龙脉》（花城出版社，1989年）、《大太阳》（中国戏剧出版社，2005年）、《生还》（花城出版社，2018年），散文集《未来的祖先》（花城出版社，2015年）。因其作品中鲜明的湘西底蕴、奇诡的想象以及原生态式的写作方式，他在少数民族作家以及当代文坛中都有较高的声誉和影响力。著名作家王蒙曾说，田瑛的小说是一个变数，是一个特例，不露锋芒，绵里藏针，奇思之中具有自己的审美取舍；少年老成，控制得宜，不急不躁不铺不张之中若有深意存焉。[①] 亦有学者将田瑛的小说视为现代新人文文学命脉的延展和再起搏，永恒的人文思虑和特有的叙述调子构成了其区别于他人的优长。[②]

目前对田瑛小说的评论和研究，主要侧重于作品的巫术氛围以及生命意识。如郭小东论道："田瑛的小说视角和小说世界是那样奇特诡秘，充满宿命和不可知，那里面似乎藏匿了太多愤懑、太多不平、太多原罪的忏悔。田瑛用一种夸张到极致而又残酷到有些歇斯底里的形象描述，把我们带进

① 王蒙：《田瑛的小说世界》，田瑛：《大太阳·代序》，北京：中国戏剧出版社，2005年，第1页。

② 施战军：《起搏现代新人文的命脉——田瑛的湘西小说》，《南方文坛》2005年第5期。

一个阴郁的欲哭无泪的角落。”①又如林宋瑜的评价：“作家通过类似内感体验或者冥想的方式编织着生老病死、部族战争、男女性爱等等远古洪荒的传奇，并没有渲染激烈的场面，生命呈现出自由自在、自生自灭的原初状态，闪耀人性内在的光泽。”②两人最后都将文化基因追溯到了湘西文化的巫傩传统。

笔者无意去论证田瑛的创作与其民族身份和地域文化传统之间的关系，因为即使这两者之间存在关系，那也是很难证实的。虽然田瑛确实是土家族，虽然湘西文化传统中确实存在着巫傩因素，但由此就肯定田瑛小说中的神秘因素来源于文化传统。虽然听起来言之凿凿，但实际上有些想当然。进而言之，正如笔者在前言中所说，文化传统与文学风格之间并不存在显然的、必然的联系，由文化传统想当然地去肢解作品的方式特别需要警惕。就田瑛而言，虽然小说中也常常出现梯玛、哭嫁、跳丧等土家族生活习俗，也出现一些土家族民间文学材料，甚至还多次出现“土家山民”类似字眼，但笔者觉得，田瑛自始至终并未以民族文化持有者的身份进行小说的叙述，在其作品中，并未有意识去寻根土家文化传统，也没有有意识去挖掘土家文化的精神。文化传统，在他而言，仅仅是自己熟悉的材料，他要用这个材料去表达更为普遍性的思考。在小说《早期的稼穑》的开头，作者曾说：

> 这个故事发生的时间不详，任何一个年份似乎都可以作为它的背景。故事的不确定就在于此，它既是一段历史，又是一种现实，然而更像一个预言。③

---

① 郭小东：《人类元年的现代叙述——论土家族作家田瑛的小说创作》，《民族文学研究》2004年第1期。

② 林宋瑜：《一个充满巫傩异象的小说王国——读田瑛小说集〈大太阳〉》，《南方文坛》2005年第5期。

③ 田瑛：《早期的稼穑》，田瑛：《大太阳》，北京：中国戏剧出版社，2005年，第71页。

不妨把这段话看作田瑛小说的一个共同点，与其说他要表述土家文化，不如说他想聚焦一种现实，揭示一个预言。只不过，田瑛在意的现实，并不简单是一段社会生活的场景，而是在重重浓雾中发现的一条山路，通过这条路，可以抵达更为广阔的生存本质。正如一位评论者所言："田瑛把今天的现实抛掷到一个淡化了时代背景、时间观念和阶级关系的无年代的状态中。"① 因此，在他的笔下，难以看到熟悉的生活世界，也没有典型的人物形象，有时甚至没有逻辑清晰的故事线索。然而，在奇诡的想象和陌生化的叙述中，有一种深层而巨大的力量在慢慢集聚，直抵人心深处。

第一节　田瑛的前期小说

《大太阳》是田瑛的成名作，也是其代表作。已有评论家敏锐地指出："它是一个远古神话，又是一个现实的警示录。"② 这部中篇小说是一个部落的灾难史——一个部落的迁徙非但没有带来安居乐业和子嗣繁荣，反而导致了整个部落的灭亡。人的愚昧、残忍和追逐利益是部族灭绝的根本原因。

部落进行了两次迁徙，原本都是为了求生，却一步步走向了灭亡。第一次迁徙，并不是因为生存资源的匮乏，仅仅是因为酋长在梦里得到了祖先的启示，说屋场地气已尽，即将塌陷，需要迁徙至千里之外。然而人可以迁徙，生活物品可以携带，牛却不能全部带走。酋长决定用铜钱打卦的方式来选择牛的生存和死亡。然而，神秘的天意竟然让母牛全部被杀，留下

① 郭小东：《人类元年的现代叙述——论土家族作家田瑛的小说创作》，《民族文学研究》2004 年第 1 期。

② 王干：《镌刻生命——田瑛小说印象》，《南方文坛》2003 年第 5 期。

的全部是公牛。牛的发情引发了公牛集体角斗，最后全部死亡。正当部落因为缺牛而导致春耕不顺时，牛贩子进了山，用牛换金碗。部落人于是知道了金子的价值，不但杀了牛贩子，还停止了耕作，疯狂扑在炼金上。这导致了土地荒芜、植被的破坏，部落不得不再一次牵着牛踏上了迁徙之路，最后牛活着，而人全部成了化石。

小说中，牛和人一起被叙述，人和牛的关系的重点其实是人。导致人的灾难的，不是牛的行为，而是人的愚蠢、贪婪和残忍。部落迁徙本是一个异常重要和艰难的抉择，然而酋长仅仅因为一个梦境并毫不犹豫地做了决定；当生态破坏部落面临干旱危机时，部落人想到的是举行巫术仪式求雨。

这是人的愚蠢，当然愚蠢并不是小说所揭示的人性之重点，毕竟迁徙也好、求雨也好，往往与信仰相连，过多地指责往往会把复杂的问题简单化。人的贪婪和残忍才是小说夸张的叙述背后的意蕴。牛在部落人眼里，仅仅是个工具，是个提供劳力、肉食、皮毛的畜生而已，需要的时候可以随处买来，不需要的时候可以随意杀掉。其实，不仅仅是牛，世界的一切在部落人看来都是生存的资源而已。牛贩子看见了金碗两眼放光，酋长毫不犹豫亦毫不道义地杀死了他；沙土里能炼金，于是全部落的人为之疯狂；喜鹊叫声被当作吉音，因此喜鹊被囚禁在金制笼子中，驯养喜鹊的人亦因此拥有了一人之下众人之上的地位和权力，并最终取代了老酋长；人再次带着牛迁徙，牛成了负重的工具。可见，人的所有行为皆处于以自我为中心的功利之心，对自然、对其他物种甚至对其他人都缺乏基本的尊重和敬畏。

不仅如此，通过小说中的诸多细节，可以发现这个部落内部也并不是一个真正具有凝聚力的整体，而是一个各具私心的人群而已。比如，第一次迁徙时，之所以要通过铜钱占卦的方式决定牛的生死，那是因为每家每户都希望杀死别人家的牛、保存自己的牛；耕种的停止和山林的彻底破坏，也是因为人们争先恐后地涌向了炼金。如果是一个有凝聚力的整体，哪怕要杀牛，也会根据牛的壮弱、公母而进行优势选择；哪怕要炼金，也会分工合作，部分炼金，部分耕种。人如果贪婪到仅仅关注个体的得失，那必定会瓦解集体的凝聚力，同时也会使人的贪婪朝着更为变态和异化的路上一往无前。

与此相应，对自己利益的看重，必定会强化对他者的残忍。他者，可以是其他人，其他生命，甚至非我之外的一切。小说中关于部落人与牛的关系中，有两个场景，淋漓尽致地呈现了人的贪婪：一是酋长杀牛；二是人们烧牛。不妨摘录几句略做说明：

透过红红的火光，牛们发现酋长手里一柄长刀耀眼地一闪。刀光比火还红，它们知道那是什么颜色染成的。……牛们很熟悉酋长的这把刀，每和刀打一次照面，便有一个同类——或父母或兄弟或姐妹或妻子儿女消失。它们曾多次亲眼目睹同类被人类捆了四脚，一声吆喝砰的放倒在地，再用石板镇压，石板上坐三五个悠闲汉子……刀已经从牛软软的脖子里锥进去，然后转90度弯直插心脏。刀尖一路几经受阻，喉管、前胸等坚硬部位构成了刀艰难的历程。

……龙洞人便提着滚沸的开水，猛然向四角相绞的两头牛头顶浇去，这不啻火上浇油，牛斗得更凶了；人类不得已只好以蛮制蛮，采用更残忍的办法，用烟火熏烧，点一束长长火把置于两牛之间……牛皮爆裂毕剥有声，山野间顿时弥漫了牛肉的香味……他们扑上去趁热剥牛皮，欲把业已毁灭的再毁灭一次。①

这两段文字，毫不掩饰却又毫不夸张地呈现了人对待以牛为代表的他者时的残忍。牛的善良、忍耐和沉默，更使得人的残暴和无情无处遁逃。

① 田瑛：《大太阳》，北京：中国戏剧出版社，2005年，第4、6页。

人类却不但没有反思，反而将之作为自豪骄傲的一种资本，酋长在杀牛时，那种颇为得意的自信恰恰成了人的软弱和自大的一种呈现。特别是第一段，叙述视角转到了牛的视角，从牛来看人杀牛的场景。

整个小说的叙述过程中，除此之外，几乎全是第三人称全知全能的视角。可见，这个视角的转换并不是偶然为之，在此处，与牛对立的不是酋长，不是部落，而是明确提出来的“人类”。这也可以证明，田瑛的小说是在追寻一种普遍性的意义。贪婪、残忍，不仅是这个部落，而是人类整体的幽暗，也是人类自我毁灭的根源。正如一位评论家所言，“田瑛琢磨的是，人在猥琐的或张扬的生命状态中的种种阴暗的、诡秘的东西，他努力开启的，是一扇分明被关闭已久的关于人、人类的幽暗之门。”[①] 最后，牛活着，人却灭亡，这大概是对人性贪婪的结局的一种预言，也是对真正的生命力以及自然存在的一种肯定。在自然的生命面前，人的伎俩轻薄而渺小，人可能会成为化石，而自然和其他生命却将永远存在。在时下流行的话语中，可以说《大太阳》蕴藏着一种生态意识，在人与自然的关系中，呈现出了自然生命力的厚重和永恒。

在另一层意义上，可将《大太阳》看作一个政治寓言。部落的灭亡是因为权力控制下个体的沉默和盲从。不论是迁徙、宰牛，还是杀牛贩子、炼金、求雨，所有的事件都是酋长一人作的决定。整个过程，他并没有和部落里德高望重的老人商量，也没有倾听其他人的想法，在自以为为了部落的生存的“使命感”中将部落带进了灭亡。从这个视角来看，小说中几乎没有面孔的部落人实际上才是其重点。这些人是绝大多数人，但他们几乎没有说话，也没有表情。无声，沉默，恰恰是一个集体的权力被过度集中后普通人的生存境况。酋长说要迁徙，他们便星夜兼程；酋长号召炼金，他们便蜂拥而上；酋长决定再次迁徙，他们就又跋山涉水。权力的控制让这个部落失去了

① 郭小东：《人类元年的现代叙述——论土家族作家田瑛的小说创作》，《民族文学研究》2004年第1期。

生气，把部落变成了一个死牢，里面的人便也渐渐失去了人性。人已被权力所异化，成了非人。在第一次迁徙时，酋长说要杀牛，没有人提出异议，没有人去思考迁徙是否有必要、杀牛是不是必须这些问题，而是将心思聚焦到杀谁家的牛这个问题上。前者质疑杀牛的合法性；后者则肯定了杀牛行为的合法性。也就是说，如果能质疑杀牛的合法性，那么说明部落人有思想、有权利，而只关心杀谁家的牛这个问题，说明权力已经控制和异化了所有人，人只知道服从，并不会再去关心为何服从、是不是应该服从这些问题。

在绝对权力结构的部落中，那些有着一定权力的人，也并不会将目光关注到芸芸众生，相反，在从无权力到有权力的过程中，他们已经深刻体会到权力带来的利益，因此他们追逐着更大的权力。小说中的喜鹊师即是如此，原本他也只是一个无足轻重的族人，但因为能驯养喜鹊，被酋长看中，由此一步登天，他也就忘记了自己的曾经，专心于驯养喜鹊、谄媚酋长。驯养喜鹊也好，捉拿乌鸦也罢，于他，并未将之与部落的兴盛荣辱关联起来，他只不过以此来达到自己的权力追逐。因此，酋长死亡之后，喜鹊师如愿以偿成了酋长。

在人类历史上，原始部落的酋长更替，虽然从世界范围内看形式比较丰富，但主要不外乎三种形式：第一种是世袭，由原酋长的子嗣继承；第二种是推选，由部落长老推选有能力者担任；第三种是“杀老”，即部落中身强力壮的青年通过或公开或隐蔽的方式打败（有时是杀死）原酋长从而获得任职资格，英国著名人类学家詹姆斯·弗雷泽在《金枝》中曾对这一世界上广泛存在的习俗有过深入的研究和详细的论述。但是，以喜鹊师这样的身份获得酋长的情况，是很少具有合法性的。虽然在小说中喜鹊的饲养似乎被看作是部落兴盛的重要象征，但喜鹊师却不是巫师，他亦不具备过人的能力和强壮的身体，这些都注定他无法通过正常的方式获得部落的最高权力。他只能小心翼翼、步步为营地谋取，这决定了其行为不可能为了部落人的利益，而是为了自己青云之路。

德国法兰克福学派代表学者霍克海默曾说："邪恶并不是起源于人的本性，而是起源于由社会施加于人性上的暴行。"[①] 权力的控制导致了部落人的集体沉默和异化，而沉默和异化又进一步导致他们自由的失去。他们已经习惯了酋长的发号施令，习惯了没有思想的行动，习惯了压抑自己的欲望和本性，这又反过来强化了权力的控制。在人和牛的对比叙述中，人似乎掌握了杀牛的权力，可以随意决定牛的生死，然而具有讽刺意味的是，最后存活下来的却是牛，而不是人。一方面，这揭示了人以拥有权力而洋洋自得的心态之荒谬和可笑，在大自然面前，人的权力实在是脆弱得如一片黄叶，顷刻即可被风吹走；另一方面，牛能够生存，是因为牛虽然被人所控制，但它们始终不会压抑自己的需求，始终重视对自身欲望的满足，它们是自由的。为了满足情欲，它们可以生死相搏，哪怕被人类烧死也绝不畏惧。在人类看来，牛的这种行为是野蛮的。然而，当部落的生存陷入权力的控制，变成对个人欲望的无情压抑，那么看似野蛮的行为因其源自自然本性也就显示出解放的价值来。也因为其源自自然本性，其力量才足够强大，能够激发牛与人的对峙，能够支撑牛为了生存和延续而向前奔跑，直到获得宝贵的水。而部落的人却不行，长期的压抑和控制，使得他们既缺乏真正的激情，也缺乏相应的忍耐力和判断力，所以留给部落人的结局，只能是一个个化石。

因此，笔者觉得，权力的隐喻才是《大太阳》最为深刻也最为发人深省之处。部落人为了酋长的号令而弃物杀人、为了富足天下而蜂拥上山大炼黄金、粮食短缺饥肠辘辘却求助于神灵的旨意，这些场景让读者似曾相识。唯此，方能理解该小说标题的含义。所谓"大太阳"，隐喻的是无处不在、至高无上的权力。

实际上，权力是田瑛小说中多次出现的主题。《早期的稼穑》是田瑛较

① [德] 麦克斯·霍克海默:《批判理论》, 李小兵等译, 重庆: 重庆出版社, 1989 年, 第 261 页。

早的一篇中篇小说，也是作者自己比较在意的一篇，在《大太阳》《生还》这两部小说集里都收录了该篇。这篇小说聚焦的是原始部落的权力更替，以大为代表的母权向以太为代表的男权的转变。性的力量在小说中得到了张扬，性似乎成了权力更替的关键因素。

或者说，小说试图从性的视角去理解原始社会的形态变化，而其中性别的权力关系是关键。“太”是男性力量的象征，他不同于普通男性的生殖器，显然是为了体现阳刚与力量，因为这种力量，他拒绝了女酋长挥之即去的习俗，能够游走山林而不被野兽所害，能够超脱众人而独立生存。身体是力量的象征，力量即权力的基础，最终，女酋长不得不走出自己的小屋，走向“太”的居处，投进他的怀抱。在这里，房间象征着权力，个体代表着群体。“大”从自己的房间走出，走向“太”的房间，就意味着权力从女性向男性的转移。在权力的填充下，“大”的身体成了部落男性的梦想，但失去了权力，“大”只剩下了苍老的面容和松弛干瘪的乳房。拥有了权力的“太”，毫不留情地拒绝了“大”，并用一柄石镜让“大”看清了自己的面容，即认清了权力的归属。从此，“大”的嗓子哑了，只能用哑语，即女人从此失声，男性逐步成了女性的主宰。

应该说，小说将性别冲突置于文明的早期，去揭示权力是如何从女性向男性更替这一立意是比较独特的。田瑛没有像时下一些常见的性别写作，或浓墨重彩地描绘女性在社会和家庭生活的不平等地位，或塑造一些具有反叛精神的女性形象。他既不去描摹现实，也不试图提出解决方法，他更倾向于去思考性别权力的根源。与他的其他小说一样，《早期的稼穑》中依然充满了离奇浪漫的想象和精心巧妙的叙述。

但是，也必须要指出的是，这部小说在想象原始社会生活时，一些细节显然悖于史实，变成作者想当然的设计。比如，小说的核心基础是人类历史从母权社会到男权社会的更替，然而，关于人类历史上是否存在一个“母权社会”，缺乏相应的证据。人类学和考古学更倾向于认为，人类社会历史上存在“母系社会”是可能的，但“母系社会”并不是“母权社会”，掌握权力的并不是女性，仍然是男性，通常是“舅权社会”。华东师范大学历史学家王家范就此问题有过专门的阐述，他指出：

> “母系制”，从血缘继嗣按母系确认的本义上说，人类学的经验事实并不支持它具有普遍性。但即便在按母系继嗣的群体中，“母系制”也不能推导出“母权制”。“母权论”者忽略了一个相关事实：即使在父亲血缘身份清晰认定存在一定困难的条件下，原始女性还是会以我们想象不到的方式去设法指认“父亲”，以寻求男性帮助其监护和教育后代。虽然继嗣是通过母系推算，但女性长者的社会职能仍限于与家庭或“基地”的管理事务相关，她们在该继嗣群中实际上并不行使权力，而仍是由男人行使权力。只不过这些男性，只是通过她们来推算继嗣的妇女的兄弟，并非她们的丈夫。①

虽然文学作品不同于历史著作，可以有天马行空的想象。但任何的想象都需要吻合文本自身通过语词所构筑起来的情境，要有相应的逻辑性和可理解性。这即是对文学真实性的要求。当然，文学的真实性实际上是一个比较复杂的议题，难以三言两语说清楚。人可以变形为甲虫或其他任何动物，可以用此来表达人性异化的主体，这当然是可以的。但是，如果小说中用来提供事实性背景或线索的材料不符合真实世界的史诗，这是比较可疑的。在《早期的稼穑》中，母权社会本身并不是小说意义的主要寄托，而是以母权社会为背景来解释性别权力。质言之，小说中的母权社会是为了提供一个时代背景，那就必然要按照真实历史的逻辑和可能性来定位。因此，笔者说这样的想象是想当然的。除此之外，小说的类似纰漏还不少，

① 王家范：《“母权论”质疑》，《华东师范大学学报》（哲学社会科学版）2001年第5期。

比如在说到衣服时，作者说道：

> 纯属御寒，人们才在冬季披裹树皮或兽皮缝制的衣服；到了夏天，便一律将衣服悉数脱去，腹下仅用一束草稍作遮掩。与其说是遮羞，不如说是装饰，因为那束草丝毫挡不住什么，它常被山风撩起，那么一切都一览无余了。

这里对原始人用树皮或兽皮等物覆盖阴部的解释，归于装饰和遮羞，显然缺乏深入的思考。原始人既不太可能出现后世所言的羞耻感，也不太可能单纯为了装饰等审美目的，衣物的产生一定有其实用和巫术的目的，这个思路才是可行的。另外，将产翁制、傩仪等风俗习惯做区分地铺张在小说里，亦增加小说的文化信息，实际上降低了小说的艺术趣味，让小说成了不真实的习俗拼盘。更何况，将傩仪式简化为性，并让主人公反复说“我傩”“我傩”，使得小说充满了流痞之气。总之，相较《大太阳》等中篇小说，《早期的稼穑》一样关注权力结构，充满了文化因素，有奇诡的想象，但对民俗的误解和拼凑，使得这部小说干瘪、俗气，实乃作者的失败之作。

田瑛早期的小说中，还有一种思路，以小人物体现对文化传统的思考。《沉棺》即是如此。这篇小说围绕主人公驼子做活丧的过程，表达作者对这一仪俗形式的反思。跳“活丧”是盛行在土家族地区的一种仪俗形式，土家人称为做“生斋”或“吃斋饭”，一般在60岁生日时，把寿事当丧事来办，走完丧事的整个流程。此仪式象征着替死还生，长命百岁。驼子是因为祖上一直在身体上异于常人，代代出残疾，不是瞎子，就是聋子、哑子等，连自己的儿子也不可幸免的是个跛子。儿媳妇又临盆在即，为了改变这种家族的厄运，驼子选了风水好的岩穴，辛苦开出了通往岩穴的路。做完这些之后，便发布消息，举行活丧。作者对仪式有细致的描写，从驼子洗澡、进棺，到女儿们的哭丧、坐夜，以及道司先生主持做的法事。似乎一切都按照驼子的意愿进行着。然而，事情终究不遂人愿。活丧仪式最担心的情况发生了，晴天一阵惊雷，随即暴雨突袭、山洪倾泻。躺在棺材里的驼子终于没能进入自己选中的岩穴，而是被大水冲走，“埋葬”进了洪水的漩涡中。落水，即是不祥的征兆。果然，儿媳妇又生下了两个“不正常”的孩子，一个花脸，一个黑脸。俩孩子也一起被扔进了河里。然而，更具有讽刺意味的是，一个外地来的瞎子算命先生却自信满满地告诉众人，那个时辰出生的俩孩子该是文武二相。

可以看出，作者对驼子将希望寄托在活丧仪式这一行为的反讽。不过，田瑛的高明之处并不在于简单的反讽，其中还包括对驼子的同情，对驼子要扫清家族晦气的理解。一个细节很精彩，驼子要躺进棺材的时候，拼命挺直身子。最后咔嚓几声之后，一辈子没有直起来的腰杆直了起来。然而，棺材却容不得他，最后只好又驼回原形。看似荒诞离奇的情节，却凸显了驼子急迫又坚定的心情。参加葬礼的女儿以及其他人都在演戏，都在敷衍，唯有驼子是严肃的，是庄严的，是有信念的。这一对比，就不难看出作者对驼子的同情了。不管怎么说，只有他勇于去改变，在别人轻视又不以为然的目光中坚持自己的选择。驼子人性的光辉也就展露出来了。有学者认为：灵魂之问是田瑛对现代人精神状况的自省与审查。一方面，是现代人对乡土的自觉离弃，对家园，对土地的轻慢无视；是现代人对追求名利、征服外在世界的自我剖问。①

① 苏沙丽：《故乡与灵魂之问——读田瑛长篇散文〈未来的祖先〉》，《南方文坛》2016年第1期。

第二节　田瑛的后期小说

《生还》《尽头》等小说是田瑛的新作，前者延续他“文化写作”的风格；后者则体现了他直接关注社会现实的一面。《尽头》叙述了一个悲伤而又温暖的故事：主人公的儿子被人贩子拐卖，他经历了多年的寻找，终于寻得了孩子的下落。但是，已经习惯富裕生活的儿子无法接受自己是乡下人的身份，受到了精神刺激。他正打算说谎让儿子康复，儿子却承认了他，喊了声“爹”，并最后一起回到了家。“爱”是这篇小说的主题，现实主义是其叙述方式。显然，比起《尽头》来，小说《生还》具有更多的讨论空间。

田瑛在散文《未来的祖先》中，有一段话：

> 关于赶尸，民间流传的版本很多，种种说法给世人留下了一个天大的谜团。我将在下一部作品中揭开它的神秘面纱。写作初衷自然源起母亲，是她给了我这次意外的经历，促使我要为家族立传。①

此处所言的“下一部作品”，应是小说《生还》，这段话也揭示了其写作动机——揭开赶尸的神秘面纱，为家族立传。不过这里所言的“家族”，可能并不仅仅是一种个人血脉意义上的家族，更倾向于是一种文化精神。

小说的故事其实并不复杂，血性汉子向二为陌生女孩桃子打抱不平，

① 田瑛：《未来的祖先》，广州：花城出版社，2015 年，第 6 页。

致两个泼皮死亡。向二自首，杀人需偿命，被其感动的桃子决定嫁给向二。最后向二被斩首，桃子怀孕并生下了儿子。有学者认为:《生还》的“突破性意义就在于，以主人公向二的生命历程，传达了一种生与死的辩证法，而这种辩证法又通过‘生存图景与历史记忆’‘生命意识与人性法则’和‘向死而生与灵魂永在’三个层面被展现出来。”①

崇尚自由的游侠精神确是这部小说意义之所在。向二是一个身怀绝技的独行侠，他跟着高僧习得一身武艺，赤手空拳便能捉虎擒狮。他不惧怕无中生有的妖魔鬼怪，敢于靠近阴森的赶尸者。这样的高手，自然有人拉拢。但向二既不加入土匪，因为他们杀人越货；他亦不归顺官府，不吃皇粮。他乐于当游侠，乐于行走江湖，他可以帮人搬动重物，帮助他人，甚至能够调解邻里纠纷。村民信服他，他也乐在此中，有一种成就感。杀死两个泼皮之后，他没有隐姓埋名远走他乡，而是到衙门承担了所有责任。庭审时，他打破了以往的规则，不戴刑具、出入自由、拒不下跪，他只跪天地和父母。被砍了头，他也傲岸地站立着。可见，向二这个人物形象，有着自己对生活的判断，有着自己的价值取向。他不认同通常的生活观念，不认同务农、当差这类常人的选择，亦无意像土匪一样去彻底背离社会生活的规则。他不是一个服从者，亦不是一个反抗者，他是存在于两者之间的游侠。虽然拒绝被束缚，但他有自己判断是非对错的原则，那就是道义。举凡不符合道义的事情，他若在场，必然出手相助。因此，桃子被调戏，他要求泼皮道歉，让桃子扇其耳光以示惩戒；自己杀了人，他不逃跑，并不是因为惧怕官府的相关律令，而是因为要遵守杀人偿命的民间准则。

因此，从故事的层面，可以去解读小说题为“生还”之意图。有评论家指出，“生还”有三个层面的意义：神话层面的英雄返乡、伦理层面的精神生还和象征层面的向死而生。②这个解读无疑是准确的。笔者进而需要提

① 孙霄：《生与死的辩证法——田瑛新作〈生还〉的一种解读》，《南方文坛》2020 年第 2 期。
② 孙霄：《生与死的辩证法——田瑛新作〈生还〉的一种解读》，《南方文坛》2020 年 2 期。

出的疑问是：不论是神话层面、伦理层面还是象征层面的意义，是故事情节可以表达出来的，那么，作品中那些浓墨重彩的民俗场景意义何在？赶尸、接人头、留骨血、哭嫁、绣花、道场招魂，这是小说中主要的几个民俗仪式。一个通常的思路是，从作家"为家族立传"的意图出发，结合作者的湘西土家族背景，把这些民俗仪式当作是对湘西生活世界的描写和变形。孙霄认为："读罢《生还》，作家基于现代视野描述的湘西古老土地上的曾经的世态人生，那封闭和野蛮生态下的人生以及人性畸变，得以真实而神秘地展现在读者面前。"①

然而，如果这些民俗仅仅是为了突出"湘西"、突出土家族这个"古老的民族"，那么在一部不到三万字的中篇小说里，花费如此多的笔墨去渲染这些民俗，岂不是成了对民间仪式的堆砌，使这些民俗成了点缀地域特色、民族风情的饰品？当然，在少数民族文学作品，确实不乏类似的文学作品。笔者觉得，田瑛《生还》中的民俗仪式，既不是为了所谓的"神秘"，亦不是为了空泛的"人性"，更超越了符号化的"湘西"。当湘西被提及时，往往被描述为"神秘""封闭""野蛮"这样的刻板印象。笔者以为，任何真正的作家，都不愿自己的家乡被冠以这样的词汇，因为这些词汇的背后，是对一个地域、一个民族的轻视和误解。在小说《生还》中，田瑛特地揭示了赶尸的秘密——赶尸人取死者头部、四肢伪装死者行走而已。如果为了神秘，他大可讳莫如深，又何必明示给读者？

又或者认为，田瑛的小说有一种"从骨子里自然生长出来的野性"②。田瑛曾在一篇散文里就此谈道：

说实话，倘若我的作品真具有一种匪气就好了，匪气十足更好，它完全有别于其他一些造作的文字，使人望而生畏。事实证明

① 孙霄：《生与死的辩证法——田瑛新作〈生还〉的一种解读》，《南方文坛》2020 年 2 期。
② 王干：《镌刻生命——田瑛小说印象》，《南方文坛》2003 年第 5 期。

我没能做到。每当一部小说写成，我照例检阅队伍一样逐字逐句检阅一遍，我发现，我的小兄弟们个个像被阉割了一般，通体散发着太监的气息，属于它们的匪气已荡然无存。我知道，是我驯化并阉割了它们，是一双现代都市的文明之手驯化并阉割了它们。[①]

当然，田瑛在此可能有一种谦虚的态度。然而，亦可以清晰地发现，田瑛所说的“匪气”并不是“神秘”“野性”，而是“完全有别于其他一些文字”，这或许称之为“自然”更为恰当，只有这才区别于“现代都市的文明之手”。

此时，理解《生还》乃至田瑛小说中丰富的民俗事象就不再是难事了。可以说，田瑛小说中追求的，恰恰是与许多少数民族作家不一样的“去神秘化”，他要在看似夸张离奇的民俗叙事中，去呈现一种自然的生活和真诚的心灵。这种自然和真诚，实际上又是超越地域的，是一种生活的状态，或者一种可能的选择。还是以《生还》为例，小说中的民俗仪式既是经验世界，也超越了生活本身。

赶尸，不了解的人看起来似乎神秘惊悚，其实际的生活根基是人对故土的依恋。即便不能说全世界人类对故乡有着强烈的原乡情感，但这也显然了超越了湘西这一区域。至少，在东方文化传统中，思念故乡和叶落归根是比较普遍的社会现象。小说这样的精神底蕴下，有着更深刻的主题表达，也有着更浓烈的悲剧意识。《生还》中母亲探监哺乳是被评论家关注较多的场景，不妨摘录在此：

母亲眼泪哗地冒出来。泪水是母亲的河流，一旦决堤，是收不住的。她就这样用无尽的泪或河水浇灌着儿子。向二仰起脖颈，张开嘴，贪婪地吸吮着，还不时地咂一下舌头。接着，母亲做了一

① 田瑛：《都市的匪情》，田瑛：《未来的祖先》，广州：花城出版社，2015年，第38—39页。

个大胆的举动，这举动旁人看来很荒唐，在她看来合情合理。她也跪了下来，取了和向二平行的姿势，撩开衣襟，露出乳头，塞进了儿子的嘴里。

……向二一点都不觉得意外，他像个很听话的孩儿，顺从母亲意愿乖乖地把头依偎在她怀里。母亲说：你攒劲咬，把奶头咬下来，这样娘才对得起你。向二试图再度顺从母亲，但是几近努力也不能够做到让母亲遂愿，他的牙齿纵然咬得断钢铁，却对一粒乳头无能为力。他用和乳头一样柔软的舌头舔着，儿时的记忆潮水般涌来，顿时有一种被冲刷被淹没的感觉。喂奶也许并不说明什么，只是一个象征，一个母子间的仪式，但对于向二的生命，是结束，也是开始。①

当然，这个场景具有强烈的悲剧色彩，一边是将要被行刑的英雄，一边是浓烈而坚强的母爱，读者在阅读时确实会潸然泪下。暂且放下情感，去探寻这一场景更为丰富的意义。在现实生活世界中，母亲给成年子女哺乳显然是一种超越伦理的现象，至少在绝大多数文化形态中这种场景非常少见。或许，作者写到这里的时候，也存在一丝顾虑，因此上面摘录的句子中，可以明显地看出叙述者在描述场景的同时，亦在试图解释——只是一个象征，一个母子间的仪式。叙述者还从母亲的角度解释，这是因为母亲用心良苦，觉得儿子没有成熟，天真幼稚，而自己在儿子小的时候没有尽心喂养，所以愧疚。这个解释当然合情合理，让读者信服。但在笔者看来，田瑛这一大胆的想法非常独特而意蕴丰富。正因为这个场景在现实生活中不太可能出现，笔者才说田瑛的小说超越了湘西和民族。如果说赶尸回乡，体现的是人对故土的依恋；那么临刑前的跪地哺乳，体现的则是对生命源泉的回

① 田瑛：《生还》，广州：花城出版社，2018年，第20页。

归。故土，承载着人对根的寻觅，而母亲，则指向了人对个体生命终极问题的思考。此时，母亲是大写的母亲，向二是人类个体的代表。大地以流水滋养万物，而母亲则以乳汁养育子女。这一通俗的比喻恰好在此架构了一个阐释的宏阔视野。由此，向二才会产生一种“被冲刷被淹没”的感觉，在象征的意义上看，这种感觉既是指在自然和生命之流中，作为个体的人的渺小，个体总是在不断离开，而生命却存在的。按照这个思路，小说稍后的留骨血和生儿子两个场景，便相应具有了更高的意义。向二没有子嗣，按照风俗习惯，可以在狱中与妻子同房留后。

因此，这个场景常常被看作小说体现湘西民间风情的证据。当然，可以说这就是真实存在的生活形态，然而，小说在叙述这部分时，却洋溢着一种自由奔放的浪漫，有一种对生命本身的激情赞扬。桃子“无所顾忌的喊声波浪式般贯穿了那个夜晚”，她“干脆痛痛快快喊出来，喊给全牢里的人听，喊给全世界听”①。这既是生命最后的期盼，也是生命本身的激情。生命本身是自由的，超越庸常的眼光，超越习惯的约束，桃子点燃和释放了生命的本质。最后，向二死了，桃子生下了儿子，既是向二的再生，也是侠义精神的再生，更是生命无限的隐喻。另外，即便是哭嫁这个明显被看作湘西和土家的文化符号，在小说中，也意不在文化风情。这个场景既在人物形象塑造的意义上强调了桃子的决绝，亦在情感的层面加强了全文的悲剧感，更以集体狂欢的场景去体现一种生命自由的强烈意志。

总之，在游侠精神背后，《生还》是一首生命之歌，展现的是生命的无限、自由和激情。田瑛以地域性的方式来呈现这一普遍性的命题。小说中的文化符号看起来是湘西的，是土家族的，然而，田瑛不过是用他更为的熟悉的环境去塑造人物，去探寻更为宏阔的意义。这样一种写作思路，对于囿于民族风情或地域特色的作家而言，是有借鉴意义的。文学的民族性

① 田瑛：《生还》，广州：花城出版社，2018年，第20页。

与世界性，是学界争议已久的议题。所谓文学的民族性，通常理解为文学对本民族的民族精神的体现，而文学的世界性，则指文学对普遍人性的挖掘和发现。一个被肯定的倾向是，作品应该既有强烈的民族性，又具有深刻的世界性。因此，许多作家从民族出发，去挖掘民族生活中那些可能具有普遍性的问题。这是一个值得肯定的思路，也是一个非常艰难的探索。虽然不乏有许多优秀的文学作品，可也产生了许多沦为民族景观写作甚至民族符号堆砌的粗劣之作。

田瑛走的是另外一条路，他从文学的普遍性出发，回到地域和民族，在地域和民族的框架下揭示普遍性。早期的《大太阳》《早期的稼穑》《金猫》如此，新作《生还》依然如此。或许，将田瑛置于当前的多民族文学，这才是其创作的独特意义所在。

在对田瑛《大太阳》《生还》等作品的分析中，业已揭示出这些作品的共同特征：小说具有非常丰富的地域、民族文化符号，作家匠心独运，将之与故事、形象等整合在一起，以极富艺术张力和情感感染力的方式完成了超越地域和民族的文化叙事。不论是《大太阳》中的生态预言与权力隐喻，还是《生还》中的自由意志和生命激情，甚至是《早期的稼穑》中的性别权力，这些主题显然是每一个人类群体、每一种文化都需要关注和面对的。同时，田瑛没有让宏大的主题流于空泛，他最后的落脚点是个体的生存状况。田瑛思考的是，在群体社会中个体生存的选择与意义。由这个根本主题出发，进而扩展到了个体生命、个体与群体、个体与文化、群体与自然等相关性主题。《大太阳》中，个体的沉默导致了个体的堕落，最终导致了群体的灭亡；《生还》中，个体的自由选择是一种崇高的生存价值和生命激情。

与其说田瑛要表述湘西土家文化，不如说他想聚焦一种现实，揭示一个预言。田瑛在意的现实，并不简单是一段社会生活的场景，而是在重重浓雾中发现的一条山路，通过这条路，可以抵达更为广阔的生存本质。因此，有学者将田瑛的小说视为现代新人文文学命脉的延展和再起搏。[①]文坛中，关注个体生存的作家很多，擅长民俗文化叙事的作家亦很多，但能将两者和谐融合起来的作家却相当少见。正如笔者开篇所言，田瑛并不是写出了“第三种湘西”，而是开创了多民族文学文化写作的第三种思路。这种思路不刻意避开裹携着民俗、民间、地域等色彩的民族身份，也不沉浸在自我对民族传统的想象中，而是将普遍性的问题融合进自己熟悉的地域、民族文化材料中，从而获得一种独具魅力的呈现方式。

深而论之，此处涉及的是文学的民族性与世界性之关系，这是学界争议已久的议题。所谓文学的民族性，通常理解为文学对本民族的民族精神的体现，而文学的世界性，则指文学对普遍人性的挖掘和发现。一个被肯定的倾向是，作品应该既有强烈的民族性，亦具有深刻的世界性。辩证地看待民族性与世界性之关系，当然没有疑义。但是，对于作家们而言，关键的问题却是如何将之融化进创作中？许多作家从民族出发，去挖掘民族生活中那些可能具有普遍性的问题。这当然是一个值得肯定的思路，但也是一个非常艰难的探索。虽然不乏有许多优秀的文学作品，可也产生了许多沦为民族景观甚至民族符号堆砌的粗劣之作。田瑛走的是另外一条路，他从文学的普遍性出发，回到地域和民族，在地域和民族的框架下揭示普遍性。将田瑛置于当前的多民族文学，更显其创作的独特意义，这对于囿于民族风情或地域特色的作家而言，是有借鉴意义的。

进而言之，学界在思考民族性与世界性议题时，一些学者往往自觉不自觉地陷入二元关系中。即便是世界性基于民族性、民族性蕴藏世界性的辩证观点，也或多或少先行设定了大、小两种文化观念。当学者热衷于讨论文化的多元性时，却往往忽视了文化本身就是交流交融的。任何一个看起来似乎独特的文化形态，其实都基于文化的交融。与世隔绝的文化形式

① 施战军：《起搏现代新人文的命脉——田瑛的湘西小说》，《南方文坛》2005年第5期。

是不存在的，因为若其如此必然无法延续。美国著名经济学家泰勒·考恩从全球贸易与文化发展的角度令人信服地证明了文化的混杂性。他认为：第三世界文化、乡土文化其实都是混血儿，是包括西方在内的多种全球影响的合成品，因此无论是“第三世界”“本土”“原创”“未发展”等都不是合适的描述词汇。[①] 确实，如果文化本身便是交融混杂的，那么先行设定两种不同层面的文化进而去讨论其关系，显然在逻辑上是有问题的。

要提出的问题是：何为世界性？属于世界的文化是否存在？显然，世界文化并不是具有清晰可辨度的文化形态，只能是在总体意义上指称存在于全球范围内的人类文明，既不能说其独特，也不能说其普遍。在此基础上，文学的民族性和世界性，相当于桉树与森林之间的关系。森林是一个总体性的概念，由各种各样的树木、植被组成，但并没有组成森林本身的某种独特性质。桉树的独特性与树的性质、森林的性质并不处在同一层次，同理，民族性与世界性亦不可简单对应。当说一种文化具有独特性时，其独特性总是在比较和相对的意义上而言——它与某种文化相比较，在某个层面的特征相对更为强烈。当说人类文化的独特性时，其独特性又往往是基于与其他物种的比较而言。可见，民族文化的独特性和人类文化的独特性实际上基于不同层面的比较，若由此进而讨论两者之间的关系，不符合论证逻辑，容易导致错误的判断。

从价值的角度，是人们表述民族性与世界性关系的主要思路，其基本问题是：对一种文化内的人具有价值的文化特点是否对世界范围内的人具有价值？或者反过来，对世界范围内的人具有价值的文化特点是否符合某一种文化的内在价值。文学的民族性与世界性关系往往基于此，往往被表述为：文学中呈现的价值观念是仅被某种文化认同还是能够被人类普遍认同？笔者觉得，区分话语和实践才是思考此问题的基本出发点。实践层面，指

① [美]泰勒·考恩：《创造性破坏：全球化与文化多样性》，王志毅译，杭州：浙江大学出版社，2017年，第10页。

文化本身的存在形态，如前所言，它必然是交融互渗的。如果要讨论文化价值在实践层面的民族性和世界性，显然无法超越其相应的环境及其现实因素。文化的交融往往有其政治、经济、自然甚至军事等各个层面复杂的因素共同驱动。因此，宣称一种文化仅仅因其内在的价值而被更多文化或世界范围所接受，显然缺乏深思。质言之，讨论实践层面文化的民族性与世界性如果不基于社会语境，那便是在建造空中楼阁。

同理，话语层面，当试图去理解纷繁复杂的关于民族性与世界性的表述时，更值得思考的往往不是其表述内容，而是其立场、态度和动机。当许多人宣扬多元文化的价值时，往往指的是自己所属的或所认可的某种或某几种文化形态；当许多人声称民族的亦可能是世界的，往往也期待的是自己所认可的自己所属民族的某些内容能被更多国家接受。在文学领域，讨论民族性与世界性实际上陷入了实践层面和话语层面的双重危机。论者往往用那些来自不同国家、不同区域、不同民族文化的著名作家来论证民族性与世界性的关系，然而举例仅仅是论证的补充而不是论证本身。

如前所言，文化本身既是交融的，亦是政治、经济、历史的。法国文论家卡萨诺瓦在论述文学的民族性与世界性时曾说："没有什么比民族国家更国际化的，它只有在其他国家的相互关系中，或者说往往是在相互对抗中才得以建立。"① 这并非是在否认地域文化和民族传统，而亦意在强调地域文化和民族传统本身就不是孤立存在或一脉单传的。

因此，我们可以把那句误读的"民族的，即世界的"，重新表述为："民族的，本身就是世界的。"许多研究者亦会举出许多在母语国家中颇有影响力却在其他国家不被接受的现象，以此试图证明不同传统造成的阅读障碍。但是，这实际上并没有说服力，因为这是一个以语言翻译为中心的复杂问题。除非能证明，不管多么精到的翻译，离开这个国家，该作家在任何国

① [法]帕斯卡尔·卡萨诺瓦：《文学世界共和国》，罗国祥、陈新丽、赵妮译，北京：北京大学出版社，2015年，第36页。

家和地区都不被接受。

显然这种现象是不可能的，一个作家如果具备较高的阅读价值，即使不被所有国家接受，但也是可以超越一定的地域的。如果这个作家本身不具备较高的阅读价值，那么显然与民族传统并无关联。正是在此意义上，著名文论家韦勒克用“总体文学”的概念拒绝了歌德“世界文学”的提法，坚持认为自成一体的民族文学这个概念存在明显的谬误，文学是一个整体，文学是一元的。①

总之，文学或文化的民族性与世界性的提法，其实质是将之从政治、经济、社会等复杂语境中抽离出来，若在此基础上去寻找一种解决思路，不啻缘木求鱼。文化的交融性意味着民族传统不论是之前、现在还是未来都是世界性的。因此，对作家而言，不论是聚焦地域文化还是社会现实，与其去纠结是民族的还是世界的，不如立足于现实，在自己熟悉的领域中去挖掘更深刻的问题，由此获得更具普遍性的意义。田瑛的小说似乎没有刻意去聚焦多元文化关系，因为其小说本身聚焦的就是普遍性问题。

或许，不论作家是来自少数民族，还是来自经济欠发达区域，其最深层的聚焦点是不变的，其最大价值则是以具有独创性的方式提出深刻的问题。在全球化的今天，全球各个地方都面对许许多多共同的问题，如生态、科技、疾病、个体化等。正如德国著名学者多明尼克·萨赫森迈尔在论述现代性时所言：“……由于各个现代社会都面临全球化的转型问题，所以地方话语才能够取得全球性意义。”②

各文化、各地域在面对这些共同问题中，通过交流对话，会产生相似却又符合相应区域、文化的具体办法，这便是多元现代性的实质。这就要求作家们超越以往较为狭隘的民族、地域视野，以更大的格局、更包容的

---

① ［美］勒内·韦勒克、奥斯汀·沃伦：《文学理论》，刘象愚等译，南京：江苏教育出版社，2005年，第44—46页。

② ［德］多明尼克·萨赫森迈尔等：《多元现代性的反思：欧洲、中国及其他的阐释》，郭少棠、王为理译，北京：商务印书馆，2017年，第85页。

胸怀去把握现实，去呈现各区域、各文化在面对这些普遍问题时的独特经验，从而创作出更具价值的文学作品来。

第七章

田耳的小说创作

田耳（1976年生），男，湖南凤凰人，中国作家协会会员，2000年开始发表作品，是中生代土家族作家中最具代表性的一位，即便在中国当代作家群体中，田耳亦颇为独特。先后获得过鲁迅文学奖、人民文学奖、华语文学传媒大奖等重要奖项，出版有长篇小说《风蚀地带》《夏天糖》《姓田的树们》《天体悬浮》《洞中人》《被猜死的人》以及中篇小说集《一个人张灯结彩》《衣钵》《长寿碑》《金刚四拿》《一天》等。

学界对田耳小说的研究主要集中在两个层面：内涵的去价值化和叙事的偶然性。普遍以为，田耳小说中的人物既非理想型也非讽刺型，作家不对人物形象有明确的价值设定，似乎作家有意识不让自己的人物有恒定的理想，只是把这些人物推入生活的洪流中，让他们在各种突如其来的偶然性中挣扎。复旦大学李敬泽认为：在田耳几乎所有的小说中，都埋藏着一个深深的焦虑：谁听我说，我能说什么？表意的艰难成了田耳小说世界的根本问题。这里，偶然性战胜了必然性，混乱的世界篡改了秩序井然的世界。这是关于混乱、写给混乱的诗篇。[①] 吉林大学李振亦认为：在田耳的小说里，个体的欲望、诉求、野心乃至人心善恶与我们早已习惯的那个经由社会学理论解释拼凑起来的现实形成了某种野蛮的张力，使读者能够反观自我所在，能读出一种文学的理想而不是照猫画虎的尘世演绎。[②]

彭明伟则认为田耳笔下的人物大多属于“失败者”，是一系列“鲁蛇”

---

① 李敬泽：《灵验的讲述：世界重获魅力——田耳论》，《小说评论》2008年第5期。

② 李振：《小说的“超度”——田耳论》，《当代作家评论》2017年第3期。

（即英文“loser”）。这些人物没有信仰，没有追求，情欲常常成为自我拯救的唯一途径。这是因为田耳面对的是理想主义消退的时代，人没有必须坚守的价值信念，人性没有理想的层面，人性只剩下、化约为欲望、诱惑，欲望是人之本性、性欲是道。[①] 徐勇、伍倩对田耳的叙述模式进行了颇具说服力的阐释，认为田耳的小说实际上有两副面孔，一面是力求把小说写得生活化；另一面却又自觉不自觉地在那种日常化的生活中加入偶然、新奇的因素，使之呈现出戏剧性的倾向来。田耳总是以矛盾或阅读预期有意延宕之方式，来制造一种略带反讽、具有对话关系的小说张力结构。对田耳小说，重要的不是矛盾及矛盾的解决，而是矛盾的不断延宕，及因之而流布扩散开来的情趣与意趣。[②]

总体来看，当前对田耳小说的诸多评论中，过渡强调了其小说的偶然性情节，由此就必然得出去价值化写作的判断。笔者以为，田耳及其小说中的众多的人物，对善恶好坏的触觉恰恰是非常敏锐的，只是他并没有走向崇高和卑劣两个极端。田耳的小说当然有通俗的层面，但这只是外壳或一部分元素，他恰恰是借通俗来写世俗，写芸芸众生，由此深入普通民众的人性层面。

第一节　田耳小说的“恶”主题

关于“恶”，似乎已是老生常谈。从人类学角度看，善恶之别是人类区

① 彭明伟：《当两个“鲁蛇”同在一起：田耳的欲望之翼》，《南方文坛》2014 年第 6 期。

② 徐勇，伍倩：《“去价值化”写作与日常生活的敞开性——田耳小说论》，《民族文学研究》2017 年第 3 期。

分外在事物、确认社会秩序进而形成人类主体性的基础。就文学而言，广泛意义上，没有任何文学作品不蕴含着善恶判断，甚至有学者认为“文学在本质上是伦理的艺术”①。如果从文学必然关乎价值判断的角度理解的话，这句话当然是成立的。既然如此，何以田耳的小说值得我们如此关注“恶”这个主题？

在当下的中国文坛里，鲜有作家像田耳一样执着于对“恶”的思考。他的小说，初读之下会觉得平淡无奇，似乎简简单单就是讲述了一个故事，但是，细读和多读之后，会给读者带来巨大的震撼，甚至可以说是恐惧。田耳的魅力在于，他选择了一个最不起眼的角度进入善恶伦理世界。他的小说几乎不涉及宏大题材，没有大是大非，没有英雄恶霸，出现在其笔下的，都是普普通通的人——司机、编辑、大学生、普通工人、妓女、警察、医生、私家侦探等。很难在这些人物中找出一个英雄角色出来，即使其小说中有如柯羊（《一统江湖》）、韩先让（《韩先让的村庄》）等少数几个走向“成功”的人物，但没有任何一个读者会觉得这些人物是英雄形象。恰恰是因为田耳小说中的人物都是普通人，普通人做出的恶才更让人觉得毛骨悚然。因为读者这些人物一样，也是普通人，小说里的人物所做之恶，也实实在在地出现或可能在作为读者的我们身上。

“平庸之恶”，实际上来自当代美国犹太裔著名女思想家——汉娜·阿伦特。与许多将“第二次世界大战”时期纳粹的反犹行为归罪到希特勒和极权主义社会的论调不同，她坚持认为，这种想法“实际上成为一种有效的对所有那些确实犯下罪行的人的粉饰”②，真正值得批判的是“平庸之恶”。在她看来，因为道德关乎个体，不能用时代、政治等各种宏大却又模棱两可的范畴来替那些作恶者开拓。因此，她说了下面这句著名的论断：“犯下

① 聂珍钊：《文学伦理学批评：基本理论与术语》，《外国文学研究》2010 年第 1 期。

② ［美］汉娜·阿伦特：《反抗“平庸之恶”》，陈联营译，上海：上海人民出版社，2014 年，第 52 页。

最大的恶的是无名之人，即那些拒绝成为人格的人……那些拒绝思考他们正在做的事情并且也拒绝回顾它……的作恶者。”①美国历史学家格罗斯在其享誉全球的《邻人：波兰小镇耶德瓦布内中犹太群体的灭亡》一书，曾经聚焦了1941年波兰小镇耶德瓦布内的血腥种族屠杀事件——短短几天，这个小镇约1600名包括妇女、儿童在内的犹太人（仅7人幸存），被同镇另外一半人残忍谋杀。格罗斯想必是赞同阿伦特的观点——真正的作恶者，往往不是十恶不赦之人，特罗斯说道：“在反思那个时代时，我们绝不能将责任推卸给集体。我们必须要有足够清醒的头脑，才能记住，要为每一起杀戮负责的，只是某一个或某一群特定的凶手。”②阿伦特和格罗斯所言的平庸人的作恶，不过是普通人性中邪恶的一面在特殊时期的集中爆发。虽然历史去今已经很远，虽然当代已不复处于那样的社会氛围之下，虽然田耳的小说也并未聚焦那样特殊的时刻，但并不意味着人类已经真正地剔除了潜藏在普通人内心世界的邪恶因子。在当今非常多元包容的社会中，虽然这样的平庸之恶不会集中的突然爆发，但且潜伏在社会生活的方方面面。从这个角度看，田耳的小说才那么值得思考。

《友情客串》是一篇值得细细品味的佳作，按照“平庸之恶”的角度切入，会有深刻的体悟。小说设置了两组对立的人物形象：苏小颖和葛双是高中同学，毛大德和郑来庆亦是高中同学。在这两组主要的对立人物上，衍生出另外几个相互交叉的人物形象：葛双和马桑是姐妹，豹狗子和马桑是表兄妹。作者曾说，自己的小说作品中总是弥漫着一种“顽劣”，总有一种恶狠狠的情绪，总有恶作剧的心思。③或许，可以把作者自称的“顽劣”，理解为对普通人的恶的深层因子的发现。田耳的小说常常不经意地对人物进

---

① [美]汉娜·阿伦特：《反抗“平庸之恶”》，陈联营译，上海：上海人民出版社，2014年，第52、124页。

② [美]杨·T.格罗斯：《邻人：波兰小镇耶德瓦布内中犹太群体的灭亡》，张祝馨译，北京：中央编译出版社，2017年，第113页。

③ 田耳、张鸿：《“老顽童”田耳的文字生存》，载田耳：《独证菩提》，广州：花城出版社，2016年，第250页。

行反讽和颠覆，由此去展现他对人性之恶的这一思考。

或许，如希利斯·米勒所言：“反讽是虚构性叙事的基本比喻。”[①]这在《友情客串》中得到了印证。苏小颖漂亮能干，有淑女风范，然而男朋友却迷恋上一位小姐，最后娶了小姐为妻，这导致了苏小颖的失恋和痛苦。小说的故事也就从此开始，苏小颖需要找一个人倾诉以排解忧愁。在去佴城的火车上，她坚决拒绝了毛大德的搭讪，却以恶作剧的心态促使毛大德高价买了跳舞布偶；郑来庆找到文妹子时，文妹子大叫“强奸”捉弄了他，使得他被围观的人痛打了一顿；葛双生日酒会上，她和马桑一起捉弄了毛大德；苏小颖谎称烧大象腿，帮郑来庆将文妹子骗到了毛大德家；葛双以恶作剧的心态将豹狗子带到醉酒的苏小颖房间，以及最后和毛大德的狼狈为奸；苏小颖编了和郑来庆的故事告诉葛双，满足葛双的好奇心；苏小颖拒绝的那个毛大德购买的跳舞布偶，最后变成了郑来庆送的纪念品，回到了苏小颖的手里。将这些“恶作剧”单独列出来，并不是为了说明小说的主题就是“顽劣”，而只是想说明，小说对类型人物、善恶二元区分的拒绝。在这些捉弄的情节中，往往充盈着一种反讽的张力和趣味。

失恋女孩寻求倾诉，踏上疗伤的旅途，却意外获得一段恋情。这其实是一个不断在小说中电影中重复的俗套情节，田耳当然无意于恶作剧地讲述这样一个俗不可耐的故事。相反，这个通俗的故事桥段，在田耳笔下，获得了不一样的韵味和深刻的意义。苏小颖去到佴城，寻找心灵的宽慰，然而，小说却在这个寻找的过程中一步步解构了每个人的身份，也由此颠覆了通常的阅读期待，形成了一种陌生化的阅读效果。正如美国叙事学家华莱士·马丁所言：“在小说中，特定的个人经常提供一个反讽的透视角度，由此来烛照其他人物的被普遍接受的价值标准和行为。”[②]苏小颖这个人物正是如此，她失恋之后，痛苦的其实并不是男朋友背叛了自己，而是他选择的是一个

① [美]J.希利斯·米勒：《解读叙事》，申丹译，北京：北京大学出版社，2002年，第73页。
② [美]华莱士·马丁：《当代叙事学》，伍晓明译，北京：北京大学出版社，2005年，第50页。

妓女，并且最后还和这个妓女结了婚。她觉得委屈，百思不得其解，她想要知道的答案恰恰是这个。她对自己有较高的自我认同，对生活有较高的要求，到了酒店先观察摆设和住宿条件，无聊的时间喜欢看电影、网上聊天、旅游，甚至是发呆。当她坐着发呆时，“她泡着速溶咖啡，坐在绵软的沙发上发呆。耳畔有各种声响，但她慢慢听出了寂静。”① 显然，在苏小颖的自我意识和他人印象中，毫无疑问是一位标准的都市淑女。

然而，随着故事的发展，苏小颖的造作、幼稚和自傲体现出来。虽然她和葛双在高中时是好闺蜜，她对葛双甚至产生过一种超越普通闺蜜的感情，但是，这种感情与其说是一种爱恋，不如说是一种“主仆”关系，她当葛双是自己的随从，能解决她遇到的问题，连到葛双家里，也对其父母的生活方式提出各种自以为是不切实际的建议；她之所以时隔多年想起了葛双，只不过是因为失恋之后需要找人倾诉，她不假思索地觉得葛双应该是自己的倾听者，并不是为了重温旧日情谊。这样看来，苏小颖不约而至，与其说是给葛双一个惊喜，不如说是她觉得无须如此，这说明了她并没有真正尊重葛双。当知道葛双也是妓女时，她心理的轻视程度就更重了。给葛双讲述男朋友的出轨对象时，用了“也是妓女”的表述；当葛双要去上班时，她拿出钱不留颜面地要求葛双留下来陪伴自己；她也多次追问葛双为什么当妓女，还不停地要求葛双和她一起到省城，声称自己能够帮助她在省城发展。

依照此思路，苏小颖谎称“客串”妓女并故意准备“少”说金额，就不能简单地看作苏小颖在为葛双着想。在她试图取悦葛双、维护闺蜜情谊的意识深处，其实是她没有意识到的虚伪。这样一个外表文雅秀丽的女子，在省城时也时不时有着一夜情，最后和郑来庆短暂邂逅，在一定程度上客串了一次妓女生活。这形成了身份的颠倒，由此形成了对人物特征的揭示和反讽，也是对她的恶的揭示。

① 田耳：《独证菩提》，广州：花城出版社，2016年，第107页。

其实，还可以在更高的意义上看待苏小颖这个人物，小说中有个细节，她上班后选择一夜情的对象总是外公司的男子。这个看上去自然而然普普通通的细节，实则值得玩味。对于苏小颖，这当然是害怕遇见熟悉的人，导致名誉受损。另一层含义是，在循规蹈矩的生活中，苏小颖有着强烈的、对非常规生活的期待，她喜欢一种未知的刺激感。因此，她日常生活的苍白、沉默甚至是失恋，如果说这意味着某种失败，那么她在对未知的寻找和体验中，恰恰灌入了所有的激情并感觉到了某种难以名状的幸福感。外公司和佴城实则具有某种对应，佴城和省城的空间之别也隐喻着生活状态的差异。当然，这是针对苏小颖而言，省城是她僵化疲劳的日常生活，佴城则是她重塑自我的意外之地。

与苏小颖对应的人物是葛双，两人本是高中同学，却走上了截然不同的人生道路。但小说并没有简单地渲染妓女生活的屈辱、痛苦，她不是一个哭哭啼啼的苦女子形象，相反，她身上充满着某种睿智、坚韧和积极。当然，还有一种恶作剧心态。虽然沦为妓女，处在社会生活的底层，但她没有自怨自艾，品味了生活的无奈之后已变得坦然，也因此拥有了较高的洞察力。这种洞察力又往往以世俗的方式表现出来。比如，面对市委领导之子的追求时，她没有被可能的富贵迷惑，她清楚身份的悬殊导致这样的希望不过是泡影，不能重蹈杜十娘的覆辙，因此他坚决地予以拒绝；市委领导的垮台印证了她的判断，即便她拒绝的原因并不是如此，但“狗观众”失势之后，她又多了几分同情，承认赴约去安慰他。对于病恹恹的马桑，她以一种大姐的姿态关心和帮助，知道马桑的苦处，并时常给她一些多挣钱的机会。在与其他人交往中，比如毛大德，也并不是处处逢迎、贪财不义之徒。她有一分泼辣，连狗观众也对她服服帖帖；她有一分机智，戏耍了毛大德；她也有一份情谊，不论是对马桑还是不约而至的同窗苏小颖。

当然，这并不是说葛双就是一个正面典型。她亦有着某种“恶”，一种促狭的恶作剧心态，或者用小说中的词汇——阴狠。苏小颖不约而至时，葛双的表情先是无奈，然后是惊喜。这个复杂的心态，恰好体现了葛双身上的双重性。在情感上，她当然也记得曾经的闺蜜情谊，但是理智上我清晰地意识到了两人地位的不平等。对方是都市白领，而自己却是一名妓女。虽然她并没有那么痛苦这个身份，或者说已经习惯了别人的眼光，但是处在同一位置的两人以这样的方式见面，显然还是能够发现她的无奈中有着这样的自卑感。这样的自卑感让他多次拒绝了苏小颖倾诉的欲望。显然，忙着去工作只是葛双的借口，她害怕的是尴尬的地位之别让她具有的强烈的不适感和失落感。在与马桑、豹狗子的交往中，葛双都是强势的，甚至说是有心理优越感的。豹狗子吸毒且自甘堕落，导致她看不起他；马桑身体羸弱，胆小怕事，葛双以大姐的姿态保护。这让葛双具有某种优越的自我认同，但在苏小颖面前，她不但没有优越感，反而能敏锐地意识到苏小颖的那种不自觉的轻视。

在这样的心态下，她回忆起高中与苏小颖的交往，强烈意识到自己在苏小颖眼里不过是一个随从，由此她对苏小颖的态度也产生了细微的变化。半醉半醒中，她一针见血指出苏小颖的主要问题其实是自己太过呆板乏味，而并不是妓女和其男友。一方面，这时葛双的态度已经发生了改变，不再采取低姿态，而采取了居高临下的态度；另一方面，葛双虽然并没有直接说苏小颖男朋友与妓女之间，但其实在一定程度是在暗中为妓女辩解，也就是为自己正名。当偶然想出让苏小颖客串一下妓女时，她既是想捉弄一下她，同时也隐含着一定的怨恨。正当她和毛大德以为一切即将成功时，郑来庆的悬崖勒马和豹狗子的出现意外粉碎了二人的计划，还被警察抓了起来，身份再一次颠倒。

由此可见，虽然依然采取了对立式人物，但《友情客串》中的善恶却比较复杂，除了毛大德一直处于负极的人格位置之外，其他几个人物都善恶并存。在身份的颠倒过程中，人的心态和性格特征逐步体现出来。毛大德和郑来庆，由开始的身份地位的一高一低，在郑来庆与苏小颖擦出火花后的良心回归之后，颠倒为人格层面的高下之别；苏小颖和葛双在身份上的颠倒，既呈现了人的表里之异，亦在一定层次上解构了人对身份和社会的刻板印象。小说中，身居高位的人往往内里邪恶，比如市委领导、毛大德、狗观众，而处于社会底层的人却具有许多真正的美好品质，葛双有豪爽和坦然，另外两个人物马桑和豹狗子亦值得一提。特别是豹狗子，在小说叙述中，篇幅并不多，但却是小说中最具有人格魅力的人。他虽然是个混混，整天吸毒、打游戏、泡酒吧，但是，他却一直保护着马桑。在马桑还是高中生时，家里缺钱，他恳求马桑父母不让她辍学，他打工支付学费；葛双要求他趁苏小颖醉酒非礼她，他毫不犹豫地给了葛双几耳光，义正词严地教训了她；最后以"混混"的方式搅乱了毛大德和葛双的龌龊计划。

如果说《友情客串》对平庸之恶的揭示相对比较隐秘，需要读者细致进行分析，那么《氮肥厂》和《环线车》就要明确得多。

《氮肥厂》的主要人物是残疾人老苏和胖寡妇洪照玉，二人都是被众人看不起的角色，大家有事无事就开他们的玩笑，总是带着戏谑的目光和口吻和老苏说话。这两个原本并没有多少交集的人，却暗地里产生了一种不可名状的情感，甚至将偷情的地点选择在夜深人静的气柜上面。论者多看到这篇小说中，由老苏和洪照玉所体现出来的自由、真实、真诚和温暖。笔者并不否认这一看法，但我们从一个相反的角度看，亦有新的发现。如果说老苏和胖寡妇体现了自由、真实和温暖，那么反过来，我们就能够看见一个自私、冷漠和庸俗的社会。小说里，几乎每个人都犯有窥私癖，把别人的残疾、失意、私生活当作生活的谈资。特别是叙述者"我"，更是其中庸俗趣味的代表。当"我"偶然地发现了老苏和胖寡妇的幽会之后，丑恶展现了出来——"我"保持了沉默，站在黑暗中静静地"欣赏"着这一切。"欣赏"的背后，"我"的态度其实才是值得深究的问题。此时的"我"，既是淫邪的，"我"满足着自己的窥私欲，"我"也以一种奇妙的情感看着一个残疾人和一个胖女人的性爱，"我"用此弥补着自己在事业升迁中的不顺利。由此可见，叙述者“我”在道德上值得怀疑，是一个龌龊庸俗的代表。如果是这样，《氮肥厂》既可以解读成用平常庸俗来衬托一种残缺的美好，亦可以说用残缺、异质的他者来否定我者，用不寻常人本应寻常的真情和温暖来拷问普遍的庸俗、趣味和丑恶。有学者因此认为，残疾人老苏和胖寡妇洪照玉“两人在欢愉的性爱时上了天堂，荒诞的情节里实在不无嘲讽，但田耳毕竟是温情的，老苏在临死前还不忘抚慰寡妇面临死亡的恐惧。情欲与真情、高贵的神性整个混杂在一起，田耳从情欲生活探讨人性的复杂与丰富。”①

中篇小说《环线车》，小说中的叙述者依然选择了第一人称的“我”。“我”是一个退伍的运输兵，但并没有稳定的职业，生活来源一方面靠给私家侦探王常做点拍照之类的活计；另一方面依靠女朋友“小妍”当环线公交车的售票员的收入。“我”又一次被王常雇用，去追踪拍摄一个男人的婚外情，顺利地拍到了男子和一个女人在野外的亲热行为。然而，后来“我”才发现，该女子并不是男子的婚外情对象，而是其妻子，也就是大公司总裁束总。“我”便通过邮件用相关突破敲诈束总，恰好这个时候“我”被介绍到了束总公司，当她的私车司机。慢慢地，束总对“我”有了不一样的态度，两人发生了性关系。但她并不知道其实就是“我”一直在敲诈她，她谈及此事时，“我”谎称去杀死王常，要来 10 万元费用，然后逃离而去。恰巧此时，束总的丈夫梁有富和小妍也“失踪”了。

这篇小说中，“我”眼中的所有人，都是负面的。私家侦探王常是个骗子，根本算不上什么侦探；围绕在束总身边的人，也都不是什么好人，连警察局长也色眯眯地只想着和束总上床。到最后，“我”对束总反倒多了许多同情和理解，甚至产生了一定的情感，然而这种情感并不正常。与其说来自一个男人的正直，不如说来自一个犯了错（敲诈束总）的人的一丝内疚，以及那种获胜者把玩猎物时的“宠爱”。最终这点淡淡的内疚也敌不过 10

① 彭明伟：《当两个“鲁蛇”同在一起：田耳的欲望之翼》，《南方文坛》2014 年第 6 期。

万元钱的吸引。因此，不仅其他人具有许多道德的恶，“我”也一样没有做出“善”的行为。

第二节　田耳小说的对比式人物结构

《一个人张灯结彩》是田耳的成名作，可以说，这篇小说浓缩了田耳小说写作的许多基调。

首先，在主人公的选择上，田耳的小说往往设置单身者，他们或者是没有对象，或者是夫妻离异——《衣钵》里的李耳，《氮肥厂》的老苏和洪照玉，《打分器》的老蔡和乔妹，《事情很多的夜晚》中的小黄，《最简单的道理》里的小丁，《友情客串》的苏小颖，《我女朋友的男朋友》里的蒋纵，《蝉翼》里的“我”等。有的作品中主人公的感情关系与故事内容和主题意蕴关联不大，如《合槽》《鸽子血》《围猎》《一统江湖》《我和弟弟捕盗记》，如果忽略这类作品，就感情状况而言，田耳小说的主人公的感情往往是欠缺的。

其次，正如许多论者所言，田耳确实偏爱出其不意，偶然往往成了左右故事发展的关键。在他的小说世界里，偶然不是巧合，而是人生的一种常态。《一个人张灯结彩》正是如此，主要人物老黄，一位已经离异、女儿即将结婚的老警察。另一个主要人物是哑巴小于，感情更是坎坷。因为父母无知乱喂药导致哑巴；学习理发被强奸且反被诬陷勾引；嫁了一个男人，这个男人却又四处拈花惹草胡作非为，最终离了婚。虽然小说中直接着墨哑巴小于的内容并不太多，似乎主要线索是老黄侦破出租车抢劫杀人案，但所有的线索都与哑巴小于有或多或少的关联，所以潜在的主要人物是哑巴小于无疑。在这篇小说中，偶然与变化是生活之常态，与之相应，意外和巧合也就成了叙事的主要模式。人物计划好的事情，会被意外打乱；预料之外的事情，总会巧合。钢渣本想制造炸弹抢银行，与小于一起后有所犹豫，这时皮绊意外地提出去抢出租车，意外地抢劫了小于的哥哥于心亮，意外地掉了帽子，所以不得不起杀心；老黄对案件一筹莫展时，恰好水塘有人淹死了，然后抽干了水出现了于心亮的出租车；老黄通过户籍筛查可疑人物时，恰好看到的第一个人就是皮绊；老黄去小于理发店对面租房，恰好就租到了钢渣原租住的房间；老黄、小崔抽调到雨田区，恰好钢渣和皮绊也去了雨田区，恰好在一个巡逻的晚上在巷子里狭路相逢……

当然，意外和巧合推进的叙事，体现了小说所蕴藏的对命运的无力感，但过度的巧合也在一定层次上弱化了小说的真实性。

在事件发展的意外和巧合中，田耳开始了他的对比式人物形象塑造，这是田耳小说的一大特点。老黄的形象是在对比刘副局和小崔等人的基础上被叙述出来的。当分局抓来一个犯了错的青春期男孩，老崔阻止了大家动手打人；但老黄、小崔等人去吃饭时，刘副局却暗示实习生痛殴男孩，导致男孩大脑异常，事情被闹大后将责任推给两个实习生。勘查凶案现场是老黄的高光时刻，刘副局自鸣得意地将此案归入一般出租车抢夺案；但老黄发现疑点，坚持认为这是一起单独的抢劫杀人案，需要单独侦破。抽调到雨田区后有一次扫黄行动，恰好雨田大酒店与刘副局有关，当他走进酒店准备化解这次活动时，一个妓女指认他是嫖客。

此时，老黄和刘副局的对比关系不仅是内在的，而且外化为身份的对立。一个是扫黄的警察，一个是嫖娼且充当保护伞的刘副局，对立之意明显。但刘副局并未因此失去官职，相反因为大规模运动式追查出租车抢夺案，有政绩，受到市局嘉奖；相反老黄并不认可这种破案法，耗费人力财力，他习惯细致推理、寻找蛛丝马迹然后锁定凶手。最后，刘副局春风得意，调往市里，更具反讽意味的是，在他离开佴城的前晚，莫名其妙胸口中刀被杀死了。小崔则是一个“随从”式人物，懂的东西不多，他的不懂恰好衬托出老黄的经验丰富，不论是阻止殴打男孩还是对劫杀案的判断和侦破，每一步都让小崔觉得不一样。通过双重多场景的对比，老黄的形象清晰起来——心思缜密、为人随和、踏实执着且有正义感。

一个不易被读者察觉的对比体现在叙述语法上：叙述老黄时，全知叙述与人物叙述合一或者说难以区分，这至少说明了隐含作者对人物的评价和人物对自己的评价是一致的，不存在反讽效果；存在错位和模糊的，恰恰是对刘副局的叙述，只采取了全知叙述，细读就能发现其中的反讽意味：第一次出场是面对青春期男孩："刘副局正好走进来，训斥说，怎么嘻嘻哈哈的，真不像话""刘副局掀着牙齿说，老子搞了几十年工作，没见过这么嚣张的小毛孩，这股邪气不给他摁住了，以后肯定是安全隐患。"后来，雨田大酒店被扫黄时，"刘副局另一只脚已经蓄了势，指不定踹在女人哪块地方。他嘴角抽搐地吼着'臭婊子，晓得我是谁？'，女人缓过神，扑过去把刘副局咬了一口。"这样的叙述除了对人物动作、语言层面的描述之外，没有对其意识和情感层面的呈现，因此可以认定为是全知叙述。叙述中，显然可以看到言行之间的矛盾以及时不时的揶揄（被"妓女咬了一口"），所以充满了反讽之意。

相反，对老黄的叙述就明显不一样，常常从全知视角转换为人物视角，如小说开头部分介绍老黄时首先用了全知叙述："老黄两年前从外地调进钢城右安区公安分局"，交代了找人帮他刮胡须的癖好后，视角就转为了人物叙述："……心生一片惶然。他想，在这地方开店，能有几个人来？"之后的几句话都是从老黄的视角交代哑巴小于的情况。连对哑巴的称呼"小于"，其实也暗示了老黄的视角，因为整篇小说中，与哑巴交往较为密切的人，都不用这个称呼。

小说中，最费解的人物是哑巴小于。通过其哥于心亮，读者知道了她苦难的成长经历，但是，周围人对小于都充满了鄙视：本应最疼爱关心她的哥哥，却对她充满了怨恨，并用"骚货"称呼她；对面楼房的房东提及哑

这样一种情感认同上的困惑和“去戏剧化”显现的是作者的“去价值判断”，其结果是他小说中的主人公们很难用谁好谁坏来评判。[1] 虽然这种看法在一定程度上指出了田耳小说写作的一种倾向，但这个结论下得可能有点草率。显然，不能用作品主人公的形象来对应作者的情感态度，人物“很难用谁好谁坏来评判”并不能证明作品就是“去价值化写作”，因为人物好坏是最简单通俗的二元价值判断。笔者以为，田耳的小说是有态度的，只是这种态度和价值倾向要求读者有更敏锐细致的文本分析。在以上的分析之后，不难发现作者对哑巴小于的同情，对刘副局的讽刺，以及对老黄的认同。

第三节　田耳的反讽艺术

田耳擅长使用反讽，这是其小说读起来趣味盎然的原因之一。《一个人张灯结彩》中，刘副局是反讽的焦点，表面上干练、果断、随和、正直，但实际上好大喜功、善于逢迎且知法犯法。雨田大酒店抓嫖行为中，刘副局的出现是这篇小说最为戏剧性的反讽场景。前已论及，此处不再重复。但整体来说，《一个人张灯结彩》中反讽的运用还比较少，主要就是人物形象上的言行不一。《打分器》《合槽》《围猎》《一统江湖》《友情客串》以及长篇小说《天体悬浮》则更鲜明地体现了田耳的反讽叙事技巧。

《天体悬浮》依然采取了对比式的人物设置模式：符启明和丁一腾。该小说封底的出版简介中说：“符启明聪明伶俐、个性张扬、做人左右逢源，

① 徐勇、伍倩：《“去价值化”写作与日常生活的敞开性——田耳小说论》，《民族文学研究》2017 年第 3 期。

很快得到领导的赏识混得风生水起。丁一腾却踏实、谨慎、循规蹈矩。”[①]不知道这段文字是出自图书编辑还是田耳本人，其意思显然是说符启明和丁一腾是两个对立的人物，一邪一正，一贬一褒，而最后丁一腾发现符启明的犯罪事实，终于邪不压正，正义得以实现。只能说，这样一种通俗化的情节描述和人物介绍，意在于吸引普通读者。虽然笔者也将田耳的人物设置归纳为对比模式，但并不是为了强调两者的关系是正邪善恶的关系，仅仅是从人物的设定模式上而言。

事实上，田耳小说的善恶判断，往往是复杂的，每个主要人物形象可能都是两者兼有，从而处于一种冲突和张力中，由此产生了一种特别的审美效果。

《天体悬浮》的核心人物，当然是符启明和丁一腾，小说以这两个人物串联起了佴城的诸多面孔——警察、辅警、地产商、小姐、嫖客、吸毒者、小偷、杀人犯、大学生、村长、律师等。小说主要以第一人称“我”为叙述者，叙述符启明以及所有相关人物的命运。这样一种叙述视角，既意味着可以拉近与读者之间的距离，方便对叙述者的心理的描写和场面的观察，产生一种在场感，同时也意味着人物、故事、场景已经经过叙述者的过滤和阐释。这意味着，读者既要故事的走向与人物的发展，同时也要时刻保持对叙述声音的辨析。

符启明圆滑机巧，投机逢迎，做事目的性和功利性非常强烈。初到洛井派出所，便与大家热情熟络，遇到领导立马递烟凑火、语言巴结；第一次巡逻，抓住一个老头嫖娼，他“义正辞严”地罚款。在巡逻的过程中，为了笼络同事，还打死一条狗，让烧烤摊烤来当大家宵夜。原本他打算把妓女小苏也叫去一起吃狗肉，但老朱提醒影响不好后，只好依依不舍地送走了妓女小苏。小说中写道：“小苏走时，符启明在她的臀部拍了一巴掌。她

---

① 田耳：《天体悬浮》，北京：作家出版社，2014年，封底。

浑身借势泛起水浪。我吃进嘴的狗肉全喷了。”[①] 这个地方，小说的三类人物形象初露端倪。符启明善于活动关系，一顿狗肉让他融入了新的环境，同时又勾搭上了妓女小苏。此时他当然还没有规划后来只手遮天的色情产业，但勾搭上小苏显然是为了满足自己的生理欲望，这一点在符启明搬离警所单身宿舍，租住在郊区跑不脱的一处凶宅得以证明。英国生物学家德斯蒙德·莫里斯曾言：“我们不得不时常屈服于我们的动物本性，而且不得不暗中承认，那只古怪的野兽不仅依然活在我们体内，实际上还很活跃。”[②] 符启明之谓也。

在符启明与妓女小苏热聊的时候，陈二“盯着符启明冷冷地看”，这体现了陈二对符启明的不屑和反感。但是，作为叙述者和观察者的“我”的态度是模糊的，“我”喷了狗肉，并不能说明自己反感和厌恶符启明这个行为和人，只能说明符启明的动作超出了“我”对一个正常辅警在此场景的正常行为的预期，他让“我”很惊讶。符启明很亲昵地对妓女一口一个小苏地叫着，而“我”在叙述这段场景的时候，也并没有使用更为中性的词语，也同样使用了“小苏”这一称呼。这并不是为了说明叙述者“我”和符启明其实是一类人，而是想说明“我”并没有把自己和符启明对立起来，也并没有觉得妓女和警察就应该是水火不容的两种角色。

因为给陵园送对联，符启明显出一点“鬼才”之后，他很快获得了领导赏识。他并没有全力维护治安、打击犯罪，恰恰相反，他巡逻是为了抓住卖淫嫖娼和吸毒贩毒人员以便罚款获利，碰到刑事案件他也并不是为了伸张正义以儆效尤，而是为了寻求表现从而取悦领导。他很快勾搭上了佴城交际花“春姐”，交往大学生小末，包养自暴自弃的吸毒女夏新漪，后来与小末的闺蜜沈颂芬关系密切。在这个不断变化的情感线索中，是他不断壮大的地下产业。他首先结交了“跑不脱”村支书，购买了凶宅，先作为

① 田耳：《天体悬浮》，北京：作家出版社，2014 年，第 10 页。
② [英] 德斯蒙德·莫里斯：《裸猿》，刘文荣译，上海：文汇出版社，2003 年，第 26 页。

和小苏、小末的幽会场所，后来又用来开设赌场初试牛刀。他能够见好就收，快速赚了第一桶金 10 万块后关闭赌坊，从此开始发迹。他利用自己不断积累的人脉，并借助富二代何冲和春姐的关系，逐步垄断了整个佴城的色情产业和凶宅买卖业务。他和沈颂芬主持的杞人俱乐部，名义上是观星爱好者的活动营，实则是其进行色情买卖的秘密场所。

在妓女小苏、春姐、夏新漪、沈颂芬、小末这五个女人中，符启明最为在意和挂念的似乎是小末。他认为自己是深爱小末的，他甚至不惜在小末家的对面楼里租上一套房，用观星望远镜观察着小末的一举一动，以至于春姐、老詹等人都以为他爱恋小末甚笃。实际上，将这几个女人逐个分析，便会发现符启明对女人最缺乏的就是感情。妓女小苏，在符启明刚刚进入警所只是一个小辅警的时候，成为他满足生理欲望的机器；地位稍有上升，便踹开了小苏，通过春姐认识并追求到了小末，小末带来观星这个兴趣；春姐是同事光哥的准老婆，夏新漪是丁一腾学生时代暗恋的对象，沈颂芬亦是丁一腾的前女友。

从这里隐隐能够让读者意识到，符启明真正享受的并不是和女人之间的爱情关系，而是通过占有所得到的一种胜利感和成就感。丁一腾暗恋的夏新漪，亦是徐放辽的暗恋对象，徐一直默默地守候和付出，但并未俘获夏的芳心，符启明则通过提供金钱的方式占有了夏，还不屑地向丁一腾描述夏的身体；光哥为了春姐不惜离婚净身出户，但符启明拉着春姐做业务同时也占有了春姐，当着光哥和众多同事在场，也和春姐搂抱亲吻，甚至春姐决定嫁给光哥后，还要在结婚前夜和符启明举行结婚仪式并在溶洞入洞房。符启明占有沈颂芬，因为沈在观星爱好者圈子地位较高，从而能够更好地掌控这个群体以拓展自己的色情产业。

但是，这只是表层原因，深层原因其实是一种变态的控制欲。这与其“谋杀”安志勇的根由是一致。他费尽心思要整倒安志勇，既是为了安的房产，为了复仇（小末因为安和他分手），更重要的却是权力受到了冒犯，自己占有的被别人所抢夺，他感到一种强烈的羞辱感。在安志勇保存的视频中，安和小末、沈颂芬同时发生了关系。因此，符启明既要设下圈套谋害安志勇，同时也要“征服”沈颂芬，以证明自己的能力、满足自己的控制欲。他在小末对面租房，主要观看的却是小末和丈夫在阳台的亲热场景。由此可见，他并不是真正地爱恋小末，而只是一种变态权力欲望下产生的一种补偿心理，这种心理导致他以一种窥私的方式以虚幻地获得一种控制感。

在和丁一腾的关系中，符启明其实也并没有产生友情。他抢着表现，抢夺所有能够上升的机会，甚至抢丁一腾喜欢的女人。哑巴周壮误杀夏新漪一案，原本是在丁一腾爷爷的丧礼上获得破案灵感，但他抢先一步，回到所里占得全部功劳；当他觉得和丁一腾竞争转正编制没有太大把握时，软硬兼施，希望丁一腾主动退出，当丁一腾拒绝后，他假装喝醉撒酒疯般向丁一腾脸上泼酒并且语带威胁；丁一腾成为律师后，符启明邀请他一起出行四处去观星，实则是为了制造不在场的证据；他向法治在线的主持人，大谈其谈他对丁一腾的崇拜，实则是知道丁一腾已经掌握了他犯罪情况之下的一种讨好行为；他把丁一腾带到他窥视小末的地方，出示那个让他愤恨的视频，甚至说是在帮助丁一腾复仇，试图让丁和他统一战线同仇敌忾。可见，即便是丁一腾这样与自己相处密切的朋友，符启明依然是当作小弟一般对待，试图给点小恩小惠收买，一有冲突便颐指气使，每一个环节都充满着计划和谋算，即使不是有意布局的行为，往往也是为了显示自己的高高在上。

在对符启明的叙述过程中，“我”既是故事的参与者也是叙述者，虽然“我”很少对符启明和事件进行明确的评价，但还是能看出“我”的态度以及“我”对自己的界定。“我”，即丁一腾，不太赞同符启明的价值观和为人处世的方法，却没有达到像陈二一样与符启明明确对立非要将他绳之以法（虽然陈二的出发点或许也并非全然是为了伸张正义）的程度。对符启明的叙述中，明显还有嘲讽的意味，比如对符启明喜欢吃腰花的叙述，对其与春姐之间打情骂俏甚至最后入洞房的叙述等，特别是这样一个掌控佴城色情产业、身边美女环绕且总是吃腰花壮阳补肾的人，却慢慢变成了对女人没有太大兴趣的非同性恋者，最后还被老詹鸡奸。

这既是一种反讽，也说明了叙述者“我”强烈的否定态度。“我”对生活没有强烈的企图心，不争强好胜，不唯利是图，以一种相对淡定、随遇而安的处事态度。警所里蝇营狗苟，“我”同样置身其间；没考上编制，“我”能够坦然离开佴城，返回家乡小城闲居在家；女友沈颂芬离“我”而去，“我”亦顺其自然；甚至符启明和“我”的初恋对象夏新漪以及前女友沈颂芬发生关系之后，“我”虽然有一种不舒服的感觉，但也并未郁积在心，而是理性地说服了自己内心的不满。因此，总体来说，相对符启明，“我”的人生态度要淡定随意。有学者认为：“‘我’在人物形象上的淡定不能构成小说或人物关系上的淡定，它是非常主动与积极的回应，是星空的隐喻对现实龌龊的映照。如果说符启明抑或是现实世界讲的是如何‘收获’，那么‘我’或是小说本身即便不是十分笃定，却也在提示你这事儿可能并非如此。”[①] 这种理解在对符启明和“我”的形象以及人物关系层面，有一定的道理，但遗憾在于把两个主要的人物形象符启明和“我”简单地做了对立的理解。

正如前文所提及的，人物对比式结构并不意味着人物形象是对立的。虽然有的时候，“我”表现得窝囊，甚至逆来顺受：符启明泼酒到“我”脸上，“我”选择了忍让；符启明邀约“我”，虽然有时候“我”并不愿意，但还是同行；符启明颐指气使地扔钱让“我”买烟，“我”亦没有拒绝；最后“我”明知符启明的犯罪事实，却并没有揭露他。但是，“我”亦有着自己的私心杂念。在警局时，一样参与那些以罚款为目的的出警活动；和阿花已经成家并育有一女，却仍然挂念前任女友，甚至最后亦难挡诱惑出轨沈颂芬，而这次幽会的契机，则是他将符启明给他的斯普雷利望远镜转送给了沈，这难证清白；苦心孤诣想寻找出符启明的犯罪事实，却隐瞒情况。虽然丁一腾

① 李振：《小说的“超度”——田耳论》，《当代作家评论》2017年第3期。

私下操作，以死者马桑父亲翻供并提供马桑身患绝症改变了整个案件，让最后的判罚程度差异不大。但这只能是“我”自我安慰的一种方式，即使他揭露以后判决的结果并不会出入太大，但这两者性质不一样。这恰好说明“我”的善恶判断是复杂的，更像是世间的一个普通人，人格谈不上有多么高尚，也谈不上邪恶，眼睛里是自己的一片天空。而符启明，则是在恶的道路上走得比较极端的人，已经失去了对自我和生活的反省。“我”与沈颂芬激吻之后，悬崖勒马没有更进一步，他进入浴室：“我用力地搓着身子，感觉自己从未有过的脏。”①

因此，当我们一一审视小说中出现的这些人物——符启明、丁一腾、光哥、春姐、伍能升、何二、何冲、小末、沈颂芬、安志勇、夏新漪、徐放辽，会惊讶地发现无法轻而易举地从中确定一个人物，身上体现着人性善良的理想之光。如前所言，“我”显然不是这样的人物，他随众流、有私欲，随社会的变化而追寻自己的生活，与大多数市井小民无异，能吸引读者的认同，但无法让读者产生崇敬。徐放辽似乎对夏新漪有始有终、诚心守候，确实是一位对爱情非常执着之人。然而，夏新漪沉迷毒品，徐放辽并未进行实质性的救助，反倒长期给予经济的支持，以维持一份单方面的爱。即便是对夏新漪的爱，也值得怀疑。因为徐放辽与夏新漪之间，并没有充足时间的交流，他对这个女人并没有太多的了解，只是少年时情窦初开的单相思，形成了心中对美好爱情的一种幻象。因此，他爱恋的实际上并不是夏新漪，而更多的是自己心里的想象。他无法区分现实和想象，用短期的对夏新漪身体的占有来满足少时的梦想。当符启明以掌握他买卖毒品证据要挟他时，他立马推责给夏新漪，可见其并没有太大的责任感。大学生小末和沈颂芬，前者较早结婚生子，后者追随符启明几年后嫁给中年有钱人，也没有特别的人性闪光之处。

---

① 田耳：《天体悬浮》，北京：作家出版社，2014 年，第 366 页。

小说唯一充满赞意的，或许是小花这个不太起眼的人物。她来自农村，是符启明会所里的一名服务员。她知道会所里有许多女人靠出卖身体而丰衣足食，与她同样是服务员的同伴，也有忍不住诱惑悄悄转行的人，但小花没有。她似乎傻傻的，没有太多的功利计较，小小的满足就非常开心；她天真，相信别人的话，因此总是被取笑和捉弄；她纯洁，身处风月之地却洁身自好。小说中，杞人观星俱乐部的主要人物，其观星爱好都夹杂着各自的功利，符启明如是，沈颂芬如是，而唯独小花这个后来才知道这爱好的人，真正把观星当作了兴趣。遇到“我”并把自己的第一次给了他之后，小花很高兴地说感谢老天让她第一次谈恋爱就遇到了这么好的男人。故事的结尾，“我”虽然对旧爱心有所动，但还是悬崖勒马，回到家中，陪伴着自己的老婆和女儿。如此说来，田耳最终还是充满温情地留下了这样一个不起眼但却简单、善良、美丽的人物。可见，小说中，真正淡定的人，不是“我”，而是小花，大名王宝琴。

当然，不惟《天体悬浮》，寓反讽于人物身份的颠倒，是田耳经常使用的小说技巧。《衣钵》中大学生李可是道士的儿子，打算“实习”道士完成学校毕业前的实习任务。他自己也觉得这种行为荒唐可笑，所以形式主义地完成一次身份仪式。但是父亲因为觉得他应子承父业，痛饮之后失足而亡。李可带着对父亲的回忆主持了父亲的悼亡仪式，这个过程中他逐渐体会到了父亲的精神世界，认识到了乡村道士的身份仪式，真正认同了这个角色。这篇小说中，人的宿命般的选择以偶然性的方式呈现出来，顺应这种不可期遇的命运似乎才是对生命的洞微。就像《友情客串》中那只跳舞的布偶，不管苏小颖如何拒绝，最后都阴差阳错地回到了她的手中；就像《围猎》中，和女友散步的小丁看见众人围猎一个裸体男子，好奇心驱使他追了上去，结果被抢了衣服，反倒被众人围猎。又如《坐摇椅的男人》，小丁以同情地观察着对面的女孩和其母亲被其父亲的家庭暴力，长大后他也以拯救者的形象成了晓雯的丈夫，然而，慢慢地，他也变成了像岳父一样暴躁的施暴者。

他曾经痛恨的，变成了自己期待的。或许，他对那个暴躁的父亲从来就不是痛恨，恰恰感到的是一种吸引和认同，不过以表面上厌恶的清晰表现出来，最终以替换那个对象完成了身份的转换，实现了自己的期待。

第四节 田耳小说的戏剧化冲突与人性挖掘

在田耳的小说中，《一天》《附体》《我女朋友的男朋友》颇有特点，应是作家求新之作。这三篇小说恰好都放在一个中篇小说集子里了，显然有作家的某种用意。三篇小说的故事，都始于死亡，且死者都是处于十来岁花季年纪的孩子。总体来说，比起田耳的其他小说来说，这三篇小说最大的特点，是故事的叙述和人物的行为不再“随意”，而是有了一种强烈的冲突性。

《一天》，在时间层面上，就是一天之内发生的事情。中学生傅单妮晚上突然从宿舍楼跳下，被紧急送往医院后抢救无效死亡。然而死者家属和学校的协商过程成了小说的主要情节。小说的出彩之处在于，由不同的家属为代表轮番与相对固定的学校代表进行协商，由此形成一种戏剧性的张力，也由此逐步揭示出了每个人的幽暗之处。

首先进行协商的是死者的父亲三凿，他实际上是一个并没有太多主意的人，容易被人影响。也正是因为他的“弱势”，各个人物才悉数登场。在工友们的怂恿下，三凿决定要闹，要堵在医院门口讨个说法。在他的思想里，人进入医院的时候虽然受伤了，但还是活着的，动了手术之后孩子反倒死了，那医院必须承担责任。在“我”父亲也就是三凿大伯的解释（阻拦）下，医闹终于没有发生。虽然“我”父亲和母亲的解释在理，但其中亦有个人的原因，因为是县医院急诊科不收治而我母亲央求外科主任张朗维医生做手术，且鼓动三凿签了免责书。如果医闹，显然“我”父亲、母亲的颜面无存且会有若干实际麻烦。

最开始和三凿协商的学校代表是教导处主任范培宗以及班主任、舍管等人，他们介绍了死者在校的情况，通过录像确证死者是自杀，并怀疑死者的自杀与网恋有关。随后县教育局副局长江道新、校长禹怀山以及伍乡长到场，禹怀山慷慨激昂地陈述了自己的悲痛、淡化了学校的责任，最后承诺负责所有医疗费用、丧葬费用以及出于人道精神的抚恤金四万五千元。三凿掩面哭泣，并不是很情愿。但是，“我”父亲觉得合情合理，三凿的父亲也觉得校方对得住人，便替三凿表示同意。在这场协商中，显然“我”父亲和三凿的父亲是主角，他们之所以觉得合情合理，其中亦有他们自己的私心。“我”父亲认识教育局副局长江道新，觉得他帮了我们很多忙，认定江是他最好的朋友（虽然江到场时，父亲老远就叫他，他却假装没有听见）；三凿的父亲，认定伍乡长是他的贵人，不但让他连任村长，还提拔他当了优秀村干部。所以，“我”父亲和三凿的父亲，分别对江道新和伍乡长充满了感激之情，自然而然也就服从了对方的意思。

五叔的出现让原本达成的赔偿协议变得无效，他也成了接下来的对峙中的关键人物。他先是阻止了丧葬服务公司从医院运出死者的计划，对已经达成的四万五千元赔偿协议一阵冷笑，然后激起了三凿心中的愤懑和其他亲朋好友的怨气，校长禹怀山被迫将赔偿数字增加到了十万元。这个时候，虽然五叔没有表示明确的反对，但悲痛却又愤恨的三凿，用砖头砸伤了自己的右手，以示反抗。或许，他要反抗的，并不是命运对他的不公，而是“我”父亲和三叔在亲情、辈分的资本下对他的压制，他想顺从长辈的意愿，但他又是死者的父亲，总觉得如果草草赔偿了事，又对不起自己的女儿。这亦是他痛苦的来源之一。而五叔，他的行为受制于他在兄弟关系中的感受，其实隐含着一种权力的斗争。对于四万五千元这个数字，一方面他当然觉得赔偿太少；另一方面在于这个数字是“我”父亲（五叔的大哥）和三叔确定下来，他有一种本能的反对。因为在家中，五叔和“我”父亲历来不和，在几个兄弟间“我”父亲地位最高，他的地位最低。这件事，明显“我”父亲和三叔处理得不好，这让原本就有不满情绪的五叔有了展示自己的机会，所以他激发了后来的事情。当然，五叔最后还是在“我”父亲和三叔的“劝说”下，不再带头闹事。如何劝说？小说并没有揭示，但可以肯定，隐含着的权力冲突在此达成了某种程度的平衡。

五叔虽然沉默了，但接下来出现的恰恰是他的女儿小彤。她在市里上班，被认为是村里最有出息的年轻人。她出现得颇有架势，开着宝蓝色雪佛兰，后来跟着一辆丰田霸道，与她一起出现的是一个有痞子气的壮硕男人。小彤的态度比较蛮横，双方进入了僵局。然后有能耐且有“经验”的杨环秀出现，她带动了妇女们集体哭泣，然后拉起架势和校长协商，甚至撒泼要挟对方，最后数字增加到十二万元。她之所以偃旗息鼓，显然是被其女儿游说，可以推知其女儿获得了进入高级中学任教的机会。小彤并不同意，带着灵车开赴学校，在高速路口再次和校方激烈对峙，但她鲁莽冲动，不懂得软硬皆施，所以无法收场。最后，一直静观事态的“我”出场了，因为握有对方失责的证据，“我”游刃有余，对方则气急败坏，最后事情以学校赔偿二十一万元结束。

在这场你来我往的拉锯战中，每个人都有意识或无意识裹携着私利参与其中。甚至长时间置身事外冷眼旁观的“我”，最后虽然起了关键性的作用，但“我”依然有着某种无意识的“谋划”——“我”就是等待着成为关键先生的那一刻。“我”对侄女的死亡有着比其他人更多一些的同情，但更多的其实是对人生的感慨。在几次别人和“我”的简短交谈中，出现频率最多的句子是对“我”以前球技高超的赞美，而“我”总是记不起对方是谁。小说的结尾用校长明里骂教职工但其实算是夸赞了“我”的一句话结束——“学校能有一个傅浩淼，我哪要操这么多心？”由此可见，“我”心里是有着一种骄傲的，这样的心态一直隐含在“我”对整个事件的观察和叙述中，包括不显山不露水地对各个人物的点评中。因此，不管是处于实际的物质利益、人情资源还是来自心理的自我认同，每个人都处于各自不同的角度和想法参与其中。在这一天中，在这同一个事情中，每个人却有着不同的想法和立场。所以，表面看起来小说围绕这一件事情展开，而重点却是一个个人物高调登场，却又“露出尾巴”悄然离去。

如果说这是一种反讽，那么反讽就架空了悲剧本身，以至于连当事人三凿夫妇的悲伤都显得形式化。他们似乎在完成一个模式化的工作，女儿死得不明不白，按照常理去闹一闹，按照常理悲伤，按照常理入土为安，按照常理又继续生活下去。读者在阅读时，或许会有一个疑惑：为什么双胞胎姐妹要先后离去，且都死得突然？第一个女儿在玩耍时被弟弟失手推下陡坡；第二个女儿自己选择了从高楼跳下。这难道是为了强调命运的无可奈何，或者引导读者去追踪无常之中的必然性？显然都不是，生活的模式化在这里成了焦点。悲痛也好、自利也好，最终都逃离不出生活的平庸刻板。或许，这才是真正的悲剧所在，这才是小说透露出来的对生存的思考。

《附体》中伦理冲突比较激烈。与《一天》第一人称叙述不同，小说采取了第三人称讲述故事。家庆到韦城厨校学习，临时住进了表哥表嫂家里。几年前，表哥表嫂的儿子海程不幸患病去世。表嫂一直无法从死亡的悲痛中走出来，家里的氛围很压抑，表哥也一直希望有客人来热闹一下气氛。表嫂看见了家庆，莫名就觉得家庆和自己的儿子海程很像，甚至觉得自己的儿子附体到了家庆身上，因此她以对待儿子的方式对待家庆。由此形成了家庆、表哥、表嫂三者之间畸形的人际关系。表哥很清楚三人的身份，也知道表嫂的很多做法非常不合适——接送家庆，甚至和家庆一起睡觉，但他太希望妻子回归正常以至于不敢违拗；表嫂在整个过程中，都没有清醒的自我意识，这恰恰是整个畸形人际关系的关键；家庆的心理空间更为复杂，他觉得尴尬、不适，也有对表嫂的同情，同时夹杂着寄人篱下的无奈和投桃报李的感恩，走向了最后的痛苦。意味深长的地方就在于家庆的痛苦，他痛苦的并不是表嫂失常的行为对其实际生活的影响。自从表嫂把他当作了儿子，他便衣食无忧，几乎是饭来张口，即便有同学用诧异的目光看着来接他的表嫂，但这也并未对其心理造成长久的影响；同时，他痛苦也不是因为愧疚境况不佳的表哥表嫂为此颇费钱财，他并没有对此有过多的反思。他痛苦的是在表嫂失常的行为背后的伦理冲突——表嫂对他的许多亲密的行为，对于母子来说是正常的，但施于他就不吻合正常的社会伦理。但是，这还不是痛苦的真正所在，如果仅仅是表嫂做出了失常行为，哪怕是一些亲密的举动，家庆依然可以演演戏敷衍过去，这样三个人各自安好。

问题恰恰在于，在这个过程中，家庆对表嫂产生了一种超越伦理的期待——当他的头枕在表嫂的腿上午睡时，他想到表嫂的胸部，身体有了反应。家庆清晰地意识到了自己的状况，也知道在这种情况下自己的深层意识是龌龊的。因此，他痛苦，他要逃离。如果按照弗洛伊德所言的本我、自我、超我的三重人格理论，可以表述为：来自本我的性爱无意识和强大的社会伦理规则，让自我越来越处于紧张的状态。由此可以解释，为什么家庆对同学异样的目光不以为然，而对林黎怀的玩笑话却恼羞成怒、大动干戈。原因已经很清晰了：林黎怀无意中触及了家庆心理的伦理痛点。因此，家庆痛苦的，是自己的欲望。他要逃离的，也是自己的欲望。

在另外一层意义上，《附体》的整个故事对于家庆又具有一种成年阈限的意味。“阈限”本是一个人类学术语，指的处在仪式过程中的个体，这个阶段该个体失去了之前的身份，又尚未取得即将获得的新身份，比如施行洗礼过程的孩子、成年仪式中的个体、婚礼仪式中的新人等。如果把家庆这段特殊的时期看作他的“成年仪式”，那么他就处在了从青少年到成年人转变的“阈限”中。此时，他既是青少年又非青少年，既是成年人又非成年人，他处于了失去身份的紧张状态中。在表嫂眼里，他还是少年、孩子，但在表哥、自己和同住的其他人眼里，他又分明是一个成年人。他与表嫂在一起的尴尬以及有反应的身体状况，既说明了他内心深处的欲望和本能，更隐喻地指向了他对成年身份的渴望。在这个意义上，他对林黎怀的玩笑话却恼羞成怒并产生攻击行为，恰恰是试图体现成年世界中被赞赏的男子气概。林对他的羞辱，就不再是揭示了他的罪恶心理，而是把他当作小孩以一种居高临下的姿态羞辱了他。要成年，就得用男性的力量去证明自己，所以他向林出手，却又被林黎怀轻而易举地痛揍了一顿。说明他此时还没有具备成年人的资格，这是他真正痛苦的。只有当他逃离了这个时空，这个阈限阶段，有了更多的社会阅历，有了女朋友，他的成年仪式才得以完成，获得了新的身份。此时，他能够坦然面对自己的过去乃至欲望，他重回故地，并非是追寻“初恋”式的回忆，而是通过对“成年仪式”的反思强化自己的成年身份，进而获得一种男性的自信和控制力。

第八章

黄光耀的小说创作

黄光耀（1965 年生 ），男，湘西土家族作家，出版有长篇小说《无字审判》《争铁》《土司王朝》《虎图腾》《白河》、中篇小说集《湘西物语》《武陵阙》、散文集《无釉的陶罐》和散文诗集《红狐·爱之舞》，已发表各类文字四百余万字。长篇小说《土司王朝》《虎图腾》《白河》并称为“土家三部曲”，是黄光耀的代表作。

第一节　黄光耀小说中的民俗仪式

在《白河》一书的作者简介里，如此说道：他“擅长以散文诗化的语言描述心中所思、眼中所见，其作品带有浓郁的人文关怀，善于将湘西土家族自然风貌与淳朴风俗融入小说情节，在轻松叙事中将人性的真善美进行深刻解读，哲理式地呈现对世事与人生的深切感悟。”如作者所言，小说中有非常丰富的地域风情与民族仪式，是典型的文化写作。

《土司王朝》的第一章“血祭”，不但场面化展示了血祭的过程，还描述了血祭中参与者的情感体验。

有学者专门对整个血祭仪式进行了分析并指出：

在小说中血祭表面上看是为了驱邪——“因为只有血祭才能打通天地、人神之间的天眼”——但细究起来又似乎与新上任的土司将挑衅之人砍头来达到以儆效尤、树立权威的世俗目的不可分割；且由于挑衅者逃走，所以被砍头之人乃是挑衅者的父亲，一个替补者；而且此次血祭举行的时节（农历二月）不宜牺牲。因此，我们一开始就看到一种意义的游移与不确定。最令人惊奇的是，对于这次血祭仪式的书写完全颠覆了我们从鲁迅、沈从文那儿来的关于砍头主题的惯常理解。

……

作者不仅是试图使得那样一个血祭的仪式场景获得一种令人惊奇的视觉效果，同时，那样一些充满节奏的关于对歌的叙述分明是在鼓动我们不仅从一种视觉的层面来体验，而且似乎邀请我们直接进入那样一个文字所描写的世界中去参与那样一种原始的载歌载舞。就像这一节开头所谓的土民“不仅是看客，也是参与者”。①

的确，黄光耀《土司王朝》中的砍头仪式，并没有被赋予一种现实批判性的内涵，它恰恰是为了呈现一种文化的生存样态。除了砍头仪式，小说还呈现了梯玛行法、火葬、水葬等土家族仪俗文化。从土家民族的源流和历史来看，土家文化传统具有强烈的巫术文化内涵。不但土家民族所聚居的武陵山区属于古代楚巫文化范围，从土家族古代巫-政一体的政治格局、流传的神话传说以及仪式民俗等可以断定：土家文化传统本质上是巫术文化。而反映土家民族巫术文化传统及酒神特征的，莫过于跳丧仪式了。通常而言，土家民族中若有老人正常过世，并不被当作一件悲伤的事情。相反，在跳丧活动中，欢乐地跳舞、尽情地歌唱、放肆地笑谈、尽情地饮酒

---

① 陈雪、刘泰然：《现代性、仪式与奇观——从鲁迅、沈从文到黄光耀的“砍头”叙事》，《理论与创作》2011年第2期。

以及毫不顾忌的打情骂俏显而易见。《长乐县志》记载："家有亲丧，乡邻来吊，至夜不去，曰'伴亡'，于灵旁击鼓，曰'丧鼓'，互唱俚语哀辞，曰'丧鼓歌'。"

对此，《土司王朝》在"葬礼"一章予以集中呈现。小说中丰富的土家仪俗展现了土家文化神性的一面，使得作品具备了独特的审美意蕴。评论者认为："黄光耀站在历史的高度，把笔触伸向历史的纵深处与细微处，选取最能体现和代表土家族文化和土家族人精神的巫傩巴文化作为书写对象，以田氏容美土司三代的兴衰更替为中心线索，编织出一部集合了南明政权、农民军与清王室等各种政治势力以及土家族各色人等百年历史的宏大画卷，从而使小说无论从思想的深度还是生活的广度方面，皆具有了鲜明的史诗意识和史诗品格。"① 亦有学者敏锐地发现：黄光耀"把创作作为文化表达方式，力图在人性物欲化的文化背景之下，对湘西及整个中华民族及至全人类的生存进行形而上的本真意义的追寻，以达到民族文化、民族精神重建、繁荣之目的，实现全面自由的生活，这就是一种终极关怀。"②

第二节　黄光耀的长篇小说《白河》

毫无疑问，在黄光耀代表作——"土家三部曲"中，第三部《白河》最具艺术价值，作者本人也坦承这是其"最具代表性的一部作品"③。这部小说

① 刘泽友：《历史·文化·人性——评黄光耀长篇小说〈土司王朝〉》，《理论与创作》2011年第4期。

② 何小平：《从〈湘西物语〉看湘西作家黄光耀的文化阐释视域选择》，《湘潭师范学院学报》（社会科学版）2007年第3期。

③ 黄光耀：《灵感白河：生命体验与文学创作——长篇小说〈白河〉创作谈》，http://www.frguo.com/Info.aspx?ModelId=1&Id=26726。

是2014年全国少数民族重点扶持作品，发表在《芙蓉》2015年第1期。小说以白河为故事空间叙述一个田氏家族三代人的故事。

作者在“序”里说：

> 在我看来，白河已不仅是一条生命之河，更是一条人性之河、一条宿命之河……而我，在思考之后，只是做了我应该做的一些事——真实地还原这一切！我想告诉所有人：白河边，世代生活着一群对生命极度渴求、对生死从无畏惧、对爱情始终渴望的人们！①

如果说“土家三部曲”的前两部重在对土家文化的展现和思考，那么《白河》则在文化背景下以家族叙事的方式呈现对个体生存的思考。小说中的叙述者和聚焦者都是“我”——一个注定要成为梯玛的“傻子”，以“我”来叙述“我”的所见所闻。“我”的疯癫、愚蠢使得“我”与大家的习惯认知不一样，这首先营造了一种陌生化的叙述风格；同时，“我”又是巫师梯玛的传人，注定要成为一个天资聪明的梯玛，“我”能够梦见人的死亡，这又使得“我”对人世有了不一样的理解。这显然是《白河》选取傻子这一视角的用意所在，小说就在“傻”与“不傻”的双重视角或者说张力中展开。

“我”的父亲田大年是一个刚正不阿、作风强硬且敢做敢当的人。因为不满意爷爷包办的婚姻，跪别自己的母亲后到县城报名参军。他之前就喜欢上了纸厂女工穆兰芝，但他并不知道穆兰芝的父亲就是起义投诚的大土匪头子穆和平。这为“我”父亲的命运埋下了悲剧的根源。当部队准备提拔父亲时，公社和大队提供的证明却是社会关系复杂、家庭历史有污点。父亲明白，这是被自己拒绝的包办婚姻女方的亲姑爷何诗光（曾任贫农协会

① 黄光耀：《白河》，北京：北京联合出版社，2016年，序。

主席、时任大队支书）在打击报复。奶奶因为这事找何诗光理论，却被抓起来关了三天三夜，最后气疯了跌进深潭而死。

父亲在仇恨之心的驱使下，申请了退伍复员，成了乡里的民政干部，但是尚未转正。那时是20世纪60年代，各种批斗、革命、反对、专政运动轰轰烈烈。父亲看到那些被打成反革命、坏分子的人，都受到了非人的残忍折磨，心理脆弱、迷茫而同情，最终坚定了自己凡事讲良心、不忘恩负义的信念，下定决心不与公社主任尚保印、武装部长王哲亮同流合污。这使得父亲成了他们的眼中钉肉中刺，千方百计想要对付。后来尚、王二人折磨父亲恩人彭梯玛，企图逼迫他诬陷父亲，但彭梯玛挺住了非人的摧残，没有上当。虽则如此，父亲却始终没有得到转正，没有成为国家干部，后来成了普通的农民，而趋炎附势、心术不正且心狠手辣的尚保印和王哲亮却纷纷调入县里成为局级干部。

父亲无法改变这一切，但始终正直善良、与人为善，对尚、王二人嗤之以鼻，不屑于与之为伍。这成了姐姐田荷花爱情悲剧的一个重要原因，她和王哲亮之子王开春自由恋爱。父亲和母亲自然是极力反对，甚至不顾一切地试图阻止。最开始姐姐和王开春私底下到飞虎洞幽会，父亲发现后暴跳如雷，将姐姐暴打后锁进了房间。姐姐只有两个选择，要么与王开春一刀两断，要么断绝父女关系。被爱情冲昏头脑的姐姐，终于选择在一个月黑风高的夜晚离开了家，义无反顾地嫁给了王开春。

然而，姐姐的倔强和决绝并没有换来婚姻的幸福，婚后三年，因为迟迟没有怀孕，公公婆婆逐渐不满起来，双方冲突越来越激烈。丈夫王开春在父母的怂恿下，也慢慢对姐姐转变了态度，坚持要和姐姐离婚。已经没有退路的姐姐，无论如何都不离婚，然而，卑鄙无耻的王哲亮，竟然驱走媳妇江采莲和儿子王开春，然后诱骗田荷花喝酒后强行和她发生了关系。受到这种屈辱的姐姐，走投无路，只好又回到两河口，回到了娘家。父亲恨铁不成钢，对回家的姐姐仍然恶言恶语。心灰意冷的姐姐，成了白河上的风情女子。姐姐之所以如此，既是对世界的绝望，亦是一种反抗。很快，姐姐就怀孕了，这成了姐姐一生中仅有的幸福时光。然而，父母觉得离婚回娘家亦是丢脸的事，这下还怀上了一个野种，更加愤怒地逼迫姐姐。最终，心如死灰的姐姐，自绝于阳雀坡。没想到，狠毒的王哲亮，逼死姐姐还不罢休，得知姐姐肚子里有孩子，竟然私底下安排法医来检查确认孩子是不是王家的血脉。

哥哥田开年的人生亦是一出悲剧。他不愿意种田弄地，又梦想自己能够开矿当老板，家财万贯。后来，他想到了悬崖上的仙人洞，因为听说里面有土匪藏着的宝贝。哥哥带着"我"，在几个月黑风高的夜晚，爬进了仙人洞。洞里确实有宝贝，不过不是土匪藏的，而是墓葬里的陪葬品。哥哥拿了许多去县城倒卖，很快就因为盗卖国家文物被判了八年有期徒刑。此时，哥哥和李幺妹相爱且新婚不久，因为姐姐自杀而悲伤压抑的家庭氛围刚刚有所改变。家庭重又陷入了谷底，不甘寂寞、不想守活寡且想着为田家延续香火的嫂嫂李幺妹，带着"我"划船到了卯洞，然后和"我"有了云雨之欢。

从此，我们便常常偷偷幽会，慢慢地第一个孩子出生，没多久李幺妹又怀上了第二个孩子。家人虽然早已明白，但一直睁一只眼闭一只眼，直到哥哥的八年刑期眼看结束，必须要对此事有个了断。李幺妹真正心爱的，是"我"的哥哥，她不愿意和哥哥离婚；而"我"，却又爱上或者说习惯了和李幺妹在一起，坚决不另找女人。面对这段畸形的关系，哥哥受到了打击，失去了生活的希望和激情，决定要逃避这一切。他于是故伎重演，再一次取出自己之前藏好的文物，到县城故意让公安抓住，然后又被判了十五年。"我"成了白河上一个有名的梯玛，和李幺妹依然名不正言不顺地生活在一起，一起抚养着孩子，一起赡养着老人。

《白河》以父亲、姐姐、哥哥这三个人物的故事，串联起了白河上田氏、穆氏两个家族近百年的命运。在这个三个人物之外，亦是充满了不幸和悲剧的其他人物。彭梯玛，被当成搞迷信破坏活动而被打成了反派，受到了尚保印、王哲亮等人的非人折磨；穆少叶，父亲穆和平也就是“我”的外公，被尚保印三枪打死，与心爱的女人江采莲亦未成眷属，她成了王哲亮的妻子。愤怒的他准备学习自己的父辈当土匪造反，但还没有真正开始就被捉拿，关了几年大牢。此后的舅舅穆少叶，不娶妻，心灰意冷、一蹶不振，浑浑噩噩地过着日子。甚至还有大姑、小姑以及穆家其他人，每个人的人生都充满了悲剧性的命运。

小说的悲剧氛围中，有一种强烈的生命意识。虽然白河边的这些人都在时代的氛围中挣扎，上演着一出出的悲剧，然而白河却是生生不息、永远流淌的。小说中，这种生命意识以“性”的方式予以表现。“性”作为人类不断繁衍的方式，在文学中常常被赋予生命的隐喻。在对白河上的一个山洞的描写中，作者这样写道：

> 我仔细一看，这才看清，原来那个洞口就像个阴户，水淋淋的，满是褶皱。清清的流水就是从那些褶皱里淌出来，一路淙淙而鸣，随即又在嶙峋的乱石间激起一丝丝、一缕缕水雾，像是在冒烟。①

随后，“我”和哥哥进入了山洞，发现了山洞里体现着生殖崇拜的原始壁画。紧接着，小说开始叙述母亲和父亲的爱情，母亲在白河边上嫁给父亲，在白河边上生下了姐姐、哥哥和“我”；姐姐离开白河，未有身孕，而当她回到白河后，在白河上的乌篷船里，怀上了孩子；“我”和李幺妹的孩子，也得在白河之上。小说最后说道：

> 然而更多的时候我在想象——想象女人们也是一条河流，这

① 黄光耀：《白河》，北京：北京联合出版社，2016年，第29页。

条河流的源头就是母亲子宫里的羊水，而男人们一辈子也泅渡不过去。因为那片恣肆汪洋的羊水，已经把男人们彻底淹没，也许只有当他们皈依苇丛，或是重返家园的时候，才会知道：什么是真正的河流、什么是真正的岸……①

这里，女人和河流相互比喻，女人就像河流一样，生生不息；河流就像女人一样，充满母性和温柔。可见，白河永恒的生命之流消解了那些坎坷泣人的悲剧人生，同时亦赋予了这些人生命的意义与希望。

如果说白河体现着强烈的生命意识，这种生命既是指的人的生存和繁衍，更是指向了土家文化。白河的原型是酉水河，这是土家族的母亲河。白河的生生不息，暗示的是土家文化的生生不息。由此来看，小说《白河》有着强烈的文化寻根意识。它试图在叙述土家乡民的生活世界中去把握土家文化延续的精神，去讴歌一条河和一个民族的生命交响曲。

与“土家三部曲”的前两部《土司王朝》和《虎图腾》一样，《白河》中丰富的土家族文化符号，山歌、婚丧习俗、方言俗语、民间观念等可谓随处可见，体现着作者强烈的为民族代言的创作动机。叙述者“我”，虽然傻，却不是一个普通人的“傻”。傻使他成了“梯玛”，土家族的巫师，让他具有了不一样地看待人世的眼光。这种眼光来源于土家文化传统，融合着一种文化的价值观，因而具有了厚重的历史感。作者曾说：“《白河》的文眼就是小说中的我——田哈宝——后来成为白河上最有名望的梯玛——他传承的就是这个民族的文化基因和血脉。”②

① 黄光耀：《白河》，北京：北京联合出版社，2016年，第298页。

② 黄光耀：《灵感白河：生命体验与文学创作——长篇小说〈白河〉创作谈》，http://www.frguo.com/Info.aspx?ModelId=1&Id=26726。

第九章

黄青松的小说创作

黄青松（1970 年生），男，湘西土家族作家。1989 年开始文学创作，已发表中短篇小说、散文 150 余篇，出版有中短篇小说集《坐床》（文化艺术出版社，2005 年）和非物质文化遗产研究专著《湘西土家族织锦技艺》（合著，湖南师范大学出版社，2015 年）。小说《扯谎》入选《2006 年中国短篇小说精选》，长篇小说《毕兹卡族谱》2014 年发表在著名纯文学期刊《花城》上，三年后正式出版（花城出版社，2017 年）。

长篇小说《毕兹卡族谱》从构思到发表经历了十余年的时间，作者自述道："在心里盘算着要写这部作品的念头是十年前，迟疑的笔一直举而不落。忐忑是因为不论从哪个方面来说，我都缺乏必要的条件，只好把这种强烈的念头在书桌前枯坐一次次扼杀。就像一个受孕的妇女，太迫切地想把孩子生下来，顺产是不可能的。那种痛苦没法用语言来表达。我只有通过不断地收集素材，细心地观察周围的人事，特别是"花桥"的各类人物掌故以及人事人情等，来化解心中的焦虑，打发了十余年的时光。"①

《毕兹卡族谱》出版后，引起了文坛和学界的关注，获得了较高的评价，被誉为"土家族的马桥词典""湘西边城的百年孤独"。有学术期刊专门为此小说组织了讨论专辑，来自北京大学、中国人民大学等学校的学者撰文评论。在这些评论中，原乡情结和文化自觉被关注较多。劭部认为："在

① 黄青松《毕兹卡族谱·后记》，广州：花城出版社，2017 年，第 326 页。

对地方性经验的呈现中，它让读者看到，这片因沈从文而被赋予了神性色彩的湘西土地，在当下依然具有不竭的文学活力。在现代社会与毕兹卡村寨的交叉地带上，黄青松以一种乌托邦式的想象表达着对城市经验的反思，同时也将自己的‘原乡情结’暴露在读者面前。”① 唐小林认为：“小说中那些标识着花桥人文化特质的方言土语，却被一种极度现代化的科学语言进行描述。这也就意味着，一种边缘和弱小的语词，仍然需要最主流的话语方式才能使其发声。但同时，这种力求客观的方式，也呈现出黄青松对这种文化形态的自觉与责任。他以一种近乎守卫者的姿态和同情的理解，将花桥人的生存经验与文化内蕴和盘托出。”②

在《毕兹卡族谱》之前，黄青松成写过一篇叫作《名堂经》的中篇小说。该作亦是以词条的形式，亦聚焦的是“花桥”的生活世界，因此可以将这篇小说作为《毕兹卡族谱》的雏形。当时便有学者评论道：《名堂经》“以词汇条目的形式，对花桥人的文化习俗、神话、方言、日常伦理、生活情态进行全息展现，通过花桥人特有的生命体验、情感诉求和生存形态的个性化描述，从两个层面上展开其反抗现代性的意义阐释，即表层上片段化的独特的文本叙述方式，和深层上地方性价值系统的建立，这两个层面又共同构成花桥作为一个文化母体的双重经验。由此。黄青松的写作在差异效果中最终完成了其文化独立意义上的身份认同。”③

① 劭部：《都市围城中的望乡写作——评黄青松长篇新作〈毕兹卡族谱〉》，《湖南工业大学学报》（社会科学版）2018年第3期。

② 唐小林：《书写一种“个别文化”——评黄青松长篇新作〈毕兹卡族谱〉》，《湖南工业大学学报》（社会科学版）2018年第3期。

③ 林铁、田茂军：《母体经验的差异表述与身份认同——黄青松〈名堂经〉的文化人类学解读》，《长春工业大学学报》（社会科学版）2007年第3期。

第一节 《毕兹卡族谱》的时间与空间

“毕兹卡”是土家语的音译，是土家人的自称，“族谱”一词则指向了历史性、真实性和家族性，由此不难发现作者本人为民族立传的情怀。除去开头列表举出的土家语与汉语对照表以及末尾的“花桥地名考”，小说的主体部分由四卷组成：“前时代”“远时代”“近时代”和“后时代”。这是小说的整体的时代框架，体现出一种线性时间的流动状态。但是，在具体的每个部分中，却没有一个清晰的时间线索，也不依照某种故事发展的走向，呈现为一种非线性的空间状态。比如“近时代”一卷下的18个条目，近100页的内容，并没有时间顺序，而是对“衣禄”“食物”“树”“日鬼的人”“坐床”“出嫁”“毛古斯”等土家生活习俗的故事化描述。

在《毕兹卡族谱》的“秘钥二”里，作者呈现了“进入花桥世界的关键历史年代对照表”，将花桥所谓的年代和中国史纪元年代进行了对照，比如花桥人的“八部大王主事的时候”对应“先秦社会时期”，“起燕字屋那年”对应“清光绪二十八年（1902年）”，“熊克武过路那年”对应“民国十四年（1926年）”；同时，每一个年代事件后，还进行了备注，如“起燕子屋那年”备注的是“记事年代用：个人强势开始介入花桥人的社会生活”、“解放”备注的是“通行的政治概念开始进入花桥人的头脑”。由此，小说的时间和空间得到了一种有趣的结合：花桥的时间与花桥的空间融合，而现代时间方式不可避免地进入了花桥，和花桥形成了一种对照。有学者从“王大人”带回自鸣钟这一细节出发，认为：“西洋钟重塑了花桥的时间秩序。时间开始摆脱单纯的感性形式，变成了一种可以度量、可以依附的标准，并散布着它的魔力，将与世隔绝的花桥融入新的世界秩序之中。循着王大人回乡——光绪末年的时间标记，喻旅长、解放、土改等对应着外部历史的事件在花桥迭次演进。自此，花桥也彻底地与中国近代以来的历史融为一体，小说开始以一种读者熟悉的历史线索展开。”[①]严格来说，这一解读并不准确，因为小说里的花桥世界自始至终也没有“彻底地与中国近代以来的历史融为一体”。王大人回乡的故事，在花桥的记忆里是“起燕子屋那年”；王大人带回自鸣钟试图拉拢德高望重的天正寨老时，但后者义正词严地拒绝了他，并用了五天时间自己制造了一个能计时的水车。

小说还特别说道：

> 自古以来，花桥人对时间的指认都是通过大家约定俗成事理来界定的，比如鸡叫头回了，鸡叫二回了，太阳到上寨枯了，太阳到阿蒙山顶上了，太阳落墨里枯了，太阳落杨家坪了，烧夜火的时候了，鸡上笼的时候了……花桥人的时间概念是这样统一进行约定的。[②]

忽视小说中如此明确的叙述显然会误会小说的时间书写，更何况小说刻意在每一个部分以片段的非线性方式讲述故事。具体到每一个部分，也几乎都是从某个事件开始叙述。如小说尾部：“还有人病了”部分的开头是“瘟疫不知不觉就进了花桥”“父与子”部分的开头是“当阿巴走进铁鸟肚子的那一刹那”“走了走了又转来”部分的开头是“得到阿巴病重的消息时，我正在外地出差。”很明显，虽然花桥与外界的关系越来越密切，但现代时间

---

① 劭部：《都市围城中的望乡写作——评黄青松长篇新作〈毕兹卡族谱〉》，《湖南工业大学学报》（社会科学版）2018 年第 3 期。

② 黄青松：《毕兹卡族谱》，广州：花城出版社，2017 年，第 73 页。

却并没有真正进入花桥世界。小说最后说："那么，阿巴，如果有来生，请让我们还是到花桥来吧！我如是说，泪如雨下。"[①] 这句话也说明叙述者"我"对花桥强烈的依恋回到花桥，暗示了一种本真的、不变的花桥生活，这是花桥世界无法被现代时间冲刷而去的根本。不管世界如何，不管花桥与花桥之外有何种复杂的关联，花桥总是作为一种具有稳定性的空间。这一空间既是地理的，亦是精神的，它存在于花桥人的心灵中。

笔者无意于引向这样一种观点：即花桥时间对立于现代时间，或者花桥空间对抗外在空间或现代时间。有的学者认为："花桥世界本身是一个空间的存在，花桥人的记忆与言说，通常以重要事件来代替线性时间的表达；因此，与其说《毕兹卡族谱》写的是两种时间的激烈对抗，不如说实际上呈现的是以空间抵抗现代时间的过程。"[②] 花桥世界确实是一个空间存在，是叙述者"我"充满浓烈情感的梦想世界，但花桥的时间、空间与现代时间、外在空间却都不是对抗的关系。花桥之外的人在不断进入花桥，花桥人在不断出去和回来；花桥之外的物品逐渐进入花桥，花桥之外的世界不断被花桥人知道、体验。花桥与世界，自始至终都有一种密切的关系。比如在"前时代"的"大地开花"部分就叙述了大队官兵卷起遮天蔽日的尘土前来洗劫花桥的过程、"八部大王"这个土家族民间故事也叙述了八部大王和中原皇帝之间的关系。花桥不是世外桃源，文化是相互融合的，这一观念存在于整部小说里。《毕兹卡族谱》的特殊之处，是以"花桥"来观"世界"，以"花桥"来融合"世界"。所以，不是外在时间、中国近代历史进程融合了花桥，恰恰相反，是花桥与这些时间、这些事件发生了关系，花桥融合了它们。这些时间、事件、空间进入了花桥，形成了不断演变的花桥世界。这里有一个视角的转变：不是从他者看花桥，而是从花桥看世界。花桥的时间亦是日

---

① 黄青松：《毕兹卡族谱》，广州：花城出版社，2017 年，第 324 页。

② 唐小林：《书写一种"个别文化"——评黄青松长篇新作〈毕兹卡族谱〉》，《湖南工业大学学报》（社会科学版）2018 年第 3 期。

夜交替不断流动，花桥虽然永远停留在花桥人的精神世界，但亦并不是固定不变的。作者说："文化，作为人、人群和族类的最基本特征，它绵绵不绝地贯穿在生命如河的流程中。"[①] 花桥的时间，建构了花桥这一空间，而时间和空间都以关系性和变动性而存在着。正如奥地利社会家赫尔嘉·诺沃特尼所言："时间是人类在深层次上集体形塑和刻画的符号产品，服务于人类的协调与意义赋予的需要。在这个意义上，即便时间以一种特别的方式被某人感受时，她也保留着与其他人之间的联系。"[②]

第二节 《毕兹卡族谱》的文化叙事

《毕兹卡族谱》确实具有浓烈的原乡情结和高度的文化自觉。该作以"花桥"这一地域空间，通过片段式的人物故事和丰富的民俗事象来展现土家族人的文化精神。作者亦不讳言自己强烈的文化认同感："纵观这世界上太多的民族，窃以为没有哪个民族像毕兹卡民族这样接受同化接受融合是如此的彻底，可在骨子里浪漫的灵魂仍然如此鲜活——这就是文化的生命力。"[③]

正如荷兰学者叶普·列尔森所言："文化犹如天气，影响每个人但又不属于任何人、任何地方。文化，表现为一个民族代代相传的行为选择和偏好，内容涉及宗教、语言、价值观和历史记忆。"[④] 民俗仪式作为文化的重要部分，往往是体现价值观和历史记忆的重要象征形式。英国人类学家拉德克利夫 -

① 黄青松：《毕兹卡族谱·后记》，广州：花城出版社，2017 年，第 328 页。

② ［奥地利］赫尔嘉·诺沃特尼：《时间：现代与后现代经验》，金梦兰、张网成译，北京：北京师范大学出版社，2011 年，第 3 页。

③ 黄青松：《毕兹卡族谱·后记》，广州：花城出版社，2017 年，第 329 页。

④ ［荷］叶普·列尔森：《欧洲民族思想变迁：一部文化史》，周明圣、骆海辉译，上海：上海三联书店，2013 年，第 186 页。

布朗认为："仪式的价值存在于每一个已知的社会之中，从这个社会到那个社会，仪式价值会呈现出极大的差异。"[①] 美国哈佛大学人类学家、社会学家克莱德·克拉克洪在论述仪式与神话时说："神话与仪式都是象征的程序，并极紧密地因此（也因其他事实）而联系起来。神话是一个语词构成的象征系统，而仪式是对目的和行动组成的象征系统。两者都是针对同一类型的情景，而以同一感情形式来对待的象征过程。"[②] 法国社会人类学家涂尔干亦认为："仪式是在集合群体之中产生的行为方式，它们必定要激发、维持或重塑群体中的某些心理状态。"[③] 因此，可以肯定的是，一个民族的传统仪式在流传和不断重演过程中，实际上是对民族传统、民族精神世界的一种连接。对民俗仪式的研究，常常将其作为象征符号以进入象征意义层面。文学中的民俗仪式书写亦如此，罗列和堆砌民俗仪式以点缀民族风情的方式当然不可取，这是多民族文学写作中常见的问题。

黄青松本人一直生活在土家族聚居区，且从事非物质文化遗产相关工作，熟悉土家族的生活世界，因此他能细致入微地描述土家族的民俗仪式，并揭示潜藏在这些民俗仪式中土家人的情感体验、价值观念和精神世界。宏观层面，小说《毕兹卡族谱》中，作者将这些民俗仪式置于土家族的历史发展，从远古时代到今时代的发展过程中，在历史的长河中把握土家族的文化精神，由此形成了一个较为宏阔的理解视野；微观层面，作者能聚焦具体时代、具体场景中相关仪式参加者的内在体验。通过宏观与微观的结合，个体体验并与民族积淀结合在一起，民族积淀是理解个体体验的基础，而个体体验又是体现民族积淀的一种方式。从读者角度说，这形成了阅读的一种参照。这是黄青松《毕兹卡族谱》的一个亮点。

---

① ［英］阿尔弗雷德·拉德克利夫-布朗：《禁忌》，金泽译，史宗主编：《20世纪西方宗教人类学文选》，上海：上海三联书店，1995年，第109页。

② ［美］克莱德·克拉克洪：《神话和仪式：一般的理论》，宋立道译，史宗主编：《20世纪西方宗教人类学文选》，上海：上海三联书店，1995年，第151页。

③ ［法］爱弥尔·涂尔干：《宗教生活的基本形式》，渠东、汲喆译，上海：上海人民出版社，1999年，第11页。

比如在“出嫁要哭”这一部分，小说如此叙述：

> 花桥人做红白喜事，最讲究热闹，接亲队伍营造的就是这种气氛。唢呐比较大众化，溜子绝对是毕兹卡人的特色，花桥人称之为打“家伙哈”。一面大锣、一面钩锣、两副钹，就是这种叫“家伙哈”打击乐器的全部构成。
>
> 在花桥，打“家伙哈”的通常都是善于勾人心弦的高手。乐声未响前，他们的目光和手中的乐器构成某种角度，有那么一刻时光连同周遭的空气凝固在一起，那是他们屏息前的那一刹那，一切极静，静得像一切都不存在了，静得让你的心发怵。这时，钩锣响，清脆的几声，紧接着是二钹，再接着是大锣，简单的四样乐器顷刻间化作千军万马在你的耳边成为天籁，响遏行云，声震林木，成为三月不知肉味的绝响……[①]

这段叙述的是花桥婚嫁仪式的一个环节——接亲队伍中的乐队。作者并没有过多地叙述乐队的组成、乐手的身份等细节，亦没有直接强调这与土家族文化结构的关系。虽然能从这部分文字中看出叙述者对土家文化的强烈认同，但也能明显发现，这部分的作用在于营造一种热烈的氛围。这既是文中所叙“接亲”仪式所需，又是接下来的拦亲以及真正的高潮——哭嫁的前奏。这些土家溜子，全部都有曲牌，都有调子，且全部来源于生活，也作为仪式的一个部分存在于生活世界中，因此能够一直在花桥地区兴盛。

气势恢宏的土家溜子之后，是“拦亲”环节。花桥地区的这一流程，与一些地区闹剧式拦门不同，它显得文雅，当事人要会讲“四言八句”，既要思维敏捷、口齿伶俐，还要具有丰富的知识。看是“文斗”，却要互相盘问

① 黄青松：《毕兹卡族谱》，广州：花城出版社，2017年，第186页。

对答，内容包括天文地理、历史人物、人生礼俗等。如小说中所举：

（拦亲方）

金屋人间传二美，银河天上渡双星。

三杯美酒敬周全，礼管先生请上前。

拦门已敬接风酒，金牙玉口请开言。

（接亲方）

执事先生请听言，黄道吉日开九天。

银河天上双星渡，金屋人间二美传。

今来迎娶贵千金，为何拦在大门外？[①]

这样的对答要经历多轮，直到接亲方让拦亲方无法回答时，才能开门迎亲。开门后，才是接亲仪式的高潮——哭嫁。在土家民间仪式中，哭嫁无疑具有较为鲜明的特点。在小说《毕兹卡族谱》里，没有重点叙述哭嫁的文化渊源和意义，而是重点叙述了两个让一寨人念念不忘的哭嫁，一个叫小二的女子，哭嫁用词颇具文采，能用各种充满生活气息的事物来暗示父母恩情，来表达离家的悲痛，连私塾的老先生都大为惊讶，一个从来没有上过学堂的人，居然哭得俗里带雅；另一个叫着剩果佬的男子，因为贫穷讨不到媳妇，最后被迫去入赘。所以，离开花桥的时候，大发悲声，哭了几里路，将寨里的一些人都带哭了，事后大家颇感叹男人也能哭嫁。在这两个事件中，哭嫁都是由情而发、有感而发，因而能够感染参加接亲仪式的人。虽然花桥女子从小就要学习哭嫁，但真正让她们放声大哭的，却是浓浓的亲情以及对家的依恋。结婚，对于花桥的女子，意味着离开，从熟悉的地

① 黄青松：《毕兹卡族谱》，广州：花城出版社，2017年，第188页。

方到一个新的地方，也意味着从少女到成年的转变，这其中蕴含着复杂的情感。所以，剩果佬的哭嫁，之所以能够让人感叹，也是因为他在“离开”的过程中，表达出了自己既委屈又幸运、既悲痛又期待的多种感情。这些平时或许并不会在花桥看到的情感，在特定的时刻、特定的仪式中，会形成中某种情境和氛围，参与其中的人，会自觉不自觉地进入某种情感状态，以做出某种符合这个群体、地域的某种行为。这是《毕兹卡族谱》的高明之处，小说的文化描写不是僵化地呈现为事物或者流程，而是作为一个自然的因素与小说中的人物一起生活在花桥，它像空气一样，让每一个花桥人呼吸着，活在每一个人的血液里。

第十章

重庆土家族作家的小说创作

第一节　陈川的小说创作

陈川（1960 年生），男，重庆黔江人，中国作家协会会员。1982 年开始发表作品，已出版小说集《梦魇》《羊皮的风》《当代重庆作家作品选 · 陈川卷》等，其中小说集《梦魇》获第四届全国少数民族文学骏马奖，中篇小说《独猴》获四川省首届少数民族优秀文学作品奖，小说集《村庄》2002 年获重庆市首届少数民族优秀文学作品奖。有学者对陈川小说的特点进行了较为准确的分析："当代土家族作家陈川的小说创作，立足于民族土壤，执着于追求。早期作品以民族文化传统和现实主义精神的融合关注现实人生；其后，在现代文化意识影响下，以'人的自觉'实现'文的自觉'，更新创作观念，思考人的生存处境，审视人的生命形态，站在救赎的立场，揭示生命的扭曲和异化，生存的孤独和荒诞，人类的尴尬和局促；艺术上以民族文化为背景，吸纳现代小说的创作技巧，在不断探索中走向成熟。"①

一、陈川小说的理想主义精神

陈川小说具有理想主义光辉。创作于 1985 年的中篇小说《塑造》是其代表。小说以一位乡村教师的视角展开，通过现实和回忆的双重交织，塑造了一对为乡村教育事业鞠躬尽瘁的夫妻形象。小说主人公曾启祥师范学

① 宋永祥：《关注生存 沉思生命——论土家族作家陈川的小说创作》，《西南民族学院学报》（哲学社会科学版）2000 年第 8 期。

院毕业后，怀着对乡村的热爱特别是对山区教育的责任感，放弃了留校和分配到报社的机会，毅然决定到渝东南大山里的一家小学，认识了一样来自大城市的姑娘黄欣，两人最后成为夫妻。然而，他们的生活极尽艰难坎坷。贫穷的山区，经济条件差，食物的短缺，住房的狭小，还有精神的折磨。因为父亲是资本家，黄欣一度被撤职，离开了自己钟爱的课堂。加入共产党的渴求和尝试，总是没能成功。虽然经历着太多的苦难，但他们俩坚持了下来，坚守着山区的教育。奉献，让他们有了生命价值的存在感，有了一种崇高的愉悦。

小说以曾启祥带着妻子的骨灰盒，坐火车去岳母家展开，通过他的回忆展示他们夫妻俩一生的苦难以及苦难中的执着，凸显了两个光辉崇高的乡村教师形象。这一回忆基于不断行进的火车这个时空里，火车里的人物言行自然和他的回忆形成了对比。他的身边，恰好了也坐了几位新时代毕业的大学生，但和他当时毕业时的理想主义比较起来，新时代的毕业生看待社会的态度，却更现实，甚至更加油滑。在他们眼里，党票是混来的，模范是捞来的，几乎没有什么是严肃和神圣的事情，他们也不会为了什么事业牺牲自己的一切。

小说巧妙地以火车这一狭小的场景容纳了中国当代几十年的社会变迁，但其中不变的是像曾启祥、黄欣夫妇一样为了乡村教育奉献终生的山区教育工作者。两个主要人物形象无疑是崇高的、丰满的，浑身放射着理想主义的光辉。读者在阅读中，除了高山仰止的折服之外，会伴随着一种感叹和同情，这种同情来自两人的追求和现实的困窘这一悖反，特别是曾启祥带着妻子的骨灰盒踏上首次见岳母之旅，自然令人唏嘘。所谓崇高，本质上便是一种夹杂着痛楚和成就感的体验，也是一般人难以达到的高度。小说是对乡村基层教育工作者的讴歌。

同样具有理想主义风格的还有《汪二新传》。汪二是一个浪子回头勤劳朴实的正面典型。汪二离开村庄后来到一个陌生的镇子上，做豆腐的老人

"老漆树"收留了他。从此他就痛下决心，决定改变以前自己无所事事贪吃懒做的恶习，因此他每天起早贪黑，和老人一起做豆腐卖豆腐，获得了新生。显然，小说充满了理想主义色彩，恶人变新人是其主题，在新人汪二以及"救赎者"老漆树的身上，真善美得以体现。

二、陈川小说的荒诞意识

经过创作初期的摸索，陈川开始借鉴西方现代派的艺术技巧，所以后来的小说具有强烈的荒诞色彩，思想内涵更加深厚，《村庄》《羊皮的风》《酒瓶》《梦魇》等可谓此中代表。作者通过荒诞的情节或者非理性的人物行为，试图表达关于社会和人性的某种深层认识。

《村庄》是陈川最富荒诞意识的作品。卡蒙村发生了鼠害，老鼠成群结队在村子里游荡。老鼠刚开始时虽然放肆但还是畏惧人，见到人要逃走。然而人们却没有真正进行灭鼠工作。村长忙着给乡里写报告，无数次从早到晚地开村民委员会，商讨所谓的灭鼠方案。老鼠渐渐猖獗，大白天大摇大摆行于道路，夜里还要咬人，甚至还发生了老鼠群起食人事件。村长依然在打报告，制订计划。人们将这些现象认为是鼠仙下凡，日日膜拜，甚至眼见自己亲人被老鼠咬食只知道下跪哀求。村长只是继续打报告，继续刷标语，继续一个人在办公室里呕心沥血；村民也只有继续等待村长的安排，继续膜拜，继续任凭老鼠横行，四处吃人。最后，老鼠们几乎吃完了村里的人，包围了村公所办公楼。堆积如山的老鼠冲破办公室，围攻村长。在老鼠的群咬中，村长竟然有了一种视死如归强烈的斗志，他有一个神圣庄严的任务，他要贴上自己新拟出的布告。老鼠围食一个村庄显然悖于常理，村民的种种表现也显然是悖于常情。作者以夸张的方式有意营造一个荒诞的场景，由此暴露闭塞乡村生活的负面——人们的愚昧、麻木、迷信以及基层村干部的盲目、形式主义作风。

获奖小说《梦魇》讲的是年逾六旬、谨慎木讷的打鱼人老蔫，因为偶遇一个陌生人，感受了一下打枪。当他向村民说自己打过枪时，却受到了众人一致的嘲笑，因为这个村寨连最见多识广的人一辈子都没有摸过枪。这种嘲笑，最终成了对老蔫人格的一种否定，他不再是那个老实本分的人，而是被认为是口出狂言、满嘴谎言的轻浮之人。连村寨里德高望重同时也是见多识广的三公，都劝他要为儿孙积德。这让老蔫有苦无处说，有话无处讲，想得到认同，结果却事与愿违，得到了众人的排斥。这篇小说以一个虚构的村庄，揭示出了社会交往中的一个悖论——真相往往不能证明自身。当群体绝大多数人形成某种刻板的认识的时候，要改变其中的某个方面，是一个异常艰难的过程。在这样的群体压力下，掌握某种真相、获得某种真理，却不会得到承认，真相最终也不会被认可为真相，真相最终成了对拥有真相者的巨大的负担。老蔫最后承认了这是梦，虽然无地自容，但他一定会在病好之后慢慢再次融入群体。当真相被认为是谎言的时候，持有真相者只有一样承认它是谎言，才被认为是可信的。

《酒瓶》中，感到空虚烦恼人生消极的王黔因为在酒馆听闻名酒瓶收购价格较高，蓦地产生了收集空酒瓶的计划。从此，他成了忙碌人，似乎找到了人生的价值。然而待到酒瓶已挤满天楼，他才发现根本没有这回事。他想捣碎酒瓶时阳光透过玻璃投射到酒瓶上反射出来的色彩缤纷的光环，这使得他忘记了痛苦，一种恬静温馨而又幸福的感觉激荡身体。小说的故事情节显得荒诞，但主人公的生活体验却真实而富于感染力。小说揭示出一个道理：只有抛弃功利态度，才能看到事物的美，才能感受到生活的幸福和人生价值。

《羊皮的风》以警察“我”的回忆来叙述马喇城博物馆失窃一事。博物馆失窃的宝匣是本县的至宝，镇城之灵物，几代人为了保护此物可谓奋不顾身荡气回肠。然而此宝匣里面装有何物，却无人而知。在一系列令人感到奇怪的事情之后，“我”出人意料地发现盗窃宝匣的真凶竟是令人景仰的邹廷耀，也发现宝匣里不过是一张陈年的带有膻味的羊皮。

《英纳格手表》中的老孙，因为拥有一块1950年瑞士出产的英纳格手表，这块手表因此成为他全部的信任和依赖。这种依赖专一或者说固执到他连老婆、孩子、情人、爱犬这些情感需求都不再感兴趣。他说自己不是独身主义者，而仅仅是毫无保留地把感情给了手表，心无旁骛，手表能排遣他的所有孤独和寂寞。他将生活按照手表的精确时间安排得极有规律，并且绝不拖延，一切按照手表精确地运转着。但是，到了夏天，城市实行夏令时，比以往时间提前一个小时计算。这打乱了他的时间节奏，他亦不调整手表时间，他认为手表有自己的时间秩序，调整手表的时间就是亵渎这块手表。结果，他在双重时间中，屡屡感受到时间混乱带来的痛苦，他不再准时，受到了朋友的冷嘲热讽，这让他极其无法忍受。随着自我否定的不断加强，他的内心世界彻底崩塌，甚至无法忍受自己了。小说有一段描写颇为值得品味：

> 他痛苦已极，尽量减少出门的次数和时间，因为他害怕别人的目光，总觉得石城的每个人都知道他陷入困境而不能自拔，投向他的目光毫不掩饰地透出嘲讽，而且犀利无比足以刺穿他的皮肉，直逼那颗衰弱枯萎的心。他像一头困兽，焦急地来回踱蹬。有时恶狠狠地盯着亮晃晃的玻璃窗，攥紧拳头，感到强烈的企图捣碎它的欲望；有时疲倦麻木，神情黯然，在沙发上一坐就是半天。①

宗白华先生认为："在一个艺术表现里情与景交融互渗，因而发掘出最深的情，一层比一层更深的情，同时也透入了最深的景，一层比一层更晶莹的景；景中全是情，情具象而为景，因而涌现了一个独特的宇宙，崭新的

① 陈川：《村庄》，北京：作家出版社，1999年，第49页。

意象为人类增加了丰富的想象，替世界开辟了新境。”①宗白华先生准确地概括了文学艺术中情与景的互渗关系，在上引陈川小说中的那段话里，对老孙在时间紊乱后的痛苦心理揭示得非常准确，特别是对其强烈的自我怀疑以及社会恐惧的描写——是“攥紧拳头”的紧张感。到最后，老孙终于受不了英纳格手表的声音，将之摔坏。手表坏了，手表的时间停止了，老孙获得了宁静。表面上，小说似乎在反讽对时间的刻板要求，但是，笔者觉得，英纳格手表及其所代表的时间，其实是在隐喻人对某种纯粹事物的追寻。德国文论家沃尔夫冈·伊瑟尔曾说：“探寻意义的冲动，实际上是人类与生俱来的天性。对意义的期待及其相关行为与某种张力有关。这种张力，存在于客观事物和它所激发的无尽想象之间。”②同时，意义又往往不是普遍的，“意义只能是指某一事物对一特定文化或个人的意味”③。当人把某种事物当作是纯粹的时候，他由此获得了自我身份的建构和生活的意义，这成为个人生活的重要需求。当人陷入这种追寻时，却又会将自我囚禁起来，失去了真正的自我认同。这形成了一个悖论——人类用意义来建构自我，也在用意义囚禁自我。这是小说《英纳格手表》所揭示的困境。

陈川的此类小说，也常常揭露某种劣根性，《村庄》《梦魇》《酒瓶》《羊皮的风》虽然主题不一，但都尖锐地指出了生活世界中的种种问题，具有强烈的现实意义。在艺术技巧上陈川不囿于单一的模式，不断探索求新求变，《汪二新传》中正面塑造人物形象，《羊皮的风》则重在故事和侧面刻画人物，《村庄》以魔幻现实手法为主，《相伴》则通过细腻的心理描写，展现独居老人的情感世界，于细微处写真情。总之，无论是关注国民劣根性的宏大题材，还是聚焦人物心理题材，陈川都游刃有余，这体现了作家本人丰富

---

① 宗白华：《艺境》，北京：北京大学出版社，1999 年，第 140 页。

② [德]沃尔夫冈·伊瑟尔：《虚构与想象——文学人类学疆界》，陈定家、汪正龙等译，长春：吉林人民出版社，2003 年，第 33 页。

③ [美]W.E. 佩顿：《阐释神圣——多视角的宗教研究》，许泽民译，贵阳：贵州人民出版社，2006 年，第 14 页。

的情感体验和深刻的社会思考。也正因如此，学者评价其小说创作时说：陈川“热情地用笔展示这块土地历史的陆沉和变迁，表现独特的地域文化在新的社会条件下的悸动和重构，创造了一幅幅色彩斑斓的关于土地、生命和灵魂的画卷。”[①]

三、陈川小说中的情感捕捉

21 世纪以来，陈川放慢了创作节奏，发表的作品不太多，作品风格也有了一些变化，更为偏向现实主义的笔触。中篇小说《相伴》[②]是陈川 2014 年发表的作品，与之前的小说比较起来，该作既不是聚焦民族文化，亦不是进行揭露人性异化，而是聚焦一个普通老年人的情感世界。

主人公秦孃相濡以沫的老伴去世之后，她和幺女一家住在一起。像这个年纪的大多数老年人一样，她帮忙做饭和照看外孙女，子女也能够照应到她不至于让她独居。然而，秦孃总是觉得孤独，浑身的不自在。表面上看起来热闹，可是外孙女上学前班，女儿女婿白天上班、下班后不是打麻将就是玩游戏，整个家里实际上交流很少。即便是有聊天、甚至逢年过节所有儿女孙辈都回来探望，她还是觉得孤独和失落。老伴的辞世，感觉把她整个灵魂都带走了，与友人打麻将频频出错，有时候甚至魂不守舍。半夜里小偷来家里偷东西，她听见了响动，但恍惚中以为是老伴来看望自己了，所以不但没有喊叫反而是心里觉得暖暖的。女儿和女婿心疼丢失的财物，有点责怪和鄙夷的脸色。慢慢地，女儿女婿发现了秦孃的异常，觉得秦孃是太孤单了。子女们一通商量后，准备给秦孃找个老伴，于是将退休的副县长介绍给她。副县长也有意，请了她的几个朋友游说撮合，但她根本不能放下死去的丈夫，想到要和另外一个男人在一起就浑身起鸡皮疙瘩。

① 易光：《心灵放逐：在梦魇与现实之间——陈川小说创作论》，《民族文学》1992 年第 11 期。
② 陈川：《相伴》，《民族文学》2014 年第 1 期。

她越来越沉浸在对老伴的思念中，晚上做梦梦见他，白天脑海想着他，甚至有一点分不清现实和想象了。这样的状态使她在一个月黑之夜，莫名其妙就独自一个人去了丈夫坟前，呆呆地坐着。幸亏女婿及时找到，秦孃才没有被冻死在墓地。儿子不放心，领她去医院做了全身检查，结果发现不幸已是白血病晚期。秦孃却没有痛苦，相反神情自若，有着难得的沉静与安宁，甚至有着一种强烈的幸福感。因为她觉得，自己就要去赴一个早已约定的聚会了，就要和自己的爱人在另一个世界长久相伴了。

小说没有像早期的一些小说那样转换感知视角，自始至终秦孃都是感知者，第三人称叙述由此进入一个孤独老人的心灵。在这个平实的叙述中，逐步呈现了情感的深度以及代际观念之间的错位。

秦孃的孤独她自己是无法述说的，因为她的失去是她个人的一种经历，这种体验也就具有独特性，很难为他人所感同身受。无法向别人述说，那就向自己述说，她一直给自己讲述，一直生活在自己所想象的故事里。回忆其实是想象的一种形式，因为老伴的离去，一切事件不管在当时发生时是喜是悲，在秦孃的回忆里都流淌着温情和幸福。两人曾经的苦日子、吵架斗嘴全都是两人幸福生活的证据。小说中，有一段描写老伴临死之前留恋秦孃身体的行为，让读者颇为动容：

老头子临走前几天的一个晚上，睡到半夜，一只手哆哆嗦嗦探进她的汗衫。那只手冰凉无力，在她干瘪的瘫坍在胸膛的乳房停留了一阵，然后在身上慢慢游走、抚摸。尽管她觉得鸡皮疙瘩直冒，但对一个垂死的人，一个肉体行将消失的人，怎能忍心去阻止他对美丽生命表达最后的迷恋和渴望？手一寸一寸在皮肤上移动，间或在某处停歇片刻，似乎由此触发了久远而温暖的回忆。渐渐的，她感到一股激情在那手指间复苏、颤动，迸射出一股暖流在她身上浸润开去，身子随着松软下来不再僵硬。她睁大眼睛，在黑暗中望着天花板，沉浸在安详而又酸楚的情绪中。[①]

秦嬢沉浸在对死去丈夫的想象中，是子女无法体验到的老人的心理世界。秦嬢的子女们是爱她的，孝顺体贴。他们细心体贴地关心老人，老人走丢了心急如焚，试图给她找个老伴也是担心她孤独，从子女的角度来说他们并没有做错什么，相反是比较孝顺的子女，但是他们无法真正去理解秦嬢对丈夫的怀念，无法真切地感受到相伴一生后失去老伴的那种缺失感。这种缺失感不是在热闹中或者重新找个老伴就能弥补，它已经成了身体的一个部分，无法减轻。小说中那只被秦嬢踢了一脚的猫，虽然不是一个特别起眼的形象，却在这样的解读下具有了更高的象征意义。猫不理解秦嬢的行为，哪怕是被秦嬢踢了一脚；女儿、孙女也不知道猫为什么害怕秦嬢，这个不起眼的双重不理解以及由此产生的小矛盾，充分显示了两种不同精神世界之间的距离。

更深层次上看，这也涉及了情感体验本身——一个人的情感体验能够为他人所真正感知。从年龄上，年轻人难以理解老人的情感和思想，那么，一个人又是否能理解另外一个人的情感世界呢？小说虽然没有直接面对这个颇具哲学意味的问题，但潜在涉及了这个问题。或许，小说更倾向于认为：人很难做到真正的感同身受。正如同英国当代小说家安德鲁·米勒在一部小说中所言："我们永远不可能把自己的存在解释清楚，也不可能完完全全体会到另一个人的感觉。"[②]对于读者而言，重要的也并不是在小说中对这个哲学命题进行解答，而是以文学的方式将一个人在特殊阶段的内心世界展示出来，从而让读者去体验一种可能的精神世界，从而能够丰富心灵。

① 陈川：《相伴》，《民族文学》2014年第1期。

② [英]安德鲁·米勒：《恋爱中的卡萨诺瓦》，李天奇译，南昌：江西教育出版社，2013年，第189页。

第二节 冉冉的小说创作

冉冉，女，重庆酉阳人，中国作家协会会员、一级作家，1985年开始发表文学作品，以诗歌创作为主，曾获全国少数民族文学“骏马奖”、艾青诗歌奖、重庆文学奖、重庆少数民族文学奖、滇池文学奖、边疆文学奖、台湾薛林青年诗歌奖等多个奖项。出版有诗集《暗处的梨花》（四川出版社，1996年）、《空隙之地》（中国文联出版社，2002年）、《朱雀听》（作家出版社，2016年）、《和谁说话》（作家出版社，2016年）和中短篇小说集《冬天的胡琴》（作家出版社，2015年）等。

冉冉的诗歌广受关注，被评价为“具有自然、清新、委婉、含蓄的特征，总渗透在一种浪漫的犹豫和一种恬美的酸楚里，并饱含着浓郁的寂寞之情和无尽的犹豫感。”[①] 对其诗歌语言，有学者分析为：“她以冷静锐利逼近生存本相，给纯净素雅的底色加上浑浊沉重，这无疑拓展了其创作维度。其诗独立纯正的品性依凭于语言。一方面语言闪烁着天然的灵光才情；另一方面近作语言又有反向拓展迹象：冷硬而略显滞涩；再一方面语言的内在韵律和谣曲化又带来诗的可诵性。”[②] 也有学者讨论冉冉诗歌中的民族文化，如胡用琼、汪雄认为：冉冉关注民族文化传统，肩负着文化人的历史使命，她一方面在民族文化消解的处境下自觉地重塑和构筑民族自我形象，从而在民族

① 涂鸿、王彬：《心与梦的历程——析土家族诗人冉冉、冉仲景诗作的情感世界》，《西南民族学院学报》（哲学社会科学版）2000年第2期。

② 邹郎：《大地与内心的歌者——对冉冉诗歌的一种释读》，《涪陵师范学院学报》2002年第3期。

文化的根基上衍生出具有文化混血的诗意作品，进而突围民族文化的偏执；另一方面，为了实现自我救赎和民族文化救赎，实现在多元化领空里携带民族的精神旨向更高地腾飞，诗人有意地背叛传统。①

除了诗歌创作，冉冉还创作中短篇小说。由于她的这类文字整体数量尚不多，加之其诗歌已经具有较为广泛的影响力，这在一定程度上掩盖了其小说的关注度，导致其小说作品得到的讨论并不多。中短篇小说集《冬天的胡琴》共收录中篇小说 3 篇（《爱上本一师》《八月蔚蓝》《妙菩提》)、短篇小说 8 篇（《花儿》《冬天的胡琴》《风灯》《火车向北》《河边》《小码头》《看得见峡谷的房屋》《梅花还是老虎》）和创作谈 1 篇（《凝神就会看见》)。

一、冉冉小说的寻找主题

在创作谈中，冉冉谈到了她对小说的理解："小说创作带来的快乐是它延伸、扩张了那受限于诗意疆域的未及展开的凝神，使我领受到生活的丰富和广阔。在那里，一切都鲜活都自由，都闪耀着或明或暗的光辉，我可以再活一次或者多次，可以和许多人同悲共喜同死共生，我们在那里所发现的生活甚至比现实的生活更加可感可靠，因而也更为本真。"②阅读冉冉的小说，会发现寻求本真正是其主要特点。

在中篇小说《爱上本一师》《八月蔚蓝》以及短篇小说《火车向北》等作品中，寻找是小说的核心主题。《爱上本一师》中，"我"是一个居士，受白岩寺住持惟德法师所邀，至庙里小住。"我"之所以答应，主要是为了寻找一个王姓居士。在庙里，"我"遇见了多年前的一个同事裴佐和她的女友于慧。同事裴佐已经失去大部分记忆，"我"很好奇，于是于慧向"我"叙述了裴佐的故事。裴佐是小说中真正在寻找本真的人，在她的故事里本真

---

① 胡用琼、汪雄：《论冉冉诗歌的民族特性》，《长沙大学学报》2007 年第 1 期。

② 冉冉：《凝神就会看见》，见冉冉：《冬天的胡琴》，北京：作家出版社，2014 年，第 240 页。

由人物“李明”所隐喻。裴佐是一个我行我素、真实率性、大胆热烈的人，在大学时爱上了一个船长，毕业时为了爱情放弃留校、分到医专。裴佐和船长结婚后遇见了还俗到医专当司机的李明，两人产生了感情。裴佐与船长离婚，怀上了李明的孩子，在两人准备登记结婚的前两天，李明失踪了，据说是去大悲寺出家了。裴佐由此踏上了寻找李明的路程，她千辛万苦找了全国许许多多的寺庙，总是扑空，没有一个地方有李明的踪影。在这期间，船长受了一次伤，裴佐觉得有愧，义无反顾地照顾船长，并且在艰难的情况下扛起了两个人的生活。两人随后复婚，几年之间渐渐做大了生意，但在一次旅游中，她心中寻找李明的渴望又被唤起。因此，她再次离开船长，只身去西藏寻找，仍然还是一无所有。回来后，她就和于慧住在一起，两人产生了同性之爱。于慧生病住院，裴佐在照顾于慧的过程中发现了“受难”和“施与”所带来的巨大成就感。但是，两人后来在医院做义工的时候，意外看见了裴佐千辛万苦要找的李明——他陪着一个女人看妇科。原来李明从来就没有去寺庙出家，原来李明离开裴佐是因为当时傍上了一个富婆。裴佐被想象和现实的巨大悖谬所冲击，失去了大部分记忆，只记得于慧，只记得自己要寻找李明。她们仍然不断在寺庙里寻找，住在寺庙，过着一种看起来与普通人格格不入的生活。

在裴佐的故事中，寻找是其生活的全部。可以说，她的寻找实际上分为两个阶段：见到李明前和见到李明后。见到李明前，裴佐在寻找一个结果，她想要知道李明为什么要抛妻弃子。在这个过程中，她经历着生活的艰辛，既在受苦，也在享受生活的乐趣。见到李明后，她失去了记忆，李明这个人实际上已经并不重要了，她仍然记得要寻找李明，其实是内心深处寻找“生存意义”的隐喻。失去记忆，就是李明在其记忆中的死亡，也是现实功利在其观念中的隐去。由此，小说提出了真正的问题：生活的本质是什么？人的本真存在是什么？裴佐有过爱情，有过美妙，有过欲望，有过财富，然而这些都是生活的意义，最后她都抛下了；裴佐也有过施与，她受难，她在照顾船长、照顾于慧、照顾走失老人、帮助医院病人等经历中找到了受难的快乐，找到了一种生活的价值。然而，这是一种善，是一种有意义的行为，但依然不是人的本真存在。裴佐最后沉浸在佛法世界中，是一种全身心的进入，是一种大彻大悟，而这种大彻大悟又是在彻底告别现实功利而实现的。所以，在小说中，真正的存在，是对现实欲望的拒绝，是对一种心灵自由的皈依。

那么这种心灵自由又在哪里，《爱上本一师》最后走到了宗教，在佛教中悟出了生存之道。由此来看，裴佐对李明的寻找，其实又象征着对宗教的寻找。最终，裴佐寻佛是为了解决现实的问题，是为了获取某种答案。虽然小说用李明突然消失、裴佐求解这样的情节，但其类似于日常生活中一些人跪求菩萨神灵保佑等通俗行为。如果说这是裴佐初次感受宗教，那么在后来寻找过程中所遭受的苦难就可以看作是朝佛过程中的受难行为。不论是照顾与自己有亲密关系的船长、同性女友于慧，还是照顾完全没有世俗关系的老人、病人，这个过程是一个在受难中逐步悟道从来走向宗教的过程。她从最开始的寻求实际答案，慢慢在受难中发现了施与的乐趣、发现了善的意义，在这个阶段寻找李明已经变得不那么重要了。失忆之后，所有的世俗关系都不再处于世俗的层面上。例如，裴佐和于慧的同性之恋，在之前既有着对身体的欲望，也有着为世人所不理解的羞耻；但是，在之后的两人，都不再在意世人的眼光，不是那种放弃或者抵抗的不在意，而是根本不会意识到这是一个问题；同时，两人的交往中也绝对地排除了身体欲望，进入一种澄明的状态。

在倾听裴佐经历的过程中，“我”实际上也在经历着一个寻佛的过程。从最开始寻找王居士，不断地打听王居士，到最后王居士已经不再重要了。小说结尾部分，王居士确实开过一个无利润的家政公司，但后来却被养子骗走了积蓄。暗暗地透露出，对世俗问题的寻找往往发现的是现实的困难。因此，裴佐达到了澄明的境界，而“我”还不够，最后她恢复了记忆，澄明的状态使她能以新的方式面对生活。中篇小说《妙菩提》亦是宗教主题，依然通过受难表达对“善”“苦难”“生存意义”的思考。

中篇小说《八月蔚蓝》是一首关于寻找的悲歌，倒是与宗教不相关。小说依然采取了双线寻找的模式：小姑娘“我”和冉碧因为各自的原因想要逃离本地，去一个很远的地方；知青皮小青对爱情的寻找。与《爱上本一师》一样，小说中真正的主人公皮小青没有说话，叙述者和聚焦者都是“我”，“我”通过冉碧这个人物来感知、理解所有人物和故事。“我”几乎没有参与到皮小青的故事中，由此形成了叙述者和主要人物之间若即若离的关系。这种关系制造了一种审美距离，由此能够平静甚至略带冷漠地叙述故事。又由于“我”是一个尚未上学的小女孩，我对成人世界的不懂使得“我”的叙述形成了一种陌生化的感觉。

“我”和冉碧的寻找，各有其理由。“我”是因为母亲的邋遢，因为无法忍受村里人的嘲笑；冉碧是因为母亲是个“破鞋”，与武装部长有奸情，痛恨自己的母亲。第一次逃离，恰好遇到了武装部长，被他抓了回来。在积攒钱物、准备第二次逃离的过程中，慢慢呈现了皮小青的故事。来自城里的女知青皮小青，长得漂亮，拉琴动听，但是她的命运却异常坎坷。她被知青侵犯过，被轮奸过，被武装部长蹂躏过，生活中似乎没有一丝希望。建强哥哥是唯一真心喜欢皮小青的人，他对她好，想娶她，慢慢地她也喜欢上了他，这或许成了她生存的最后希望和唯一理由。然而，知青们阻拦他，武装部长也成了一种威胁。他们俩只有偷偷地见面。后来，武装部长让冉碧的母亲怀孕了，而对于冉碧母亲来讲如果生下小孩就是讲丑闻公开、自己再无脸生存，她悄悄喝了打胎草药，结果差点一命归西。这让冉碧对武装部长恨之入骨，不但见到他就义愤填膺地大骂，还想找到机会就揭露他。小说最后，“我”和冉碧去找皮小青，房门关着，从门缝里能看见四条腿。冉碧以为是武装部长又在欺负皮小青，就大声呼喊引来知青和村民们。但是，屋子里实际上是互诉衷肠的皮小青和建强，建强被批斗，被打折了腿，待皮小青亲人一样的姑婆希望以死顶罪。再也看不到希望的皮小青，抱琴沉潭，决绝悲痛。

通过简要的故事梳理，可以发现："我"、冉碧和皮小青的寻找，都有其象征意义。皮小青的爱情和人生以悲剧结束，这是一种彻底的无奈，也是一种最后的拒绝。她拒绝了现实世界的黑暗，也拒绝在这样的现实中去幻想。她深刻地明白，一个悖谬的世界，会让所有的美、善和希望沉入"黑潭"，会让所有梦想希望的人失去希望并经历厄运。小说中，有个善的化身——老姑婆。这是一个善良的老妇人，她关爱、包容、帮助所有人，不论是恶人还是苦难之人，都能得到她的帮助。她负责接生，也会用草药治病，冉碧母亲就是幸亏由于她帮助才得以转危为安；她也倾听、开解人，知青皮小青、建强哥哥、整个山村中遇到糟心事的人，甚至"我"和冉碧这样的小孩子，她都会认真倾听，细心开解并尽可能地施以援手；甚至李光海、武装部长等恶人，她也做饭给他们吃，在吃饭的时候软化他们、开导他们。到最后，皮小青和建强两人被发现，她知道二人要遭受一顿猛烈的批斗，所以她服毒自尽，希望能代替皮小青和建强受难。然而，她的善举只是一厢情愿，皮小青和建强依然被批斗，皮小青走向了死亡。这说明了在反常的社会里试图用善去点化恶人，让其醒悟几乎是不可能完成的。

不过，作者并没有完全让这个世界笼罩在黑暗中，她发现了一束光。这束光就是代表着未来的"我"和冉碧，我们都还年幼，我们对污秽现实的拒绝是一种本真的感受。我们的爱恨都是纯真而自然的，没有掺杂任何功利欲望。我们恨自己的母亲，母亲在此时实际上是社会现实的隐喻，我们要逃离的就是社会现实；当母亲陷入困难时，我们又爱自己的母亲，冉碧因为照顾母亲忘记了逃离行为，"我"也总是害怕牵连到母亲，这既说明我们深层的本真的爱，也说明我们的逃离实际上基于一种强烈的爱。这是逃离的本质。虽然我们的逃离行为及准备过程看起来有些幼稚，但这是我们用自己尚不强大的力量的一种反抗，也是对远方的一种梦想。我们的远方，没有固定的地址，没有具体的内容，看上去虚无缥缈。反过来说，也正因为它并不具体，才显示出其与现实的距离，它是一个远远超越现实的理想所在。另一方面，选择让两个小姑娘来隐喻希望，也说明现实的反常，希望虽然在滋生，但力量还比较小，未来还很遥远。

二、冉冉小说的女性关怀

冉冉小说值得注意的另一个特点，是小说中浓郁的女性关怀。这也是其诗歌的主要特点之一，已有研究者发现："女性的性别使冉冉获得窥破生活秘密的独特的经验和独特的角度……从对一己情感的悲与欢，到面对'灵魂的精神性'的大境界，冉冉的聚合与裂变，都无例外地表达，出对'自身的世界'的烛照与开掘。"①

在冉冉的中短篇小说，主要人物形象往往被设定为女性。《爱上本一师》中的裴佐、于慧和"我"，《八月蔚蓝》中的皮小青、冉碧和"我"，《妙菩提》中的王艺，《花儿》中的叶姿，《冬天的胡琴》里没有名字的姑娘，《河边》里的田梅。尽管她们身份不同，面对的生活境况迥异，但是她们都在逃离，也都在追寻着。冉冉是有着明确的女性意识的，她关注女性的内心世界，去呈现社会生活中的女性经验。有学者认为："所谓女性意识，是指个人经历以及社会这两者之间的社会、经济、政治关系的意识。"②也有学者认为：女性意识是"以女性主体的自觉为前提与基础，以女性的生命意识、性别意识、自审意识和审美意识为表现形式的"。③美国加州大学戴维斯分校的王政，在对"女性意识"进行后梳理后发现，该词具有三个层面的意义：天生具有的自然女性意识，包括女人对美的追求，对自身魅力的追求；女性对成为社

① 易光：《朝向自身的世界——冉冉诗歌创作论》，《涪陵师范学院学报》2002年第3期。
② 马钰玶：《中国古典小说女性形象源流考论》，南京：南京师范大学出版社，2006年，第4页。
③ 刘钊：《女性意识与女性文学批评》，《妇女研究论丛》2004年第6期。

会政治经济生活主体的有意识追求；对社会体制结构中阻碍女性发展的因素的警觉。[①] 具体到文学活动中，女性意识“应当是自觉的独有女性视角、女性经验、认识和体验的语言范式”。[②] 当然，对女性意识的解释往往潜在地对立于男性权威，所谓“自觉”“独有”“有意识”的女性意识，往往是在性别关系上使用的。虽然冉冉的诗歌和小说都聚焦女性体验，但很难说冉冉是一个女性主义作家，她更多的是表达自身作为女性的一些体验和思考。哪怕是她的小说中出现的那些形形色色的女性人物，也几乎没有在性别冲突的层面上进行思考。

《爱上本一师》中的三个女性：裴佐、于慧和“我”，三个人物都在寻找。如前所言，“我”的寻找嵌套着裴佐的寻找，裴佐的寻找有一个从世俗到神圣、由现实到本真的过程。而于慧，主要是受裴佐的影响，可以看作是一个追随者。由她来进行叙述，制造一种近距离观察的感觉。由于“我”和于慧的聚焦点都在裴佐身上，裴佐作为追寻者的历程也逐步呈现出来，在此过程中，裴佐的女性体验也得以呈现。裴佐是一个不拘小节、大胆热烈、敢爱敢做的女子，这使得她不同于一些作品中柔弱的女子形象。她为了爱情放弃了留校的绝好工作机会，她爱上的并不是象征财富或者权力的达官显贵，而只是一个跑船的创造，那是她的爱情，她的自由，她的热情；遇见李明后，她依然敢爱感做，敢于从婚姻中跳出来，不顾别人的冷嘲热讽，轰轰烈烈地和李明在一起；李明失踪了，她能够不顾一切地去寻找他，忍受心灵和身体的折磨，坚韧不放弃；船长受伤后，她充满同情和责任感，义无反顾地照顾他的生活起居和事业，并把生意做大；最后她和于慧走在一起后，这种超越异性恋爱的同性恋爱关系，亦导致许多不解和白眼，但裴佐已经进入了一种“忘我”的澄明境界，这些风言风语她根本听不见，也根本不在乎。可见，虽然小说中有李明的负心，但冉冉并没有在性别对立的冲突中塑造

① 王政：《“女性意识”“社会性别意识”辨异》，《妇女研究论丛》1997年第1期。

② 谭湘：《理性与激情——对近年中国女性文学的几点思考》，《作家报》1998年9月17日。

裴佐这个人物形象。李明是一个始乱终弃的人，但同为男性的船长却自始至终深爱着裴佐。因此，不能因为裴佐最后拥有了同性之爱，就不假思索地认为小说是一种女性主义的写作。只能说，在裴佐身上体现出了作者所认同的女性应该具有的一些品质：独立、自由、大胆、坚韧、热情等。正是这些品质，让裴佐在受难中、在不懈的追求中，达到了一种澄明的状态。

相对而言，《八月蔚蓝》中的皮小青是个需要同情的女孩。她是从城市来到村里的女知青，被轮奸（未说明施暴者是谁），被武装部部长多次侮辱；她和建强两情相悦，但只能偷偷摸摸，恋情曝光后建强被批斗致残，她悲壮地结束了自己的生命。导致皮小青的悲剧的，都是男性，不管是知青还是武装部长。小说中没有说清轮奸皮小青的人是哪些，或者是知青们，或者是武装部部长及其手下，但不管是哪些，都是作为男性的施暴者。冉碧的妈妈也是女性，也和武装部部长有亲密关系，差点儿因为武装部部长死亡；老姑婆也是女性，为了替罪或救人，服毒而尽。从这个角度看，似乎说明了小说对性别冲突的对抗。当然，小说是同情皮小青、老姑婆甚至冉碧母亲的，是同情女性的，但小说仍然不是女性主义的。小说实际上把女性放进了一个宏阔的社会背景中——在一个悖谬的时代，作为弱者的女性。即是说，女性是作为社会中的弱者而被刻画的。

由此可见，从年纪最大的老姑婆到年纪最小的“我”，所有的女性、所有的弱者都在寻找走出困境的办法。老姑婆用无差别的爱，她爱每一个人，帮助每一个人，甚至不惜牺牲自己的生命；皮小青和冉碧母亲用逆来顺受，她们也看不见希望，麻木却让人同情地活着，这或许是黑暗时代绝大多数人的真实写照；“我”的母亲本来也是漂亮出众的，她把自己弄得脏兮兮的，实际上是一种拒绝侵犯、保护自己的一种方式，这是一种沉默的反抗；冉碧和“我”，我们在积极准备，痛恨武装部部长，甚至当面辱骂他，我们也踏出了逃离的脚步。可见，在这样的社会中，作为弱者的女性当然是困苦。这里对立的不是男性和女性，而是黑暗时代里的强者和弱者。皮小青抱琴沉潭，她绝望的不是男性，而是那个荒谬的社会。

三、冉冉小说的叙事艺术

在故事的叙述上，冉冉的小说有个突出的特点：间接叙述。这体现在两个方面，首先是对核心人物及其故事的叙述往往不是直接的，而是从另一个叙述者的视角进行叙述。她的小说中往往有一个故事内叙述者（Intradiegetic narrator）——“我”。所谓“故事内叙述者”，按照比利时叙事学家吕克·赫尔曼和巴特·维瓦克的解释，指的是“一个故事内叙述者属于被述世界，因而他被在他之上的某代理人叙述出来”。[①] 质言之，在小说中，由一个人物来叙述另一个人物的故事便属于故事内叙述，两个故事形成了嵌套叙述结构。在故事内叙述类型中，又可以区分为同故事叙述和异故事叙述。前者经历他所叙述的事情；后者没有经历过，只是从远处看到了事情。[②] 冉冉的小说往往采用的故事内叙述，形成了她小说的嵌套结构。但在同故事叙述和异故事叙述上，冉冉是综合使用的。即是说，她小说中所嵌套起来的两个世界，实际上依照了某种关系被联系起来。在《爱上本一师》中，“我”和于慧都是叙述者，“我”叙述自己的寻找，也为于慧叙述裴佐的故事设定了框架，“我”是裴佐故事的低参与者（“我”和裴佐有短暂的生活交集）；于是叙述裴佐的故事，她是该故事的高参与者。这样的叙述制造了时而平行时而交叉的阅读感受，将“我”的寻找和裴佐的寻找结合起来。两个人的寻找看起来没有相似之处，实际上却存在比较。裴佐的选择从现实到神圣，而“我”的寻找正好处在现实的层次，这不能不说有着一种隐喻关系。因为是于慧在叙述裴佐的故事，避免了裴佐自己来叙述自己的故事，这又

① ［比］吕克·赫尔曼、巴特·维瓦克：《叙事分析手册》，徐强、徐月、王妙迪译，北京：中国人民大学出版社，2020 年，第 98 页。

② ［比］吕克·赫尔曼、巴特·维瓦克：《叙事分析手册》，徐强、徐月、王妙迪译，北京：中国人民大学出版社，2020 年，第 102 页。

适当放下了裴佐人生遭遇中那些超越常人的痛苦和付出，获得一种远距离的省思。

《八月蔚蓝》的首要叙述者是“我”，“我”叙述“我”和冉碧的逃离计划，由此形成次一级叙述的框架；冉碧是次一级叙述者，她叙述皮小青、母亲以及背后的社会。“我”依然是次级故事中的低参与者，冉碧虽然更多地参与到她所叙述的故事中，然而她的儿童视角在一定程度上“曲解”了成人世界，但读者是能够识别出来的。因此，成人世界的残酷、痛苦，通过冉碧以及“我”的叙述得到一种缓冲、过滤，形成了一种距离和反讽效果。这种审美距离和对直接情感的过滤，其实也是冉冉诗歌的特点。有学者敏锐指出：“冉冉诗歌的理性光芒和精神含量是显著的。其实现的途径就是淡化情感，退隐情景，使理性一路攀升，诗性越发突出。生活中直接的感情和直观的情景已成为冉冉诗歌隐约的背景。”①

其次，冉冉小说的间接叙述还体现为对故事所发生的空间及其事物的运用。作为一个诗人，冉冉对人物生活其间的环境的感知是敏感的，她常常将人物最细微的情感寓于对景物的描绘中。仅举小说《冬天的胡琴》为例，母女俩对黑夜的感知：“在黑色的穹窿下，风跟白天是不一样的，白天的风松散漂浮，雾一样游动在山峦间，泛泛的冷但不刺骨，而夜晚的风持久而猛烈，像强光不停地扫过山岩树林和空地。石板街的屋瓦、板壁、门窗在风的喧响里也发出深浅不一的回应，但这些声音都像是从坛子里发出来的，显得瓮声瓮气。”②在“我”要逃离的叙述框架下，这篇小说的核心故事是一对年轻情侣的悲剧故事。所以在这段环境描写中，一切都显示这阴郁的氛围——“黑色”“松散漂浮”“雾”“刺骨”“猛烈”“瓮声瓮气”等。

最后要提及的是，虽然冉冉的小说具有上述这些特点，但亦存在一些

① 梁平：《褪尽温情现光芒，穿透世相成诗性——冉冉诗集〈朱雀听〉的诗性之路》，《长江师范学院学报》2015 年第 3 期。

② 冉冉：《冬天的胡琴》，北京：作家出版社，2014 年，第 139 页。

不完善的地方。比如在叙述比重上，有时候把握得不够好。《爱上本一师》中，核心的故事结构是裴佐，但“我”的故事却多得有点冗长，在一定程度上压制了裴佐故事本应具有的美学效果；《八月蔚蓝》中，皮小青的故事是核心结构，但“我”和冉碧的故事依然过长，以至于皮小青的故事不那么清晰。另外，有一些小说对关键信息的交代不够到位，比如《八月蔚蓝》中皮小青的人生经历，虽然读者知道她是苦命的女子、受到了屈辱的遭遇，但这些遭遇是如何发生的且对皮小青的改变等问题上模糊不清，阅读起来总有一种隔靴搔痒的感觉。冉冉曾说：“诗的质地对应于生命的质地。”① 随着作家本人的人生体验的丰富和深化，她的诗歌已经逐步成熟，“显得更加沉稳内敛，在抒情与‘言志’之外体现出难得的淡定与从容之气”②。笔者也相信，这样的沉稳成熟也会逐步在冉冉的小说创作中体现出来。

第三节　苦金的小说创作

苦金，男，中国作家协会会员，2001年开始写作和发表小说作品，先后出版中短篇小说集《苦金小说选》《残树》和《白鹤少年》，代表作主要有《哦，沉香木》《明天在哪里》《远寨》《兰花鲢》《残树》《驰心旁骛》等。多次获奖，其中《远寨》获2004年重庆市中篇小说奖榜首。有作家评论他“……不墨守成规，以个性的眼光，融进民族性、地域性的独特语言或方式，随情传意，随类赋彩，含蓄婉约，空灵飘逸，耐人咀嚼。”③

① 冉冉：《冉冉的诗歌及诗观》，《诗选刊》2006年第12期。

② 熊辉：《论土家族女诗人冉冉的中年写作》，《长沙理工大学学报》（社会科学版）2016年第3期。

③ 半岛：《残树》重庆：重庆大学出版社，2009年，序。

一、苦金的小说具有极强的社会责任感和积极的人生态度

苦金善于观察社会，对社会变迁中的人物命运有敏锐的洞察力，注重以现实主义的笔调挖掘人性内涵。他的小说，善于以小见大，往往以个体人物的命运和心路历程暗示整个民族、国家的际遇。中篇小说《兰花鲢》聚焦三峡移民，以三奶奶这一人物形象呈现了人对故土的依恋，细腻深刻，感人至深。迁移他乡，对于近百岁的三奶奶而言无疑是一件不可能的事情，她从来没有想过会离开自己生活了一辈子的山村。所以她早早地修筑了生基（生前修好的坟墓）。除了故土的依恋，另一个重要的因素是因为她担心自己的孙子会发生意外，打了生基以保子嗣平安富贵。三奶奶坚忍倔强，又仁慈善良。为了说服她外迁，县里到村里各级领导都做过工作，但三奶奶坚决不同意。在这场劝离的冲突中，村支书颜云卿承受着巨大的压力。一方面，他是国家基层干部，要引导村民配合国家的政策；另一方面，他也是土生土长的乡村人，他理解三奶奶不愿搬迁的感情。矛盾的颜云卿跪求三奶奶，三奶奶左右为难，提出了搬迁的条件——钓起一条兰花鲢。颜云卿从此日复一日执着地夜钓，有一天掉进河里差点丢命。三奶奶才终于收拾衣物，离开了村庄。如果说三奶奶表现了人的家园情结，颜云卿则体现出了基层干部的社会责任感。

《明天在哪里》和《老根土》则重在个人的人生选择。《明天在哪里》的六千娃，家境贫寒。他辍学回家，但并不怪罪父母。他与一般辍学儿童不同，他有生活的激情和理想，他的目标不是一辈子挖红苕，他要养殖鲢鱼，带领家庭致富。六千娃苦于不懂技术，没人指导，恰好电影放映队到来，除了播放故事片，还加映花白鲢养殖技术。正在地里劳动的六千娃赶紧和小伙伴波儿划小船往放映点赶去。船在小南海中行驶时，却遇上了一场暴风雨，六千娃和波儿于是展开了和暴风雨的斗争。

抗日题材的小说《老根土》写得荡气回肠，表现了八路军在抗击日寇时所展现出来的顽强意志和英雄气魄，这是守护美好家园的凛然正气。通过老幺在一场战争的心理过程，小说暗示出中国军人在反击侵略的战争中所体现的豪迈、勇敢以及不畏强敌、不怕死亡的牺牲精神。对于老幺，抗击日寇是糅合个人理想和民族未来的行为——既是实现自己闯荡四方有所作为的人生理想，也是为了驱逐日寇实现民族独立，让国家不受侵略、人民不受奴役。

二、苦金的小说具有浓厚的民族情结

作为土家族作家，苦金还常常把眼光聚焦到民族传统和民族心理，实现了“民族灵魂的内视”①。《远寨》② 是其中最具代表性的作品，也是苦金被公认最优秀的小说作品之一。小说审视现代性与民族传统的关系。不同于许多少数民族作家片面高扬民族传统的价值或揭露民族传统生活的陋习，苦金对现代化进程中的土家族文化有更深入的思考。

《远寨》里的武陵寨子，仿佛世外桃源人间仙境，景色美，生活美，人也美。但优美的环境中，却潜藏着闭塞愚昧和迷信专断。少女春子和奶奶杏枝婆的冲突是小说的核心线索，也象征着传统和现代之间的关系。杏枝婆是寨子里的权威，被视为寨里的“观音菩萨”，寨里大小事物由她决定。武陵古寨流行了一种奇怪的病，大家莫名其妙身上都长脓疮。然而，杏枝婆虔诚地相信祭祀土地神能对付脓疮。因为她是寨子里唯一一位活过六十五的老人，且她的脓疮痊愈过一次，寨子里的人对此深信不疑。少女春子也一直不怀疑奶奶的方法，总是像奶奶一样虔诚地用酒水祭祀土地神。然而，一次偶然医生用硫黄软膏轻易就治好了春子的脓疮。春子高兴地回到寨子，她要把治愈顽疾的妙方告诉大家。然而大家不但不相信她去过县城，还认

---

① 汪曾阳：《民族灵魂的内视——读苦金小说〈远寨〉》，《民族文学》2003 年第 2 期。.

② 《远寨》原载《民族文学》2002 年第 8 期，后结集出版时有修改并更名为《遥远的炊烟》。

为她疯了。后来春子慢慢产生幻觉，失去理性，一不小心掉下了悬崖。

显然，杏枝婆和寨子的民众象征着传统，而春子这一形象却被赋予了更多的意义。一方面，她的外形和心灵之美是对传统文化的赞颂；另一方面，虽然是阴错阳差地到了县城，经历不同的生活方式，使得她具有新的视野和思维，在她的经历中体现了文化之间的交流。所以，杏枝婆和春子以及春子母亲之间的冲突，根本上是文化之间的冲突，是传统与现代之间的冲突。囿于传统的寨子没有准备去接受新的思维，迎接新的文化。而传统的力量又是压迫性的，成了毒害人、阻碍发展的桎梏。在这种意义上，脓疮是极富象征意义的，它象征传统文化的负面，这种负面因素不断一代又一代地伤害着民族，也抑制着文化的发展和交流。

三、苦金的小说具有鲜明的生态意识

生态意识是苦金小说中一以贯之的主题。中国经济在实现跨越式发展的同时，生态环境的恶化成了十分严峻的问题。外在自然的变化，其深层本质是文化——一种生活方式。因为“对自然的任何破坏都伴随着对文化的破坏，所以任何生态灭绝从某些角度看就是一种文化灭绝”①，所以对自然和环境的关注本质上是对人类社会及其文化的担忧，“环境问题乃文化生态问题”②。

中篇小说《残树》围绕树的砍伐展开，岳胖子守卫着中国发现年代最久远的唯一存活的金丝楠木，他的守卫有自觉的生态意识。因为他知道黄泥坡泥土的贫瘠和沟壑是因为山上的树木和植被被砍伐，导致洪水冲毁了黄泥坡。金丝楠木的四周，他培育了许多的小树，也生长着各种树木。只

① [法]塞尔日·莫斯科维奇：《还自然之魅：对生态运动的思考》，庄晨燕、邱寅晨译，北京：生活·读书·新知三联书店，2005年，第11页。

② 详参拙作《当代藏族作家的文化生态叙事研究——兼论当前国内生态批评的局限》，《中央民族大学学报》（哲学社会科学版），2015年第3期。

要金丝楠木不倒下，这里就永远葱绿。除此之外，他的守卫还因为这树是祖宗一代代传下来的，他在守卫一种传统——与大自然的和谐相处。然而，林产品公司的张白金却看中了金丝楠木超千万的经济价值，千方百计地要得到它。一方是有钱有势的公司老总；另一方却只不过是抱有与树共存亡信念的农民。这一斗争注定是悲剧性的。果然，张白金设下圈套让岳胖子的儿子欠上赌债，以此逼迫岳胖子。岳胖子只好卖了居住的房屋。然而儿子不断欠上巨额赌债，张白金还让一心想暴富的美女袁小曦勾引他的儿子。张白金暗里做鬼，明里送暖，时不时送给岳胖子的妻子一笔钱，让其对他们产生感激之情。这便架空了岳胖子，但岳胖子依然是坚定的，什么都可以失去，但金丝楠木却绝对不能砍。软的不行，张白金遂决定夜里偷抢。组织有序的偷盗队伍迷晕岳胖子之后，三下五除二地锯掉了古老的金丝楠木树。醒来后绝望的岳胖子吐血而亡。人们却没有记住岳胖子守卫金丝楠木的壮举，记住了张白金花五万元建坟墓的“善”举。

《残树》中有一种悲剧之美，有对岳胖子的敬意和惋惜，有对追求享乐和金钱的岳胖子的儿子、袁小曦、张白金等人的讽刺。说到底，它是对现代性负面因素的一种反思，如人类学家哈里斯激昂地说出的那样：“伟大的工业繁荣不仅用垃圾毒物污染了我们的地球，还不断生产出日益昂贵和低劣的产品和服务。”①苦金虽然没有如此咬牙切齿，也没有用如此宏阔的视野，但对传统价值的守卫和对经济拜物的批判是相同的。相较而下，2014 年发表的小说《驰心旁骛》中的生态描写则是积极的。小说围绕板夹溪水利工程招标展开，为了保护小南海的生态环境，刘凌和走歪门邪道的对手杜丘才以及腐败的副县长娄志军进行了复杂曲折的斗争，最终获得了胜利。小说在揭露官场腐败的同时，弘扬生态意识，具有积极正向的价值。

综观苦金的小说，极强的社会责任感、积极的人生态度、浓厚的民族意

① ［美］马文·哈里斯：《文化的起源》，黄晴译，北京：华夏出版社，1988 年，第 2 页。

识和鲜明的生态意识是其主要的特色。在艺术技巧上，苦金的小说主要有三个特点：一是善于塑造人物形象，他笔下的人物栩栩如生，是真实的“这一个”，能让读者印象深刻，如善良坚韧的三奶奶，英勇壮烈的老幺，纯洁美丽却又让人惋惜的春子，执着坚定的岳胖子，固执守旧的杏枝婆等；二是注重悬念和结尾的设计，苦金的小说几乎是没有结局的，《远寨》中没有告诉武陵古寨是否派人去了县城，《调研员王克舒》中主人公王克舒是否得救也未道明，读者一直被悬念牵引着，最后往往能沉浸在故事的想象和思考中；三是对方言俗语的使用恰到好处。苦金将渝东南的方言俚语创造性运用到小说中，让小说具有鲜明的地域文化特色。

第四节　阿多的小说创作

阿多，原名谢再明，重庆人，中国作家协会会员。1983 年开始发表作品，先后出版《五月的乡村》《太阳回家》《清明茶》《乡酒不醉》《神树》等文集，长篇小说《山高水长》《钝斧》，影视剧本《龙凤呈祥》《金色的希望》，散文集《清明茶》。小说《日子》《独卵》《流失女人的村庄》等乡村系列小说广受好评，部分作品被译介到国外，曾获得全国少数民族文学创作“骏马奖”。

阿多擅长写作乡村题材小说，将目光聚焦渝东南武陵山区的土家人生活世界，书写他们在社会剧烈变迁中的遭遇。阿多笔法细腻，寓浓烈的情感于平淡，其笔下的人物形象看似平淡无奇，但往往能给读者至深的感动和长久的思考。《五月的乡村》是阿多早期小说创作中为人所称道的一篇。小说写发生在乡村里的一个闹剧，却写出了悲凉的味道。马家村外出的女孩马草儿突然回到村里，告诉村长马安，追求她的一个日本商人答应她来马家村搞旅游、办工厂。小山村平静的日子被打破了，村长马安、前任村长和德高望重的蹄筋爷号召整个山村的男人们，修路修桥修水磨坊，整顿村里的环境，女人们也积极忙活内务，酿苞谷酒、打苞谷粑等，为的是给要来的日本商人留下一个好印象。然而，日本商人却并没有来。

小说有强烈的忧患意识和批判意识。像马家村一样的中国乡村有着对发展的渴求，这些闭塞的村庄期待着脱离贫困，走上幸福生活的康庄大道，然而他们自身却难以找到一条脱贫致富的途径。小说由此而生悲凉，马家村的发展渴求最终只是一个肥皂泡沫，日本商人逢场作戏时的一句戏言，让整个马家村鸡飞狗跳，村里集聚了人力物力财力，最终只是一场空。马家村只是一个缩影，在改革开放的浪潮中，农民对乡村发展的期望也越来越浓烈。小说的批判意识则体现在乡长、支书以及县长等人物形象，批判部分国家干部不作为只想着位置的不良作风。尽管小说中的重点是村民为了迎接日本商人的闹剧，乡长等众形象篇幅不多，却是小说中的精彩之笔，也尽显作者的批判态度。

《流失女人的村庄》也是乡村题材，写得更为深沉蕴藉。这篇小说成了阿多的代表作。因为村里穷困，女人们相继流失，南下打工。村里流失女人之后，男人也就失去了精神，做事情无精打采，山上家里一团糟。后来女人们被“骗”了回来，这个多少有些与世隔绝地慢慢开始改变，接受了城市生活方式的女人们悄悄改变着传统的生活模式。以往以务农为主自给自足的生活方式改变了，做农活的人越来越少，想办法挣钱然后买食物正逐渐成为一种新的方式。小说的最后，女人人继续悄悄离开了家向南方走去。石家寨是改革开放后中国许多农村地区的缩影。这些地区原本的生活笼罩在贫穷的阴影中，这些乡村在现代化过程中也慢慢开始了变化，农民开始走向城市打工，成为农民工。作者以现实主义方法，抒写了一个小山村在现代化过程中由闭塞逐步开放的过程，细腻地呈现了在这个过程中村民思想观念的改变，特别是内心情感上的体验。相比《五月的乡村》，人物形象更饱满，情感更细腻，意蕴也更深刻。

总体而言，阿多的小说创作在艺术技巧上主要有两个特色：一是故事新奇。阿多的小说不落俗套，他植根于自己的乡村生活经验，构思了一篇又一篇情节出奇结构新颖的故事，如《独卵》中巴爷与野猪的斗争、《五月的乡村》中的日本商人带来的一场闹剧等；二是情感细腻。阿多对笔下的人物形象饱含深情，无论是《五月的乡村》中要干出一番的马安，还是《流失女人的村庄》中无奈的石柱，甚至是那些为了脱贫致富而走上歧途的马草儿、杏儿等，作者都饱含同情，以细腻的笔法刻画他们的情感和希望。因此，阿多的小说，娓娓道来，不张扬，寓浓烈于平和，往往让读者掩卷遐思。

第五节　吴加敏的小说创作

吴加敏（1961 年生），男，重庆秀山人，重庆作家协会全委会委员，曾获重庆首届少数民族文学奖，出版过长篇小说《时光度尽》《记住一条河》《冬季跳花灯》和短篇小说集《鸭子塘之夏》，而他耗时两年多创作的长篇小说《花灯》无疑是其艺术创作的一个高峰。跳花灯是土家族独特的民俗活动，一般在正月初三至正月十五举行。两人在一张方桌上，花子和花妹旋转舞蹈。舞姿活泼，格调新颖，妙趣横生。通常是花子先上台，借道白邀请花妹上台，舞蹈即开始。花灯戏有专门班子，一般十数人：两个跳花灯，两个拉丝弦，四个打锣钹，一个掌调师，两个帮腔，还有数个掌灯人。土家花灯有上百个曲牌，歌词多表现爱情、历史传说以及生活小故事等。①

吴加敏的这篇小说即是围绕着跳花灯这一民俗活动而构思的，通过秀山严家这一花灯世家的经历，呈现秀山花灯的历史传承，展现土家人对花灯艺术的热爱。在讲述《花灯》写作过程的一篇文章中，作者说："我用我笨拙的文字力所能及地记录了秀山花灯传承的历史，把我想象世界中的一群热爱花灯的人在不同历史时期的人生际遇展现出来。"②

小说中的白粉墙这个地方并不是作家的虚构，它现实地存在着。在这里生活着这样一批人，他们祖祖辈辈的血液都流淌着对花灯的爱。严茂章爱花灯，在花灯的世界中他过得充实快乐，到了跳花灯的日子，他便是其中最活跃也最幸福的人，不管生活多么的艰苦，只要跳起了花灯，只要生命中还有花灯，那便有了面对一切的勇气和信心。哪怕抗战时期食不果腹，但白粉墙的花灯依然坚持着。被日本人的炸弹伤了腿之后，无法在花灯的舞台上表演，这才让他的生活蒙上了一层阴影。对于他，没有花灯比失去生命还难受。好在儿子严斯草接替了他，成了百里闻名的花灯艺人，好在他自己尽管不能担任主角，但仍然是花灯组里最好的掌调师，花灯需要他，他也需要花灯。

不止严茂章爱花灯，其子严斯草也是那么深厚地爱着花灯。从小浸染在花灯的氛围中，花灯就像手、脚一样是他的一部分。离开白粉墙，到了物质丰裕的柳州，面对拥有一个米店、接替殷实家产的诱惑，他仍然没有丝毫犹豫地赶回了白粉墙。严茂章看到儿子归来时的老泪纵横，饱含的并不仅仅是对儿子的思念，更是对花灯传承的期待和渴望。不只男人爱花灯，女人也爱花灯，如严小寒，从父亲严斯草手中又一次接过了花灯。面对着花灯艺术团的逐渐衰落，面对着文化团里各种的斗争，她始终需要坚持不

---

① 彭秀军：《土家族的跳花灯》，《民族论坛》1988 年第 4 期。

② 吴加敏：《不知所措——关于长篇小说〈花灯〉创作的感想》，http://cq.qq.com/a/20100106/000517.htm。

懈的，是自己的花灯表演。困难可以限制一个人的活动，但不能压制一个人心灵中的爱。可以说，对于整个白粉墙，花灯是他们的生命。整个白粉墙的历史，也是花灯的历史。这里有为抢救一个花灯而牺牲生命的杨旺材，有勤劳淳朴的郭显荣，有甘于寂寞的唐诗渝，更有一大批热爱花灯、欣赏花灯的老百姓，他们是花灯艺术的坚实的基础，他们更默默无闻，却同所有人一样，有着一份难以割舍的花灯之爱。正如小说扉页的题记：爱也花灯，恨也花灯；乐也花灯，苦也花灯。这正是白粉墙人对花灯的爱的真实写照，他们并不觉得自己的爱有多高尚，也说不清为什么要爱花灯，但“无知”的爱才更加地彻底，更加地真实，更加地纯净，也才更加地动人心魄。

除了爱花灯，白粉墙的生活中也还有许多爱，比如爱情。在白粉墙，爱情和对花灯的爱一样，炽烈，单纯，不假功利。严茂章对陈彩莲的追求，没有花言巧语，你情我意，平凡而感人；严斯草与覃柳叶，并不门当户对，但在爱面前，这些并不重要，覃柳叶毅然地追随着心上人来到了花灯之地；严小寒也是如此，爱情中流淌着对花灯的爱，或者说对花灯的爱是她的爱情的基础。正如作者所说：“在那种没有钩心斗角的世界里，抛弃不着边际的物质欲望，抛弃偏见和仇恨，互相尊重，活得自在，活得满足，死而无憾。”[①]如果说小说中什么最能触动读者的心灵，那便是这种纯粹简单却深入骨髓的爱，对花灯，对爱情。

既然整个故事和主题都基于土家地区的跳花灯，就这篇小说而言，民间仪俗的核心功能显而易见。作家说要展现花灯艺人的人生际遇，要记录花灯的历史传承，其实，更深层的东西作者在创作谈中并没有说，那就是对在急剧变化中的乡土世界的忧思，对以花灯艺术为代表的传统民间艺术的衰落和失传的焦虑，对现代社会人的物欲横流、冷漠隔阂的强烈反感，以及对自由自在之生活世界的想象和向往。这样看，记录就不仅是记录，

① 吴加敏：《不知所措——关于长篇小说〈花灯〉创作的感想》，http://cq.qq.com/a/20100106/000517.htm。

刻画人物形象另有深意。花灯和形象相互凸显，人物因为花灯而显得真实，花灯因为人物而更具魅力。也由此可见，仪俗写作并不唯中短篇小说所有，长篇小说一样可以如此。即是说，仪俗在长篇小说中依然可以具有核心的作用，而不仅仅是标识地域。

年第 1 期。

23. 严英秀:《论当下少数民族文学的民族性和现代性》,《民族文学研究》2010 年第 1 期。

24. 习近平:《论坚持推动构建人类命运共同体》，北京：中央文献出版社，2018 年。

25. 习近平:《决胜全面建成小康社会，夺取新时代中国特色社会主义伟大胜利》,《党的十九大报告辅导读本》，北京：人民出版社，2017 年。

26. 杜维明:《对话与创新》，桂林：广西师范大学出版社，2005 年。

27. 费孝通:《经济全球化和中国“三级两跳”中对文化的思考》，费孝通:《中国文化的重建》，上海：华东师范大学出版社，2013 年。

28.[美] 雅克・布道:《建构世界共同体：全球化与共同善》，万俊人、姜玲译，南京：江苏教育出版社，2006 年。

29. 刘大先:《中国少数民族文学学科之检省》,《文艺理论研究》2007 年第 6 期。

30. 汪荣:《世界文学视野下的中国少数民族文学》,《民族文学研究》2019 年第 4 期。

31. 刘俐俐:《“美人之美”为宗旨的民族文学理论与方法的几个论域》,《文艺理论研究》2010 年第 1 期。

32. 李晓峰、刘大先:《多民族文学史观与中国文学研究范式转型》，北京：中国社会科学出版社，2016 年。

33.[法] 茨维坦・托多罗夫:《濒危的文学》，栾栋译，上海：华东师范大学出版社，2016 年。

34. 关纪新、朝戈金:《多重选择的世界——当代少数民族作家文学的理论描述》，北京：中央民族大学出版社，1995 年。

35.[美] 乔纳森・卡勒:《理论中的文学》，徐亮等译，上海：华东师范大学出版社，2019 年。

36.[英]特里·伊格尔顿：《文学事件》，阴志科译，郑州：河南大学出版社，2015年。

37. 梁庭望、汪丽珍、尹晓琳：《中国民族文学研究60年》，北京：中央民族大学出版社，2010年。

38. 张命全、田鸿鹄：《土家族文学家思基》，《鄂西大学学报》（社会科学版）1989年第1期。

39. 李云忠：《中国少数民族文学史（小说卷）》，北京：人民文学出版社，2016年。

40. 思基：《思基文集》（第1—4卷），沈阳：鸭绿江文学月刊社，1993年。

41. 秦玉明：《思基的〈昨夜风雨〉》，《当代作家评论》1990年第3期。

42. 许振强：《思基小说评略》，《小说评论》1987年第2期。

43. 吴正锋：《土家族民族历史叙事与湘西神魔艺术建构——孙健忠后期小说创作研究》，《求索》2010年第7期。

44. 孙健忠：《乡愁》，长沙：湖南人民出版社，1983年。

45. 吴正锋：《孙健忠：土家族文人文学的奠基者》，《文学评论》2008年第4期。

46. 孙健忠：《思索与探求——致友人书》，《文艺研究》1983年第1期。

47. 谢友祥：《土家族文化寻根中的未来关怀——重读孙健忠的〈舍巴日〉》，《民族文学研究》2001年第3期。

48.[美]罗伯特·戴维·萨克：《社会思想中的空间观：一种地理学的视角》，黄春芳译，北京：北京大学出版社，2010年。

49.[美]赫伯特·马尔库塞：《单向度的人——发达工业社会意识形态研究》，刘继译，上海：上海译文出版社，2006年。

50. 孙健忠：《猖鬼》，长沙：湖南文艺出版社，1992年。

51.[美]苏珊·桑塔格：《疾病的隐喻》，程巍译，上海：上海译文出版社，2003年。

52.[法]拉巴・拉马尔、让-皮埃尔・里博:《多元文化视野中的土壤与社会》，张璐译，北京：商务印书馆，2005年。

53.[美]詹姆斯・费伦、彼得・J.拉比诺维茨主编:《当代叙事理论指南》，申丹等译，北京：北京大学出版社，2007年。

54.[德]恩斯特・卡西尔:《人论》，甘阳译，上海：上海译文出版社，2004年。

55.[美]约瑟夫・弗兰克等:《现代小说中的空间形式》，秦林芳编译，北京：北京大学出版社，1991年。

56.吴冶平:《空间理论与文学的再现》，兰州：甘肃人民出版社，2008年。

57.谭桂林:《楚巫文化与20世纪湖南文学》，《理论与创作》2000年第3期。

58.蔡测海:《当代湖南作家作品选・蔡测海卷》，长沙：湖南文艺出版社，1997年。

59.樊星:《1990年代文学的神秘文化思潮》，《中国现代文学研究丛刊》2013年第8期。

60.南帆:《文学的维度》，上海：上海三联书店，1998年。

61.[美]杰拉德・普林斯:《叙述学词典》(修订版)，乔国强、李孝弟译，上海：上海译文出版社，2011年。

62.[美]戴维・赫尔曼、詹姆斯・费伦等:《叙事理论：核心概念与批判性辨析》，谭君强等译，北京：北京师范大学出版社，2016年。

63.吴道毅:《李传锋动物小说的文化内涵》，《西北民族大学学报》(哲学社会科学版)2007年第4期。

64.乌日娜:《文明与原始・人性与兽性——土家族作家李传锋与杰克・伦敦动物小说的比较》，《民族文学研究》1988年第3期。

65.朱旭、李传锋:《不要忽略了火热的生活——李传锋访谈录》，《长江文艺评论》2017年第5期。

66. 李传锋:《动物小说选》，北京：作家出版社，1993 年。

67. 鲁迅:《鲁迅全集》（第一卷），北京：人民文学出版社，2005 年。

68. 顾伟铭:《多元的文化与全面发展的人——读〈意大利文艺复兴时期的文化〉》,《读书》1985 年第 3 期。

69. 阮西湖:《多元文化主义——西方国家处理民族关系的新政策》,《民族研究》1985 年第 6 期。

70. 阮西湖:《多元文化政策》,《内蒙古社会科学》1986 年第 1 期。

71. 张汝伦:《多元的思维模式与多元文化》,《读书》1986 年第 7 期。

72. 戴宇立:《民族文化家园的诗意守望——土家族作家李传锋动物小说解读》,《湖北民族学院学报》（哲学社会科学版）2005 年第 5 期。

73. 何联华:《评李传锋的〈最后一只白虎〉》,《中南民族学院学报》（哲学社会科学版）1991 年第 5 期。

74. 袁爱华:《另一种叙事话语——论李传锋动物系列小说的艺术风格》,《湖北民族学院学报》（哲学社会科学版）2005 年第 5 期。

75. 蒋芝芸:《幽深的林莽　丰厚的意蕴——评李传锋长篇小说〈最后一只白虎〉》,《湖北民族学院学报》（哲学社会科学版）2005 年第 5 期。

76. 王平:《论李传锋动物小说审美取向流变》,《中央民族大学学报》（哲学社会科学版）2011 年第 1 期。

77. 胡用琼:《生态意识观照下的民族文化心理——评李传锋的长篇动物小说〈最后一只白虎〉》,《湖南社会科学》2013 年第 1 期。

78. 柳倩月:《红豺为什么那么美？——评李传锋中篇小说〈红豺〉》,《湖北民族学院学报》（哲学社会科学版）2005 年第 5 期。

79. 杨彬:《现实性 民族性 主旋律——评第十一届“骏马奖”获奖长篇小说〈白虎寨〉》,《民族文学研究》2017 年第 3 期。

80. 张治国:《柳青现实主义文学经验的承续与光大——评李传锋长篇小说〈白虎寨〉》,《社会科学论坛》2017 年第 4 期。

81. 李传锋:《白虎寨》,北京:作家出版社,2014 年。

82.[俄] 果戈理:《文学的战斗传统》第 2 页,满涛译,上海:新文艺出版社,1953 年。

83. 张羽华:《全球化视域与少数民族村庄叙事——论李传锋长篇小说〈白虎寨〉兼议其地域文学创作》,《山西师大学报》(社会科学版),2018 年第 2 期。

84. 吴道毅:《书写民族地区新农村建设的力作——评李传锋的长篇小说〈白虎寨〉》,《中国民族报》2019 年 3 月 8 日第 010 版。

85. 叶梅:《妹娃要过河》,北京:作家出版社,2009 年。

86. 叶梅:《最后的土司》,武汉:长江文艺出版社,2006 年。

87. 严英秀:《蹚过男人河的女人:论叶梅小说的女性书写》,《民族文学研究》2011 年第 5 期。

88. 彭卫鸿:《论叶梅小说的女性意识》,《小说评论》2008 年第 6 期。

89. 李莉:《女性与民歌:叶梅小说的二元文化符号》,《中华女子学院学报》2014 年第 2 期。

90. 李鲁平:《立足民族历史文化,关注女性命运——评土家族作家叶梅的小说创作》,《小说评论》2008 年第 6 期。

91. 朱华:《叶梅与池莉小说作品人性、民族性和时代性比较》,《湖北民族学院学报》(哲学社会科学版)2009 年,第 3 期。

92. 吴道毅:《寻索土家族文化的秘密——论叶梅的土家族文化小说》,《民族文学》2003 年第 5 期。

93. 吴道毅:《论叶梅小说的叙事风格》,《民族文学研究》2003 年第 3 期。

94. 陈心林:《当代土家族文学的人类学观照——以孙健忠、叶梅作品为中心的考察》,《江西社会科学》2013 年第 10 期。

95. 曾娟:《论叶梅小说的生态书写》,《小说评论》2015 年第 2 期。

96. 宋俊宏:《寻绎土家族作家叶梅小说中的生态资源》,《湖北民族学院学报》（哲学社会科学版）2015 年第 3 期。

97. 赵冬菊：《从跳丧看土家族的心理特征》，《三峡文化研究》2005 年第 1 期。

98. 宋仕平：《鄂西土家族跳丧习俗的文化意蕴》，《青海社会科学》2005 年第 3 期。

99.[英]迈克·克朗：《文化地理学》，杨淑华等译，南京：南京大学出版社，2003 年。

100. 张应斌：《土家族土王与梯玛关系管见》，《中南民族学院学报》（哲学社会科学版）1994 年第 5 期。

101. [法]马塞尔·莫斯、[法]昂利·于贝尔：《巫术的一般理论 献祭的性质与功能》，杨渝东等译，桂林：广西师范大学出版社，2007 年。

102.[英]玛丽·道格拉斯：《洁净与危险》，黄剑波等译，北京：民族出版社，2008 年。

103.[日]二阶堂招久：《初夜权》，汪馥泉译，上海：北新书局，1929 年。

104.[法]克洛德·列维 - 斯特劳斯：《野性的思维》，李幼蒸译，北京：中国人民大学出版社，2006 年。

105. 王心喜：《“初夜权”的俗源及其演变》，《世界文化》1998 年第 1 期。

106.[俄]米哈伊尔·巴赫金：《巴赫金全集》（第六卷），李兆林、夏忠宪等译，石家庄：河北教育出版社，1998 年。

107. 聂珍钊：《文学伦理学批评：基本理论与术语》，《外国文学研究》2010 年第 1 期。

108. 聂珍钊：《文学伦理学批评：文学批评方法新探索》，《外国文学研究》2004 年第 5 期。

109. 张杰、刘增美：《文学伦理学批评的多元主义阐释》，《外国文学研究》2007 年第 5 期。

110. 聂珍钊：《文学伦理学：口头文本与脑文本》，《外国文学研究》2013

年第 6 期。

111.[美] 阿尔伯特·贝茨·洛德：《故事的歌手》，尹虎彬译，北京：中华书局，2004 年。

112. 修树新、刘建军：《文学伦理学批评的现状和走向》，《外国文学研究》2008 年第 4 期。

113.[法] 安托万·孔帕尼翁：《理论的幽灵》，吴泓缈、汪捷宇译，南京：南京大学出版社，2011 年。

114. 聂珍钊：《文学伦理学批评：论文学的基本功能与核心价值》，《外国文学研究》2014 年第 4 期。

115.[德] 汉斯·罗伯特·耀斯：《审美经验与文学解释学》，顾建光等译，上海：上海译文出版社，1997 年。

116.[英] 特雷·伊格尔顿：《二十世纪西方文学理论》，伍晓明译，北京：北京大学出版社，2007 年。

117.[美] 乔纳森·卡勒：《文学理论入门》，李平译，南京：译林出版社，2008 年。

118.[英] 舍勒肯斯：《美学与道德》，王柯平等译，成都：四川人民出版社，2010 年。

119.[英] 简·艾伦·哈里森：《古代艺术与仪式》，刘宗迪译，北京：生活·读书·新知三联书店，2008 年。

120. 钱中文：《文学原理——发展论》，北京：社会科学文献出版社，2007 年。

121.[美] 埃伦·迪萨纳亚克：《审美的人》，户晓辉译，北京：商务印书馆，2004 年。

122.[美] 梯利：《伦理学导论》，何意译，北京：北京师范大学出版社，2015 年。

123. 田瑛：《大太阳》，北京：中国戏剧出版社，2005 年。

124. 施战军:《起搏现代新人文的命脉——田瑛的湘西小说》,《南方文坛》2005 年第 5 期。

125. 郭小东:《人类元年的现代叙述——论土家族作家田瑛的小说创作》,《民族文学研究》2004 年第 1 期。

126. 林宋瑜:《一个充满巫傩异象的小说王国——读田瑛小说集〈大太阳〉》,《南方文坛》2005 年第 5 期。

127. 王干:《镌刻生命——田瑛小说印象》,《南方文坛》2003 年第 5 期。

128.[德]麦克斯·霍克海默:《批判理论》,李小兵等译,重庆:重庆出版社,1989 年。

129. 王家范:《"母权论"质疑》,《华东师范大学学报》(哲学社会科学版)2001 年第 5 期。

130. 苏沙丽:《故乡与灵魂之间——读田瑛长篇散文〈未来的祖先〉》,《南方文坛》2016 年第 1 期。

131. 田瑛:《未来的祖先》,广州:花城出版社,2015 年。

132. 孙霄:《生与死的辩证法——田瑛新作〈生还〉的一种解读》,《南方文坛》2020 年 2 期。

133. 田瑛:《生还》,广州:花城出版社,2018 年。

134.[美]泰勒·考恩:《创造性破坏:全球化与文化多样性》,王志毅译,杭州:浙江大学出版社,2017 年。

135.[美]勒内·韦勒克、奥斯汀·沃伦:《文学理论》,刘象愚等译,南京:江苏教育出版社,2005 年。

136.[德]多明尼克·萨赫森迈尔等:《多元现代性的反思:欧洲、中国及其他的阐释》,郭少棠、王为理译,北京:商务印书馆,2017 年。

137. 李敬泽:《灵验的讲述:世界重获魅力——田耳论》,《小说评论》2008 年第 5 期。

138. 李振:《小说的"超度"——田耳论》,《当代作家评论》2017 年第

3 期。

139. 彭明伟:《当两个“鲁蛇”同在一起：田耳的欲望之翼》,《南方文坛》2014 年第 6 期。

140. 徐勇，伍倩:《“去价值化”写作与日常生活的敞开性——田耳小说论》,《民族文学研究》2017 年第 3 期。

141.[美] 汉娜 · 阿伦特:《反抗“平庸之恶”》，陈联营译，上海：上海人民出版社，2014 年，

142.[美] 杨 · T. 格罗斯:《邻人：波兰小镇耶德瓦布内中犹太群体的灭亡》，张祝馨译，北京：中央编译出版社，2017 年。

143. 田耳:《独证菩提》，广州：花城出版社，2016 年。

144.[美]J. 希利斯 · 米勒:《解读叙事》，申丹译，北京：北京大学出版社，2002 年。

145.[美] 华莱士 · 马丁:《当代叙事学》，伍晓明译，北京：北京大学出版社，2005 年。

146. 田耳:《天体悬浮》，北京：作家出版社，2014 年。

147.[英] 德斯蒙德 · 莫里斯:《裸猿》，刘文荣译，上海：文汇出版社，2003 年。

148. 陈雪、刘泰然:《现代性、仪式与奇观——从鲁迅、沈从文到黄光耀的“砍头”叙事》,《理论与创作》2011 年第 2 期。

149. 刘泽友:《历史 · 文化 · 人性——评黄光耀长篇小说〈土司王朝〉》,《理论与创作》2011 年第 4 期。

150. 何小平:《从〈湘西物语〉看湘西作家黄光耀的文化阐释视域选择》,《湘潭师范学院学报》(社会科学版) 2007 年第 3 期。

151. 黄光耀:《灵感白河：生命体验与文学创作——长篇小说〈白河〉创作谈》，http://www.frguo.com/Info.aspx?ModelId=1&Id=26726。

152. 黄光耀:《白河》，北京：北京联合出版社，2016 年。

153. 黄青松:《毕兹卡族谱》，广州：花城出版社，2017 年。

154. 劭部:《都市围城中的望乡写作——评黄青松长篇新作〈毕兹卡族谱〉》，《湖南工业大学学报》（社会科学版）2018 年第 3 期。

155. 唐小林:《书写一种“个别文化”——评黄青松长篇新作〈毕兹卡族谱〉》，《湖南工业大学学报》（社会科学版）2018 年第 3 期。

156. 林铁、田茂军:《母体经验的差异表述与身份认同——黄青松〈名堂经〉的文化人类学解读》，《长春工业大学学报（社会科学版）》2007 年第 3 期。

157.[奥] 赫尔嘉 · 诺沃特尼:《时间：现代与后现代经验》，金梦兰、张网成译，北京：北京师范大学出版社，2011 年。

158.[荷] 叶普 · 列尔森:《欧洲民族思想变迁：一部文化史》，周明圣、骆海辉译，上海：上海三联书店，2013 年。

159. 史宗主编:《20 世纪西方宗教人类学文选》，上海：上海三联书店，1995 年。

160.[法] 爱弥尔 · 涂尔干:《宗教生活的基本形式》，渠东、汲喆译，上海：上海人民出版社，1999 年。

161. 宋永祥:《关注生存 沉思生命——论土家族作家陈川的小说创作》，《西南民族学院学报》（哲学社会科学版）2000 年第 8 期。

162. 陈川:《村庄》，北京：作家出版社，1999 年。

163. 宗白华:《艺境》，北京：北京大学出版社，1999 年。

164.[德] 沃尔夫冈 · 伊瑟尔:《虚构与想象——文学人类学疆界》，陈定家、汪正龙等译，长春：吉林人民出版社，2003 年。

165.[美]W.E. 佩顿:《阐释神圣——多视角的宗教研究》，许泽民译，贵阳：贵州人民出版社，2006 年。

166. 易光:《心灵放逐：在梦魇与现实之间——陈川小说创作论》，《民族文学》1992 年第 11 期。

167. 陈川:《相伴》,《民族文学》2014 年第 1 期。

168.[英] 安德鲁 · 米勒:《恋爱中的卡萨诺瓦》，李天奇译，南昌：江西教育出版社，2013 年。

169. 涂鸿、王彬:《心与梦的历程——析土家族诗人冉冉、冉仲景诗作的情感世界》,《西南民族学院学报》(哲学社会科学版) 2000 年第 2 期。

170. 邹郎:《大地与内心的歌者——对冉冉诗歌的一种释读》,《涪陵师范学院学报》2002 年第 3 期。

171. 胡用琼、汪雄:《论冉冉诗歌的民族特性》,《长沙大学学报》2007 年第 1 期。

172. 冉冉:《冬天的胡琴》，北京：作家出版社，2014 年。

173. 易光:《朝向自身的世界——冉冉诗歌创作论》,《涪陵师范学院学报》2002 年第 3 期。

174. 马钰玶:《中国古典小说女性形象源流考论》，南京：南京师范大学出版社，2006 年，第 4 页。

175. 刘钊:《女性意识与女性文学批评》,《妇女研究论丛》2004 年第 6 期。

176. 王政:《 "女性意识" "社会性别意识" 辨异》,《妇女研究论丛》1997 年第 1 期。

177. 谭湘:《理性与激情——对近年中国女性文学的几点思考》,《作家报》1998 年 9 月 17 日。

178.[比] 吕克 · 赫尔曼、巴特 · 维瓦克:《叙事分析手册》，徐强、徐月、王妙迪译，北京：中国人民大学出版社，2020 年。

179. 梁平:《褪尽温情现光芒，穿透世相成诗性——冉冉诗集〈朱雀听〉的诗性之路》,《长江师范学院学报》2015 年第 3 期。

180. 冉冉:《冉冉的诗歌及诗观》,《诗选刊》2006 年第 12 期。

181. 熊辉:《论土家族女诗人冉冉的中年写作》,《长沙理工大学学报》

（社会科学版）2016 年第 3 期。

182. 苦金:《残树》，重庆：重庆大学出版社，2009 年。

183. 汪曾阳:《民族灵魂的内视——读苦金小说〈远寨〉》,《民族文学》2003 年第 2 期。

184.[法] 塞尔日 · 莫斯科维奇:《还自然之魅：对生态运动的思考》，庄晨燕、邱寅晨译，北京：生活 · 读书 · 新知三联书店，2005 年。

185.[美] 马文 · 哈里斯:《文化的起源》，黄晴译，北京：华夏出版社，1988 年。

186. 彭秀军:《土家族的跳花灯》,《民族论坛》1988 年第 4 期。

187. 吴加敏:《不知所措——关于长篇小说〈花灯〉创作的感想》，http://cq.qq.com/a/20100106/000517.htm。